Wilkie Collins

Ausgewählte Werke

Wilkie Collins

Ausgewählte Werke

ISBN/EAN: 9783743697966

Hergestellt in Europa, USA, Kanada, Australien, Japan

Cover: Foto ©Andreas Hilbeck / pixelio.de

Weitere Bücher finden Sie auf **www.hansebooks.com**

Ausgewählte Werke

von

Wilkie Collins.

Aus dem Englischen.

Stuttgart.
Franckh'sche Verlagshandlung.
1862.

Die weiße Frau

Von

Wilkie Collins.

Aus dem Englischen

von

Dr. C. Büchele.

Erster Band.

Franckh'sche Verlagshandlung.
1862.

Vorwort.

In diesem Roman wird ein Versuch gemacht, wie er, so viel mir bekannt, bei einer Dichtung noch niemals vorgekommen ist. Die Geschichte des Buchs wird durchaus von den handelnden Personen selbst erzählt. Sie alle sind längs der Kette der Ereignisse in verschiedenen Situationen angebracht; und sie alle nehmen der Reihe nach die Kette auf und leiten sie bis zum Ende fort.

Wenn mit der Verwirklichung dieser Idee nichts Anderes als bloße Neuheit der Form erreicht worden wäre, so hätte ich nicht einen Augenblick hiemit die Aufmerksamkeit dafür in Anspruch genommen. Aber der Inhalt des Buchs hat dadurch nicht minder, als die Form gewonnen. Ich sah mich in die

Nothwendigkeit versetzt, die Geschichte in beständigem
Fortschreiten zu erhalten; und dieser Umstand ver=
schaffte meinen Characteren eine neue Gelegenheit,
sich mittelst der geschriebenen Beiträge, welche sie an=
genommener Maßen zum Verlauf der Erzählung lie=
fern, selbst auszuprägen.

Indem ich diese einleitenden Zeilen niederschreibe,
vermag ich es nicht über mich, die warme Theil=
nahme, womit meine Geschichte in ihrer periodischen
Form unter englischen und amerikanischen Lesern
aufgenommen worden ist, mit Stillschweigen zu über=
gehen. Fürs Erste diente diese Aufnahme mir, wie
ich hoffe, zu einer Rechtfertigung dafür, daß ich die
ernste literarische Verantwortlichkeit mir auferlegte,
in den Spalten von „Das ganze Jahr hindurch" *)
aufzutreten, nachdem Charles Dickens unmittelbar
zuvor das vollendetste Werk constructiver Kunst, wel=
ches jemals aus seiner Feder hervorgegangen ist, in
dieselben niedergelegt hatte. Fürs Zweite gewinne
ich mit offener Annahme der mir solcher Art wider=
fahrenen Anerkennung die Möglichkeit, vielen Corre=

*) All The Year Round.

spondenten, welchen ich persönlich unbekannt bin, für die herzliche Aufmunterung, die sie mir im Verlaufe des Werks angedeihen ließen, meinen Dank abzustatten. Jetzt, da die phantastischen Männer und Frauen, unter denen ich so lang gelebt habe, sämmtlich mich verlassen, gedenke ich sehr dankbar daran, wie „Marian" und „Laura" sich in manchen Gegenden so warme Freunde erworben haben, daß ich bei einem ernsten Wendepunkt in der Geschichte dadurch die unabweisbare Mahnung erhielt, mit denselben vorsichtig umzugehen — wie Mr. Fairlie sympathetische Schicksalsgenossen fand, welche mich dafür zur Rede stellten, daß ich dem Zustande seiner Nerven nicht christliche Rechnung trug — wie Sir Percivals „Geheimniß" im Laufe der Zeit genugsam böses Blut erregte, um zum Gegenstand von Wetten gemacht zu werden (wofür ich hiemit jede Verantwortlichkeit ablehne) — und wie Graf Fosco den in solchen Dingen Erfahrenen zu metaphysischen Betrachtungen (wovon ich bis heute ganz und gar Nichts verstehe) Anlaß gab und außerdem noch zahlreiche Erkundigungen nach dem lebenden Modell, von welchem er in Wirklichkeit genommen worden war, hervorrief. Ich kann Letzteren nur mit dem

Bekenntniß antworten, daß manche Modelle, theils lebend, theils todt, ihm hiezu „saßen", und den Wink beifügen, daß der Graf nicht so naturgetreu, wie ich ihn darzustellen versucht habe, ausgefallen wäre, wenn sich nicht die Reihe meiner Forschungen nach Material in diesem, wie in manchem andern Falle über die engen menschlichen Schranken, wie sie in einem einzigen Mann gegeben sind, ausgedehnt hätte.

Indem ich mein Buch einer neuen Classe von Lesern in seiner vollständigen Form vorlege, habe ich nur zu erklären, daß es sorgfältig durchgesehen worden ist, und daß die Eintheilungen der Kapitel und andere geringfügige Dinge dieser Art hie und da in der Absicht, die Geschichte in ihrem Durch= gang durch diese Blätter zu glätten und binden, verändert worden sind. Wenn die Leser, welche gewartet haben, bis sie fertig war, ihr nur so freund= liche Aufmerksamkeit schenken wie jene, welche der= selben bei ihrem langsamen Vorwärtsschreiten ge= folgt sind, so wird „die weiße Frau" auf der Liste meiner Bekannten als die theuerste unpersönliche Frau obenan stehen.

Ehe ich schließe, wünsche ich eine oder zwei Fra=

gen der harmlosesten und unschuldigsten Art an die
Kritiker zu richten.

Für den Fall einer Beurtheilung des Buches
erlaube ich mir zu fragen, ob Lob oder Tadel gegen
den Verfasser möglich ist, ohne die Acten gewisser=
maßen damit zu eröffnen, daß er eine nicht mehr
neue Geschichte wieder erzählt? Da diese Geschichte
von mir — mit den unvermeiblichen Hemmungen,
welche das peinliche Veröffentlichungssystem dem
Novellisten zur Nothwendigkeit macht — geschrieben
wurde, so füllt deren Erzählung mehr als tausend eng=
gedruckte Seiten. Kein kleiner Theil dieses Raums
ist von Hunderten kleiner „verbinbender Glieder"
eingenommen, welche zwar an sich von geringem
Werthe, aber für Erhaltung der Glätte, Realität
und Wahrscheinlichkeit von höchster Wichtigkeit sind.
Berichtet der Kritiker von der Geschichte mit bie=
sen, kann er es auf seiner zufällig ausgehobenen
Seite oder Spalte thun, wie es wohl der Fall sein
mag? Berichtet er davon ohne biese, übt er als
Arbeitsgenosse in einer andern Kunstform die Ge=
rechtigkeit, welche Schriftsteller gegenseitig sich schul=
big sind? Und endlich, wenn er davon überhaupt
auf irgend eine Weise berichtet, leistet er dem Leser

einen Dienst dadurch, daß er zwei Hauptelemente
bei der Zugkraft aller Geschichten — das Interesse
der Neugier und den Reiz der Ueberraschung zer=
stört?

Harley-Street, London, 3. August 1860.

Eröffnung der Geschichte

durch

Walter Hartright
von Clement's-Inn, Zeichenlehrer.

I.

Also lautet die Geschichte von dem, was eines Weibes Geduld aushalten, und was eines Mannes Entschlossenheit ausrichten kann.

Wenn die Maschinerie des Gesetzes darauf gebaut werden könnte, jedem Fall eines Verdachtsgrundes auf die Spur zu kommen und jeden Untersuchungsproceß nur unter mäßigem Beistande der geschmeidigenden Einflüsse von Goldöl zu führen, so hätten die Ereignisse, welche die nachfolgenden Seiten füllen, wohl ihren Antheil von der öffentlichen Aufmerksamkeit vor einem Gerichtshofe in Anspruch nehmen können.

Aber das Gesetz ist noch immer in gewissen unvermeidlichen Fällen der vorausverpflichtete Diener

einer wohlgefüllten Börse; und so ist es der Ge=
schichte vorbehalten, hier zum ersten Mal erzählt zu
werden. Wie der Richter sie einmal gehört haben
möchte, soll sie der Leser jetzt hören. Kein wichtiger
Gegenstand vom Anfang bis zum Schluß der Ent=
hüllung wird seinen Beweis nur vom Hörensagen
entlehnen. Wenn der Schreiber dieser einleitenden
Zeilen (Walter Hartright mit Namen) zufällig in
näherer Beziehung zu den vorkommenden Begeben=
heiten steht, als Andere, so wird er sie in eigener
Person beschreiben. Wo seine Erfahrung ihn im
Stiche läßt, wird er sich von dem Posten eines
Erzählers zurückziehen, und seine Aufgabe wird an
dem Punkte, wo er stehen blieb, von andern Per=
sonen aufgenommen werden, welche im Stande sind,
über die fraglichen Umstände nach ihrer eigenen
Wahrnehmung gerade so klar und bestimmt sich aus=
zusprechen, als er selbst vor ihnen gesprochen hat.

So wird die hier gegebene Geschichte von mehr
als einer Feder herrühren, wie die Geschichte von
einer Verletzung der Gesetze auch vor Gerichte auf
der Aussage von mehr als einem Zeugen beruht —
in beiden Fällen mit demselben Zweck, die Wahr=
heit immer von der geradesten, verständlichsten Seite
zur Anschauung zu bringen und dem Verlauf einer
vollständigen Reihe von Thatsachen insofern zu fol=
gen, als die Personen, welche mit denselben in eng=
ster Verbindung standen, veranlaßt werden, Stufe
um Stufe ihre eigenen Erfahrungen wörtlich mitzu=
theilen.

Walter Hartright, Zeichenlehrer, achtundzwanzig
Jahre alt, soll zuerst gehört werden.

II.

Es war der letzte Juli. Der lange heiße Sommer neigte sich zu Ende; und wir, die müden Pilger vom Londoner Pflaster, dachten allmälig an die Wolkenschatten auf den Kornfeldern und an die Herbstbrise auf der Seeküste.

Was meine eigene geringe Person betrifft, so ließ mich der hinschwindende Sommer entblößt von Gesundheit, von Lebenskraft und, die Wahrheit zu sagen, auch von Geld, zurück. Ich hatte im vergangenen Jahr die Hülfsmittel meines Berufs nicht mit der gewöhnlichen Sorgfalt in Anwendung gebracht; und diese Abweichung von der Regel beschränkte mich jetzt auf die Aussicht, den Winter ökonomischer Weise zwischen meiner Mutter netten Hütte zu Hampstead und meinem eigenen Paar Zimmer in der Stadt hinzubringen.

Der Abend war, wie ich mich wohl noch erinnere, still und wolkig; die Luft Londons so drückend als möglich; das ferne Sumsen des Straßenverkehrs nur sehr schwach vernehmbar; und der kleine Lebenspuls in mir und das große Herz der Stadt um mich herum schienen mir immer matter und matter, je tiefer die Sonne sank, sich in Eins aufzulösen. Ich erhob mich von dem Buche, über dem ich mehr träumend als lesend gesessen war, und verließ meine Wohnung, um die kühle Nachtluft in den Vorstädten zu genießen. Es war einer der beiden Abende wöchentlich, welche ich bei meiner Mutter und Schwester zuzubringen pflegte. So wandte ich meine Schritte nach Norden, Hampstead zu.

Die nunmehr zu erzählenden Begebenheiten machen es nothwendig, hier zu erwähnen, daß mein Vater zur Zeit, da ich dieses schreibe, schon einige Jahre tobt war, und daß meine Schwester Sara und ich von einer Familie von fünf Kindern allein am Leben geblieben. Mein Vater war Zeichen= lehrer vor mir. Durch Fleiß und Arbeit hatte er es zu einem großen Erfolg in seinem Beruf ge= bracht; und seine liebevollen, ängstlichen Bemühun= gen, für die Zukunft derer, welche auf seine Thätig= keit angewiesen waren, zu sorgen, hatten ihn bestimmt, von seinem Einkommen einen viel größeren Theil, als man sonst für solche Zwecke bei Seite zu legen für nothwendig erachtet, auf seine Lebensversicherung zu verwenden. Dank dieser bewundernswerthen Vor= sicht und Selbstverleugnung, blieben meine Mutter und Schwester nach seinem Tode eben so unabhängig von der Welt, wie sie es zu seinen Lebzeiten ge= wesen waren. Ich trat in seine Stelle ein und hatte allen Grund zur Dankbarkeit für die Aus= sicht, die sich mir beim Eintritt in das Leben er= öffnete.

Das ruhige Zwielicht zitterte noch auf dem höch= sten Rücken der Haide, und der Anblick Londons hinter mir war im Schatten der wolkigen Nacht in einen schwarzen Abgrund versunken, als ich vor der Pforte stand, die zu dem Häuschen meiner Mutter führte.

Ich hatte kaum geklingelt, als die Hausthüre heftig aufgerissen wurde; mein würdiger italienischer Freund, Professor Pesca, erschien statt der Magd und stürzte erfreut herbei, um mich mit der schrillen, fremdländischen Nachäffung eines englischen Cheer *) zu empfangen.

Um seinet-, und ich muß dieß schon beifügen, auch um meinetwillen verdient der Professor die Ehre einer förmlichen Vorstellung. Der Zufall hat ihn zum Ausgangspunkt einer seltsamen Familien= geschichte gemacht, deren Enthüllung Zweck gegen= wärtiger Blätter ist.

Die erste Bekanntschaft mit meinem italienischen Freunde hatte ich dadurch gemacht, daß ich dem= selben in gewissen großen Häusern begegnete, wo er in seiner Muttersprache Unterricht gab und ich zeichnen lehrte. Alles was ich damals von seiner Lebensgeschichte wußte, war, daß er früher eine An= stellung an der Universität zu Padua gehabt, daß er Italien aus politischen Gründen (auf welche näher einzugehen er beharrlich ablehnte) verlassen hatte und bereits seit einer Reihe von Jahren als Sprachlehrer eine geachtete Stellung in London einnahm.

Ohne eigentlich ein Zwerg zu sein — denn er zeigte sich vom Haupt bis zur Ferse vollkommen wohlproportionirt — war, dünkt mir, Professor Pesca das kleinste menschliche Wesen, das mir jemals außerhalb einer Schaustellung zu Gesicht kam. Be= merkenswerth schon durch seine persönliche Erschei= nung, zeichnete er sich unter Vornehm und Gering noch mehr durch die harmlose Excentricität seines Characters aus. Die leitende Idee seines Lebens schien zu sein, daß er sich für verpflichtet hielt, dem

*) Freudenruf.   A. d. U.

Lande, welches ihm ein Asyl und die Mittel seines
Unterhalts gewährt hatte, seine Dankbarkeit dadurch
zu bezeigen, daß er Allem aufbot, sich in einen Eng=
länder zu verwandeln. Nicht zufrieden damit, der Na=
tion im Allgemeinen ein Compliment zu machen, indem
er unwandelbar einen Schirm mit sich führte, un=
wandelbar Gamaschen und einen weißen Hut trug,
trachtete der Professor noch weiter darnach, ebenso
sehr in seinen Gewohnheiten und Vergnügungen,
wie in seinem persönlichen Aussehen ein Engländer
zu werden. Da er uns als Nation durch die Liebe
zu athletischen Uebungen ausgezeichnet fand, widmete
sich der kleine Mann in seiner Herzenseinfalt gerade=
zu all unsern Belustigungen und Zeitvertreiben, wo
es eine Gelegenheit, sich dabei zu betheiligen, gab,
fest überzeugt, daß er durch Willenskraft im Stande
sei, die nationalen Lustbarkeiten des Feldes sich genau
ebenso anzueignen, wie er unsere nationalen Gama=
schen und unsern nationalen weißen Hut sich ange=
eignet hatte. Ich hatte gesehen, wie er blindlings
bei einer Fuchsjagd und auf einem Cricketfeld seine
Glieder riskirte; ich hatte kurz darauf gesehen, wie
er ebenso blindlings sein Leben zur See bei Brighton
riskirte.

Wir hatten uns dort zufälliger Weise getroffen
und badeten zusammen. Wären wir in einer, unse=
rer Nation eigenthümlichen Leibesbewegung begriffen
gewesen, so hätte ich natürlich auf Pesca sorgfältig
Acht gegeben; aber da Fremde gewöhnlich ebenso
gut wie Engländer im Wasser auf sich Bedacht zu
nehmen vermögen, kam es mir niemals in den Sinn,
die Kunst zu schwimmen würde auf der Liste männ=

licher Leibesübungen, welche der Professor aus dem
Stegreif erlernen zu können meinte, nur eine Ziffer
mehr ausmachen. Bald nachdem wir beide vom
Ufer abgestoßen waren, hielt ich an, als ich fand, daß
mein Freund mich nicht überholte, und wandte mich
um, nach ihm zu schauen. Zu meinem Schrecken und
Erstaunen sah ich zwischen mir und der Bay Nichts
als zwei kleine weiße Arme, welche einen Augenblick
über der Wasserfläche sich zerarbeiteten und dem Auge
sodann entschwanden. Als ich nach ihm untertauchte,
lag der kleine Mann ruhig auf dem Grunde, in
einer Steinvertiefung gebettet, und sah noch um
Vieles kleiner aus, als er mir je früher vorgekom-
-men war. In den wenigen Minuten, welche darüber verflossen, daß ich ihn heraufholte, kam er an
der Luft wieder zum Bewußtsein und stieg mit meinem Beistand die Stufen des Gerüstes hinauf. Mit
der theilweisen Rückkehr zum Leben stellte sich auch
seine wunderbare Illusion bezüglich des Schwimmens
wieder ein. Sobald seine klappernden Zähne ihm
das Sprechen gestatteten, lächelte er gedankenlos vor
sich hin und meinte dann, er müsse den Krampf bekommen haben.

Als er sich völlig erholt und auf dem Strande mir
wieder angeschlossen hatte, brach seine warme süd-
liche Natur einen Augenblick durch alle erkünstelte
englische Zurückhaltung hindurch. Er überhäufte mich
mit den wildesten Ausdrücken von Zuneigung —
rief leidenschaftlich in seiner übertriebenen italienischen Manier aus, er stelle mir fernerhin sein Leben zur Verfügung — und erklärte, es gebe hinfort

kein Glück mehr für ihn, bis er Gelegenheit gefun=
den hätte, seine Dankbarkeit durch eine Dienstleistung
zu erproben, an die ich meinerseits zeitlebens den=
ken müßte.

Ich that mein Möglichstes, den Strom seiner
Thränen und Betheurungen zu hemmen, indem ich
darauf bestand, das ganze Abenteuer als Gegen=
stand eines Scherzes zu behandeln, und es gelang
mir meiner Meinung nach zuletzt, Pesca's überwal=
lendes Gefühl von Verpflichtung gegen mich zu mäßi=
gen. Wenig ließ ich mir damals einfallen — wenig
dachte ich späterhin, als unsere angenehmen Muße=
tage zu Ende gegangen waren — daß die Gelegen=
heit zu einem Dienste, wornach meinen dankbaren
Gefährten so glühend verlangte, so bald kommen
sollte; daß er eifrig bemüht war, sie sogleich zu er=
greifen; und daß er hiedurch meinem ganzen Dasein
eine neue Richtung geben und eine fast bis zur Un=
kenntlichkeit gehende Veränderung meiner selbst her=
beiführen würde.

Und doch war es so. Wäre ich nicht nach Pro=
fessor Pesca untergetaucht, als er auf seinem Stein=
bette unter dem Wasser lag, ich würde aller mensch=
lichen Wahrscheinlichkeit nach niemals in Beziehung
zu der Geschichte gekommen sein, welche in diesen
Blättern erzählt werden soll — ich würde vielleicht
nimmermehr den Namen der Frau gehört haben,
welche in allen meinen Gedanken gelebt hat, welche
sich meiner ganzen Energie bemächtigt hat, welche
zu der einzigen herrschenden Triebfeder geworden ist,
wodurch jetzt mein Lebenszweck geregelt wird.

III.

Pesca's Aussehen und Benehmen an dem Abend, da wir einander vor meiner Mutter Thüre gegen= über standen, war mehr als genügend, mich erken= nen zu lassen, daß etwas Außerordentliches vorge= fallen sein mußte. Es war jedoch vergeblich, von ihm eine unmittelbare Erklärung zu begehren. Ich konnte nur, während er mich an beiden Händen her= einzog, der Vermuthung Raum geben, daß er (bekannt mit meinen Gewohnheiten) nach dem Häus= chen gekommen war, um mich desto sicherer diese Nacht zu treffen, und mir irgend eine Neuigkeit von ungewöhnlich erfreulicher Art zu überbringen hatte.

Wir platzten beide in sehr kurz angebundener und unschicklicher Weise ins Wohnzimmer hinein. Meine Mutter saß am offenen Fenster und fächelte sich Kühlung zu. Pesca war einer ihrer be= sondern Lieblinge, und seine wildesten Excentricitäten fanden immer Gnade in ihren Augen. Arme liebe Seele! Von der ersten Minute an, da sie ausfindig machte, daß der kleine Professor eine tiefe Dankbarkeit und Zuneigung gegen ihren Sohn fühlte, öffnete sie ihm ohne Rückhalt ihr Herz und nahm alle seine räthselhaften, fremden Besonderheiten für berechtigt an, ohne auch nur einen Versuch zum Verständniß von einer derselben zu machen.

Meine Schwester Sara war bei allen Vorthei= len der Jugend, sonderbar genug, weniger fügsam. Sie ließ bei Pesca den trefflichen Eigenschaften seines Herzens volle Gerechtigkeit widerfahren, konnte ihn

2*

aber nicht gleich meiner Mutter unbedingt schon um meinetwillen annehmen wie er war. Ihre insulari= schen Begriffe von Schicklichkeit empörten sich be= ständig gegen Pesca's constitutionelle Verachtung des äußern Scheins; und sie äußerte stets mehr oder minder unverholen ihr Erstaunen über die Ver= traulichkeit ihrer Mutter mit dem excentrischen klei= nen Fremdling. Ich habe überhaupt nicht allein bei meiner Schwester, sondern auch in manchen andern Fällen, die Bemerkung gemacht, daß wir von der jungen Generation durchaus nicht so herz= lich und anregsam sind, als man dieß wohl bei dem Alter wahrnimmt. Ich sehe täglich alte Leute bei der Aussicht auf ein anticipirtes Vergnügen in Wärme und Aufregung gerathen, wo deren kaltblütige Enkel sich nicht im Mindesten um ihre Ruhe brin= gen lassen. Sind wir, möchte ich fragen, wirklich noch so natürliche Knaben und Mädchen, wie Vater und Mutter ihrer Zeit waren? Hat man bei dem Bestreben, die Erziehung zu verbessern, vielleicht allzu große Schritte gemacht; und wird, in diesen mo= dernen Tagen, gerade die geringste Kleinigkeit auf der Welt zu gut erzogen?

Ohne auf diese Fragen die entscheidende Antwort zu versuchen, will ich wenigstens hier die Versiche= rung niederlegen, daß ich niemals meine Mutter und meine Schwester zusammen in Pesca's Gesell= schaft sah, ohne in meiner Mutter die viel jün= gere Frau von beiden zu finden. Im vorliegen= den Falle zum Beispiel las, während die alte Dame über die knabenhafte Manier, wie wir in das Wohn= zimmer stürzten, herzlich lachte, Sara in einiger Ver=

wirrung die St einer zerbrochenen Theetaſſe zu=
ſammen, welche der Profeſſor, in ſeinem übertriebe=
nen Eifer, mir an die Thüre entgegenzueilen, von
dem Tiſche geſtoßen hatte.

„Ich weiß nicht, was geſchehen wäre, Walter,“
ſagte meine Mutter, „wenn Du noch länger hätteſt
auf dich warten laſſen. Peſca iſt vor Ungebuld
halb närriſch geworden; und ich bin vor Neugierde
halb närriſch geworden. Der Profeſſor hat irgend
eine wunderbare Neuigkeit mitgebracht, wobei ſeiner
Ausſage nach Du betheiligt biſt; und bisher wei=
gerte er ſich grauſam, uns nur den leiſeſten Wink
darüber zu geben, ehe ſein Freund Walter erſchien.“

„Sehr ärgerlich: das Service iſt jetzt verdor=
ben,“ murmelte Sara, indem ſie betrübt nur an
die Trümmer der zerbrochenen Taſſe dachte.

Während dieſer Worte zog Peſca, der voll Glück
und Selbſtgefälligkeit den unheilbaren Schaden,
welchen ſeine Hand unter dem Steingut angerichtet
hatte, nicht einmal ahnte, einen großen Armſtuhl
an die entgegengeſetzte Seite des Zimmers, um nach
Art eines öffentlichen, an ſeine Zuhörerſchaft ſich
wendenden Redners, uns drei miteinander im Auge
zu haben. Nachdem er den Seſſel mit dem Rücken
uns zugekehrt hatte, ſprang er mit ſeinen Knieen
auf denſelben und nahm von dieſer improviſirten
Kanzel aus den drei Perſonen ſeiner kleinen Ge=
meinde gegenüber in ſehr erregendem Tone das
Wort.

„Nun meine Lieben, Guten,“ begann Peſca (der
immer der Worte „meine Lieben, Guten“ ſich be=
diente, wenn er eigentlich „meine würdigen Freunde“

sagen wollte), „hört mir zu. D[...]eit ist da. — Ich gebe meine gute Botschaft kund — ich spreche endlich.“

„Hört, hört!“ rief meine Mutter, gefällig in den Scherz eingehend.

„Das nächste, was er zerbrechen wird, Mama,“ flüsterte Sara, „wird die Lehne von unserem besten Sessel sein.“

„Ich gehe auf mein eigenes Leben zurück und wende mich an das edelste aller geschaffenen Wesen,“ sprach Pesca, indem er mit Heftigkeit über den obersten Querstab der Stuhllehne auf mein unwürdiges Ich zusprach, „an ihn, der mich auf dem Meeresgrunde (todt durch Krampf) gefunden, und der mich wieder in die Höhe gebracht hat; und was sagte ich, als ich wieder in's Leben und in meine Kleider zurückgekehrt war?“

„Viel mehr, als überhaupt nothwendig war,“ antwortete ich so verdrießlich als möglich, denn die geringste hierauf bezügliche Ermunterung löste unmittelbar des Professors Rührung in eine Fluth von Thränen auf.

„Ich sagte,“ fuhr Pesca fort, „mein Leben gehöre, so lang es noch dauern möge, meinem theuern Freunde, Walter — und so ist es auch wirklich. Ich sagte, ich würde niemals wieder glücklich sein, bis ich Gelegenheit gefunden hätte, Walter irgend etwas Gutes zu thun — und ich bin bis zu diesem hochgesegneten Tage niemals mit mir zufrieden gewesen. Nun aber,“ rief der enthusiastische kleine Mann mit seiner lautesten Stimme, „bricht die überströmende Glückseligkeit mir wie Schweißtropfen durch alle Poren meiner Haut; denn auf Ehre und Seligleit, das Etwas ist endlich gethan, und es bleibt mir nur noch zu sagen: recht — in — Richtigkeit."*)

Es mag hier zu erklären nothwendig sein, daß Pesca sich rühmte, in seiner Sprache nicht minder, als in seinen Manieren, Kleidern und Lustbarkeiten ein vollkommener Engländer zu sein. Nachdem er einmal einige unserer alltäglichsten, gesprächsweise vorkommenden Redensarten aufgeschnappt hatte, warf er damit, so oft sie ihm gerade einfielen, in der Unterhaltung um sich, indem er dieselben bei seinem hohen Geschmack für deren Wohllaut und bei seiner gänzlichen Unkenntniß ihres Sinnes, in zusammengesetzte Worte und Wiederholungen von eigener Erfindung umwandelte und stets, als ob sie aus einer einzigen langen Sylbe beständen, in einander überlaufen ließ.

„Unter den feinen Londoner Häusern, wo ich Unterricht in der Sprache meines Vaterlandes ertheile," sprach der Professor weiter, indem er jetzt rasch und ohne ferneres Vorwort auf seine lang verschobene Erklärung einging, „befindet sich eines, wahrhaft fein, auf dem großen Platze, Portland genannt. Sie wissen Alle, wo das ist? Ja, ja, — das ist Natur — und natürlich! *) In dem feinen Hause innen, meine Lieben, Guten, wohnt eine feine Familie. Eine Mama, hübsch und fett; drei junge Fräulein, hübsch und fett; zwei junge Herren, hübsch und fett, und ein Papa, der hübscheste und fetteste von Allen, der ein mächtiger Kaufmann ist, bis zu

---

*) Der Professor sagt: Right-all-right und course-of-course statt einfach All-right und Of-course.　　　　A. d. U.

ben Augen hinauf in Gold — ein feiner Mann vormals, aber da er sah, daß er einen Kahlkopf und ein Doppelkinn bekommen hatte, ist er jetzt nicht mehr fein. Nun merken Sie auf! Ich lese den erhabenen Dante mit den jungen Fräulein, und ach! auf Seelen=Seligkeit! — keine menschliche Sprache vermag auszudrücken, welche Verwirrung der erha= bene Dante in den Köpfen von allen Dreien her= vorbringt! Macht Nichts — gerade recht — und je mehr Lectionen, desto besser für mich. Nun mer= ken Sie auf! Stellen Sie sich vor, ich gebe heute den jungen Fräulein wie gewöhnlich Unterricht. Wir sind alle vier mit einander unten in Dante's Hölle. Beim siebenten Kreise — aber das thut Nichts zur Sache: alle Kreise sind den drei jungen Fräulein, hübsch und fett, ganz gleich, — beim siebenten Kreise also erstickten meine Schülerinnen beinahe; und ich, um ihnen wieder zurecht zu helfen, lese vor, erkläre und blase mich selbst in vergeblichem Enthusiasmus zur Glühhitze auf, als ein Krachen von Stiefeln auf dem Gange draußen hörbar wird, und herein= tritt der goldene Papa, der mächtige Kaufmann mit dem Kahlkopf und dem Doppelkinn! — Ha, meine Lieben! ich bin jetzt näher bei der Sache, als Sie denken. Haben Sie bis hieher Geduld gehabt? Oder haben Sie bei sich selbst gesagt, daß Dich der Daus Dich! Pesca ist heute Abend recht weit= schweifig?"

Wir versicherten ihn unserer lebhaftesten Aufmerk= samkeit. Der Professor ging weiter.

„In seiner Hand hat der goldene Papa einen Brief; und nachdem er sich entschuldigt hatte, daß

er uns in unserer infernalischen Region mit den ge=
meinen menschlichen Geschäften des Hauses gestört
habe, wendet er sich an die drei jungen Fräulein
und beginnt, wie ihr Engländer Alles, was ihr auf
Gottes Welt zu sagen habt, beginnt, mit einem großen
O. ‚O, meine Lieben,‘ spricht der mächtige Kauf=
mann, ‚ich habe hier einen Brief bekommen von mei=
nem Freund, Mr. —‘ (der Name ist mir entfallen;
aber macht Nichts; wir werden bald darauf zurück=
kommen: ja, ja — recht — in Richtigkeit). Also
spricht der Papa: ‚ich habe einen Brief bekommen
von meinem Freund, dem Mister; und er bittet mich,
ihm einen Zeichenlehrer zu empfehlen, der geneigt ist,
zu ihm auf's Land zu gehen.‘ Auf Seelen=Selig=
keit! Als ich den goldenen Papa diese Worte sagen
hörte, hätte ich ihm meine Arme, wäre ich groß ge=
nug gewesen, um zu ihm hinaufzureichen, um den
Nacken geschlagen und ihn in einer langen, dankbaren
Umhalsung an mein Herz gedrückt! Wie es nun
einmal war, fuhr ich nur von meinem Sessel auf.
Ich saß wie auf Dornen, und die Seele brannte
mir vor Begierde zu sprechen, aber ich legte meiner
Zunge den Zaum an und ließ Papa fortfahren.
‚Vielleicht kennt ihr,‘ sagte der gute Geldmann, in=
dem er seines Freundes Brief zwischen seinen golde=
nen Fingern und Daumen leicht hin und her laufen
ließ, ‚vielleicht kennt ihr einen Zeichenlehrer, den ich
empfehlen kann?‘ Die drei jungen Fräulein sahen
alle einander an und dann sagten sie. (mit dem un=
erläßlichen großen O zum Anfang) ‚o nein, lieber
Papa! aber hier ist Mr. Pesca — —.‘ Bei der
Erwähnung meines Namens kann ich mich nicht län=

ger halten — der Gedanke an Sie, meine Lieben,
steigt mir wie Blut nach dem Kopf — ich springe
von meinem Sessel auf, als ob ein Nagel vom Bo=
den aus mitten durch den Sitz hindurchgegangen
wäre — ich rede den mächtigen Kaufmann an und
spreche (englische Redensart), ‚werther Sir, ich habe
den Mann! Der erste und vornehmste Zeichenlehrer
von der Welt! Empfehlen Sie ihn noch heute Abend
mit der Post und senden Sie ihn, Sack und Pack
(englische Redensart wieder — ha?), senden Sie
ihn, Sack und Pack, morgen mit dem ersten Bahn=
zug ab!‘ — ‚Halt, halt,‘ sagt Papa, ‚ist er ein
Fremder oder Engländer?‘ — ‚Engländer bis zum
Rückenwirbel,‘ antworte ich. — ‚Respectabel?‘ sagt
Papa. — ‚Sir,‘ sage ich (denn diese Frage empört
mich und mit der Vertraulichkeit gegen ihn ist's jetzt
aus), ‚Sir! das unsterbliche Feuer des Genies brennt
in dieses Engländers Busen, und was noch mehr ist,
sein Vater hatte es vor ihm!‘ — ‚Lassen Sie es
gut sein,‘ sagt der golden Barbar von einem Papa,
‚lassen Sie es gut sein mit seinem Genie, Mr.
Pesca. Wir brauchen kein Genie in unserem Lande,
außer wenn' es von Respectabilität begleitet ist —
und dann sind wir recht froh, es zu haben, wirklich
recht froh. Kann Ihr Freund Zeugnisse beibringen
— Briefe, die für seinen Character sprechen?‘ —
Ich mache eine nachlässige Handbewegung. ‚Briefe?‘
sage ich. ‚Ha, auf Seelen= Seligkeit! ich sollte wohl
denken! Bände von Briefen und Portefeuilles voll
Zeugnisse, wenn Sie dergleichen begehren.‘ — ‚Eines
oder zwei werden es thun‘,‘ sagt der Mann des
Phlegma's und Geldes. ‚Er soll sie mir senden,

mit Namen und Abreſſe. Und — halt, halt, Mr.
Peſca — ehe Sie zu ihrem Freunde gehen, würden
Sie wohl daran thun, ein Billet mitzunehmen.' —
‚Ein Bankbillet!‘ erwiedere ich unwillig. „Kein Bank-
billet, wenn's Ihnen gefällig wäre, bis mein braver
Engländer es erſt verdient hat.‘ — ‚Bankbillet!‘ ſagt
Papa in großem Erſtaunen, ‚wer ſprach von Bank-
billet? Ich meine ein Billet über die betreffenden
Bedingungen — eine Notiz über das, was von ihm
erwartet wird. Machen Sie in Ihrer Lection fort,
Mr. Peſca, und ich will Ihnen den nöthigen Aus-
zug aus meines Freundes Briefe geben.‘ — Nieder-
ſetzt ſich der Handels- und Geldmann zu Feder, Tinte
und Papier, und noch einmal hinabfahre ich in die
Hölle von Dante, mit meinen drei jungen Fräulein
hinter mir. In zehn Minuten iſt das Billet ge-
ſchrieben, und Papa trabt mit ſeinen krachenden
Stiefeln über den Gang davon. Von dieſem Augenblick weiß ich meiner Treu, auf Seelen-Seligkeit
Nichts mehr! Der glorreiche Gedanke, ich habe meine
Gelegenheit endlich erhaſt, und mein dankbarer
Dienſt für meinen theuerſten Freund iſt ſo gut wie
bereits gethan, ſteigt mir zu Kopf und macht mich
trunken. Wie ich meine jungen Fräulein und mich
ſelbſt wieder aus unſern hölliſchen Regionen heraus-
bringe, wie mein anderes Geſchäft nachher abgethan
wird, wie das Bischen Speiſe zum Diner mir von
ſelbſt durch die Kehle geht, ich weiß davon ſo wenig
als der Mann im Monde. Genug für mich, daß
ich hier bin, mit des mächtigen Kaufmanns Billet
in der Hand, ſo ſtark wie das Leben, ſo heiß wie

Feuer, und so glücklich wie ein König! Ha! ha! ha! Alles recht — recht — in Richtigkeit!"

Hier schwang der Professor das Billet mit den betreffenden Bedingungen über seinem Haupte und schloß seine lange, wortreiche Erzählung mit seiner schrillen italienischen Nachäffung eines englischen Cheer's.

Meine Mutter erhob sich im Augenblick, da er fertig war, mit gerötheten Wangen und glänzenden Augen. Sie faßte den kleinen Mann warm bei beiden Händen.

„Mein lieber, guter Pesca," sagte sie, „ich zweifelte niemals an Ihrer wahrhaften Zuneigung zu Walter — aber jetzt bin ich mehr als je davon überzeugt!"

„Wir sind sicherlich Professor Pesca um Walters willen sehr verpflichtet," fügte Sara hinzu. Sie stand mit diesen Worten halb auf, als wollte sie ihrerseits auch dem Sessel sich nähern; aber als sie bemerkte, daß Pesca voll Entzücken meiner Mutter Hände küßte, nahm sie eine ernsthafte Miene an und setzte sich wieder. „Wenn der vertrauliche kleine Mann meine Mutter also behandelt, wie wird er mit mir umgehen?" Das Gesicht redet manchmal die Wahrheit; und so dachte Sara ohne Zweifel in ihrem Innern, als sie wieder ihren Sitz einnahm.

Obwohl ich Pesca für die Freundlichkeit seiner Beweggründe dankbar erkenntlich war, fühlte ich mich doch nicht so lebhaft aufgeregt, wie es bei der mir nunmehr eröffneten Aussicht auf Beschäftigung hätte geschehen sollen. Als der Professor mit meiner Mutter Hand fertig war und ich ihm für seine Verwen=

bung zu meinen Gunsten warm gedankt hatte, bat
ich um Erlaubniß, von dem Billet, welches sein acht=
barer Gönner für mich geschrieben hatte, Einsicht zu
nehmen.

Pesca händigte mir das Papier mit einer sieg=
reichen Schwenkung seiner Hand ein.

„Lies!" sprach der kleine Mann majestätisch. „Ich
versichere Dich, mein Freund, das Schreiben des
goldenen Papa's spricht mit Posaunenzunge für sich
selbst."

Das Billet war jedenfalls deutlich, bestimmt und
bündig. Es belehrte mich darüber, daß

Erstens Friederich Fairlie, Esquire, von Limme=
ridgehouse in Cumberland, einen durchaus tüchtigen
Zeichenlehrer mindestens auf die Dauer von vier
Monaten in Dienste zu nehmen wünsche.

Zweitens die Verpflichtungen, zu welchen der Leh=
rer sich anheischig machen sollte, zweifacher Art waren.
Er sollte den Unterricht zweier jungen Damen in
Aquarellmalerei leiten und außerdem seine freie Zeit
dem Wiederherstellen und Aufziehen einer werthvollen
Sammlung von Zeichnungen widmen, welche lange
Zeit gänzlich vernachlässigt worden waren und darum
sehr Noth gelitten hatten.

Drittens das Honorar für denjenigen, welcher
sich dieser Aufgabe unterziehen und sie gehörig lösen
würde, vier Guineen wöchentlich betragen; daß er
Wohnung in Limmeridgehouse haben und auf dem
Fuß eines Gentlemans behandelt werden sollte.

Viertens und Letztens Niemand auf diese Stel=
lung sich Rechnung machen dürfte, welcher nicht die
vollgültigsten Zeugnisse über Character und Fähig=

keiten aufzuweisen im Stande wäre. Die Zeugnisse sollten an Mr. Fairlie's Freund in London einge=sandt werden, und derselbe war bevollmächtigt, alle nöthigen Verabredungen deßhalb zu treffen.

Diesen Instructionen folgten Name und Adresse von Pesca's Auftraggeber. Auf Portland=Place — und damit schloß das Billet oder Memorandum.

Die Aussicht, welche sich mit einer solchen An=stellung eröffnete, war sicherlich reizender Natur. Die Beschäftigung war leicht und angenehm zugleich, sie bot sich mir zur Zeit des Herbstes dar, wo ich am wenigsten zu thun hatte, und die Bedingungen er=schienen meiner persönlichen Berufserfahrung zufolge, ausnehmend liberal. Ich wußte das; ich wußte, daß ich mich sehr glücklich zu schätzen hätte, wenn ich die gebotene Anstellung erhielte — und dennoch hatte ich kaum das Memorandum gelesen, als ich einen unerklärlichen Widerwillen, mich mit der Sache zu befassen, in mir empfand. Ich hatte, so weit ich zu=rückdenken konnte, niemals Neigung und Pflicht in so peinlichem und unbegreiflichem Widerspruch, als eben jetzt, gefunden.

„O, Walter, Deinem Vater war das Glück nie so g..... sagte meine Mutter, als sie das Billet gelesen hatte und es mir wieder zustellte.

„So distinguirte Leute dem Ansehen nach," be=merkte Sara, indem sie sich in ihrem Sessel gerade aufrichtete, „und auf so annehmbare Bedingungen der Gleichheit!"

„Ja, ja; die Bedingungen sind in jeder Hinsicht verführerisch genug," erwiederte ich ungeduldig. „Aber ehe ich meine Zeugnisse absende, möchte ich mir die Sache ein wenig überlegen —"

„Ueberlegen!" rief meine Mutter. „Was fällt Dir ein, Walter?"

„Ueberlegen!" eiferte meine Schwester. „Wie wahrhaft seltsam, unter solchen Umständen!"

„Ueberlegen!" stimmte der Professor ein. „Was ist hier zu überlegen? Geben Sie mir Antwort darauf! Haben Sie sich nicht über Ihre Gesundheit beklagt, und haben Sie sich nicht nach einem Mundvoll Landluft, wie Sie zu sagen pflegen, gesehnt? Nun! Da ist das Papier in Ihrer Hand, das Ihnen ununterbrochen, vier Monate lang, so viel Landluft bietet, daß Sie daran ersticken könnten. Ist es nicht so? Ha? Und dann — Sie brauchen Geld. Wohl! Sind vier Guineen für die Woche Nichts? Auf Seelen=Seligkeit! nur mir gegeben — und ich will meine Stiefel krachen lassen, wie der goldene Papa, mit einem Gefühl von dem überwältigenden Reichthum des Mannes, der in denselben geht! Vier Guineen wöchentlich, und mehr als das, die reizende Gesellschaft zweier jungen Fräulein; und mehr als das, Ihr Bett, Ihr Frühstück, Ihr Mittagsmahl, Ihre sättigenden englischen Thee's und Zwischenessen und das Getränke schäumenden Biers, Alles umsonst! Ei, Walter, mein lieber, guter Freund — daß Dich der Daus Dich! — zum ersten Mal in meinem Leben habe ich nicht Augen genug im Kopfe, mich über Dich zu verwundern!"

Weder meiner Mutter augenscheinliches Erstaunen über mein Benehmen, noch Pesca's feurige Aufzählung aller Vortheile, die sich mir mit der neuen An=

stellung darboten, vermochten meine unvernünftige
Abneigung, nach Limmeridgehouse zu gehen, irgend
zu erschüttern. Nachdem ich alle die kleinen Bedenk=
lichkeiten, die ich mir nur denken konnte, gegen die
Reise nach Cumberland vorgebracht hatte; nachdem
ich eine nach der andern zu meinem größten Miß=
vergnügen widerlegt gesehen hatte, versuchte ich es
mit einem letzten Einwand, indem ich die Frage
aufwarf, was aus meinen Schülern in London wer=
den sollte, während ich Mr. Fairlie's junge Damen
nach der Natur zu zeichnen unterwiese. Man ent=
gegnete mir alsbald darauf, der größte Theil der=
selben würde auf Herbstreisen begriffen sein, und die
wenigen, welche zu Hause blieben, könnte man der
Sorge keines meiner Collegen übergeben, dessen Schü=
ler ich früher unter ähnlichen Umständen zur Hand
genommen hatte. Meine Schwester machte mich
darauf aufmerksam, daß derselbe sich mir ausdrück=
lich für die gegenwärtige Jahreszeit, im Fall ich die
Stadt zu verlassen wünschte, zur Verfügung gestellt
hatte; meine Mutter redete mir ernstlich zu, mich
nicht durch eine eitle Laune zum Nachtheil meiner
Interessen und meiner Gesundheit bestimmen zu las=
sen; und Pesca flehte ganz erbarmenswürdig, ich
möchte ihm nicht das Herz dadurch verwunden,
daß ich das erste dankbare Dienstanerbieten, das er
dem Freunde, der sein Leben gerettet, zu machen im
Stande wäre, von der Hand wiese.

Die augenscheinliche Aufrichtigkeit und Zuneigung,
wovon diese Vorstellungen eingegeben waren, wür=
den auf jeden Menschen, der nur ein Atom von Ge=
fühl im Leibe hatte, ihren Einfluß ausgeübt haben.

Obwohl ich meine unerflärliche Widerspenstigkeit nicht bemeistern konnte, hatte ich am Ende Kraft genug, mich derselben herzlich zu schämen und den Streit gütlich damit beizulegen, daß ich nachgab und Alles, was man von mir verlangte, zu thun versprach.

Der Rest des Abends verging heiter unter scherz=haften Anspielungen auf mein bevorstehendes Leben mit den zwei jungen Damen in Cumberland. Pesca, begeistert von unserem nationalen Grog, der ihm höchst wunderbarer Weise fünf Minuten, nachdem er die Kehle passirt hatte, in den Kopf zu steigen schien, machte seine Ansprüche auf die Eigenschaft eines voll=kommenen Engländers dadurch geltend, daß er in rascher Folge eine Reihe von Reden hielt; daß er meiner Mutter Gesundheit, meiner Schwester Gesund=heit, meine Gesundheit und die Gesundheit von Mr. Fairlie und den zwei jungen Fräulein zusammen vor=schlug und unmittelbar darauf in pathetischer Weise für die ganze Partie seinen Dank abstattete. „Ein Geheimniß, Walter," sprach mein kleiner Freund ver=traulich, als wir zusammen heimkehrten. „Ich fühle mich ganz erhoben bei der Erinnerung an meine Beredtsamkeit. Meine Seele zerspringt von Ehrgeiz. Eines Tags gelange ich in Ihr edles Parlament. Es ist der Traum meines ganzen Lebens, der ehren=werthe Pesca, M. P.*) zu heißen!"

Am nächsten Morgen schickte ich meine Zeugnisse an des Professors Auftraggeber auf Portland=Place. Drei Tage vergingen, und ich schloß mit geheimer

*) Parlamentsmitglied, gewöhnlich dem Namen angehängt.
A. d. U.

Genugthuung, meine Papiere möchten nicht bestimmt genug erfunden worden sein. Am vierten Tag jedoch kam eine Antwort. Sie meldete mir, Mr. Fairlie nehme meine Dienste an und ersuche mich, sogleich nach Cumberland aufzubrechen. Alle nothwendigen Instructionen bezüglich meiner Reise waren in einer Nachschrift sorgfältig und klar angefügt.

Ich traf ungern genug meine Vorkehrungen, um London früh am nächsten Morgen zu verlassen. Gegen Abend sprach Pesca, auf seinem Weg zu einem Gesellschaftsdiner, einen Augenblick vor, um mir Lebewohl zu sagen.

„Ich trockne meine Thränen," sagte der Professor fröhlich, „in Ihrer Abwesenheit mit dem glorreichen Gedanken: es ist meine glückliche Hand, welche den ersten Anstoß zu Ihrer Wohlfahrt in der Welt gegeben hat. Gehen Sie, mein Freund! So lang Ihre Sonne in Cumberland scheint (englisches Sprüchwort), machen Sie in's Himmels Namen Ihr Heu. Heirathen Sie eine der jungen Damen; werden Sie der ehrenwerthe Hartright, M. P.; und wenn Sie auf der Höhe der Leiter stehen, so denken Sie daran, daß Pesca unten dieß Alles gethan hat."

Ich versuchte mit meinem kleinen Freunde über seinen Abschiedsscherz zu lachen, aber ich konnte es zu keiner rechten Heiterkeit bringen. Es sperrte sich etwas fast schmerzlich in mir dagegen, während er sein flüchtiges Lebewohl aussprach.

Als ich wieder allein war, blieb mir Nichts mehr zu thun übrig, als nach Hampstead-Cottage zu gehen und mich von meiner Mutter und von Sara zu verabschieden.

IV.

Die Hitze war den ganzen Tag höchst drückend
gewesen, und die Nacht längst trüb und schwül an-
gebrochen.

Mutter und Schwester hatten so viele Scheide-
worte mir zu sagen gehabt und mich so oft gebeten, nur noch fünf Minuten zu bleiben, daß es
beinahe Mitternacht war, als die Magd hinter mir
die Gartenthüre schloß. Ich machte einige Schritte
vorwärts auf dem kürzesten Weg nach London; dann
hielt ich an und zögerte.

Der Mond stand voll und breit an dem tief-
blauen, sternenlosen Himmel; und der gebrochene
Grund der Haide sah in dem mysteriösen Lichte wild
genug aus, daß man hätte glauben können, hundert
Meilen von der großen Stadt, die jenseits derselben
lag, entfernt zu sein. Der Gedanke, schneller als es
nothwendig wäre, in die Hitze und das Düster von
London hinabzusteigen, war mir zuwider. Die Aussicht, in meinem dumpfigen Zimmer zu Bette zu gehen
oder ganz allmälig zu ersticken, war für mich eine
und dieselbe. Ich beschloß also, in der reinern Luft
auf dem möglichst weiten Umweg nach Hause zu
schlendern, den weißen gewundenen Pfaden über die
einsame Haide zu folgen und mich London durch dessen offenste Vorstadt zu nähern, indem ich in die
Finchley-Straße einbog und hernach in der frischen
Morgenkühle durch die westliche Seite von Regents-
Park zurückkehrte.

Ich marschirte also langsam die Haide hinunter,

mich an der göttlichen Stille erfreuend und den sanf=
ten Wechsel von Licht und Schatten bewundernd,
wie er nach einander auf dem gebrochenen Grund
rechts und links von mir sich darstellte. So lang
ich in dem ersten und hübschesten Theile meines
Nachtspaziergangs begriffen war, gab sich mein Ge=
müth den Eindrücken der Umgebung leidend hin;
ich dachte nur wenig an Dieses oder Jenes — ja
ich kann, soweit meine eigenen Empfindungen dabei
betroffen wurden, kaum sagen, daß ich überhaupt
Etwas dachte.

Aber als ich die Haide verlassen und eine Seiten=
straße eingeschlagen hatte, wo wenig zu sehen war,
zogen die, natürlicherweise durch den bevorstehenden
Wechsel in meinen Gewohnheiten und Beschäftigungen
geweckten Ideen mehr und mehr meine Aufmerksam=
keit ausschließlich auf sich. Wie ich am Ende der
Straße angelangt war, hatte ich mich bereits in
meine eigenen phantastischen Visionen von Limmeridge=
house, von Mr. Fairlie und den zwei Damen, deren
Uebungen in der Aquarellmalerei ich in so kurzer
Zeit zu überwachen hatte, völlig vertieft.

Ich befand mich jetzt auf meinem Spaziergang
auf dem besondern Punkte, wo vier Straßen sich
begegnen — die Straße nach Hampstead, auf der
ich umgekehrt hatte; die Straße nach Finchley; die
Straße nach West=End; und die Straße zurück nach
London. Ich hatte mechanisch diese letztere Richtung
eingeschlagen und schlenderte auf der einsamen Land=
straße dahin — indem ich mir, wie ich mich wohl
noch erinnerte, die eitle Frage vorlegte, wie die jun=
gen Cumberland=Damen wohl aussehen würden —

als auf einmal jeder Tropfen Bluts in meinem
Körper durch die Berührung einer Hand, die sich
leicht und plötzlich von hinten her auf meine Schulter legte, zum Stocken gebracht wurde.

Ich wandte mich sogleich um, indem meine Finger den Griff meines Stocks umklammerten.

Da stand mitten auf der breiten, hellen Landstraße — als ob sie gerade diesen Augenblick aus
der Erde hervorgesprungen, oder vom Himmel herab-
gestiegen wäre — die Gestalt einer einzelnen Frau,
von Kopf bis zu den Füßen in weiße Gewänder
gehüllt; ihr Gesicht in ernstem Forschen auf das
meinige gerichtet, mit ihrer Hand nach der finstern
Wolke über London deutend, als ich mich gerade vor
ihr befand.

Das Plötzliche dieser außerordentlichen Erscheinung in der Todesstille der Nacht und auf dieser
einsamen Stelle hatte mich in zu große Bestürzung
versetzt, als daß ich nach ihrem Begehren fragen
konnte. Die seltsame Frau nahm zuerst das Wort:

„Ist dieß die Straße nach London?" sagte sie.

Ich schaute sie aufmerksam an, als sie diese sonderbare Frage an mich richtete. Es war damals
beinahe ein Uhr. Alles, was ich im Mondschein deutlich unterscheiden konnte, war ein bleiches, jugend-
liches Gesicht, mager und scharf von Ansehen um
Wangen und Kinn; große, ernste, tiefsinnig aufmerk-
same Augen; kräftige, unbestimmt gezeichnete Lippen;
und lichtes Haar von blasser, bräunlich-blonder Farbe.
Es lag nichts Abenteuerliches, nichts Unbescheidenes
in ihrem Benehmen: dieses zeugte von Ruhe und
Selbstbeherrschung, von etwas Melancholie, mit einem

leichten Anflug von Argwohn; es war nicht gerade
das Benehmen einer Dame, aber auch nicht das
einer Frau in niedrigen Lebensverhältnissen. Die
Stimme hatte, so wenig mir noch davon zu hören
vergönnt war, etwas auffallend Stilles und Mecha=
nisches im Tone, und die Aussprache war merkwür=
dig rasch. Sie hielt eine kleine Tasche in der Hand,
und ihr Anzug — Hut, Shawl und Kleid völlig
weiß — war, so viel ich muthmaßen konnte, sicher=
lich nicht von sehr feinem oder kostbarem Stoffe.
Ihr Wuchs war schlank und von mehr als mittlerer
Höhe — Gang und Geberdenspiel frei von jeder
Spur der Ueberspannung. Dieß war Alles, was
ich von ihr in dem Dämmerlichte und unter den
seltsam verwirrenden Umständen unserer Begegnung
wahrzunehmen vermochte. Was sie für eine Frau
war und wie es kam, daß sie sich hier ganz allein,
eine Stunde nach Mitternacht auf der Landstraße
befand, das ging über all mein Wissen und Ver=
muthen. Davon allein war ich überzeugt, daß auch
das rohefte Menschenkind, selbst in einer so verdächtig
späten Stunde, und an einem so verdächtig einsamen
Orte, das Motiv, das sie zum Sprechen veranlaßte,
nicht hätte mißdeuten können.

„Haben Sie mich verstanden?" sagte sie noch
immer ruhig und rasch, ohne das leiseste Anzeichen
von Verdruß oder Ungeduld. „Ich fragte, ob das
der Weg nach London sei."

„Ja," antwortete ich, „das ist der Weg: er führt
nach St. Johns=Wood und dem Regents=Park. Sie
werden entschuldigen, daß ich Ihnen nicht gleich ant=
wortete. Ich war ziemlich erschrocken über Ihre

plötzliche Erscheinung auf der Straße, und bin selbst
jetzt noch außer Standes, mir dieselbe zu erklären."

„Sie haben mich doch nicht im Verdacht, daß ich
etwas Unrechtes thue, nicht wahr? Ich habe nichts
Unrechtes gethan. Es ist mir ein Mißgeschick begegnet — ich bin sehr unglücklich, mich so spät hier
allein zu finden. Warum haben Sie mich im Verdacht eines Unrechts?"

Sie sprach mit unnöthigem Ernst und Eifer und
wich mehre Schritte von mir zurück. Ich gab mir
alle Mühe, sie zu beruhigen.

„Bitte, geben Sie der Vermuthung nicht Raum,
als hege ich irgend einen Argwohn gegen Sie,"
sagte ich, „oder einen andern Wunsch, als den, Ihnen
wo möglich Beistand zu leisten. Ich war nur verwundert über Ihr Erscheinen auf der Straße, weil
sie mir im Augenblick, da ich Sie sah, ganz men-
schenleer schien."

Sie wandte sich um und deutete rückwärts auf
eine Stelle beim Zusammenstoß der Straßen nach
London und nach Hampstead, wo sich ein Loch in
der Hecke zeigte.

„Ich hörte Sie kommen," sagte sie, „und schlüpfte
dort hinein, um zu sehen, was für ein Mann Sie
waren, ehe ich zu sprechen wagen wollte. Ich war
in Zweifel und Besorgniß deßhalb, bis Sie vorüber
gingen; und dann war ich genöthigt, mich hinter
Ihnen herzustehlen und Sie anzurühren."

„Sich hinter mir herzustehlen und mich anzurühren? Warum mir nicht zurufen? Seltsam, zum
Mindesten gesagt."

„Darf ich Ihnen trauen?" fragte sie, „Sie den-

ten nicht schlimmer von mir, weil mir ein Mißge=
schick begegnet ist?" Sie hielt verwirrt an, schob
die Tasche von einer Hand in die andere und seufzte
bitterlich.

Die Einsamkeit und Hilflosigkeit der Frau rührte
mich. Der natürliche Impuls, ihr beizustehen und
mit Schonung zu verfahren, gewann die Oberhand
über Besonnenheit, Vorsicht und weltlichen Tact,
woraus ein älterer, weiserer und kälterer Mann viel=
leicht den Antrieb geschöpft hätte, sich in dieser selt=
samen Verlegenheit zu helfen.

„Sie können sich auf mich in jeder rechtmäßigen
Absicht verlassen," erwiderte ich. „Wenn es Ihnen
beschwerlich ist, mir Ihre sonderbare Lage zu erklä=
ren, so brauchen Sie gar nicht mehr darauf zurück=
zukommen. Ich habe kein Recht, Erklärungen von
Ihnen zu fordern. Sagen Sie mir, wie ich Ihnen
helfen kann; und ist es möglich, so soll es geschehen."

„Sie sind sehr freundlich, und ich bin sehr, sehr
erfreut, Sie getroffen zu haben." Der erste An=
klang weiblicher Zärtlichkeit, den ich von ihr ver=
nommen hatte, zitterte in ihrer Stimme nach, als
sie diese Worte aussprach; aber keine Thräne blinkte
in diesen großen, tiefsinnig aufmerksamen Augen, die
noch immer auf mich geheftet waren. „Ich bin nur
einmal früher in London gewesen," fuhr sie fort,
immer schneller und schneller, „und ich bin auf die=
ser Seite da ganz unbekannt mit der Stadt. Kann
ich eine Droschke, oder ein Fuhrwerk irgend welcher
Art bekommen? Ist es zu spät? Ich weiß es nicht.
Wenn Sie mir zeigen könnten, wo eine Droschke zu
bekommen ist — und wenn Sie mir nur versprechen

wollten, mich nicht aufzuhalten und mich ziehen zu
lassen, wann und wie es mir beliebt — ich habe
einen Freund in London, der froh sein wird, mich
aufzunehmen — ich brauche sonst Nichts — wollen
Sie es mir versprechen?"

Sie schaute ängstlich die Straße auf und ab,
schob ihre Tasche von einer Hand in die andere,
wiederholte die Worte, „wollen Sie es mir versprechen?" und blickte mir scharf in's Gesicht, mit so
sprechender Besorgniß und Verwirrung, daß es mir
wehe that, dieß zu sehen. Was konnte ich thun?
Da war eine unbekannte Person, völlig hülflos meiner Gnade preisgegeben — und diese Person war
eine verlassene Frau. Kein Haus befand sich in der
Nähe; kein Vorübergehender zeigte sich, den ich um
Rath fragen konnte; und ich hatte meinerseits kein
Recht auf der Welt, mir eine Controle über sie an-
zumaßen, selbst wenn ich dieselbe in Anwendung zu
bringen gewußt hätte. Ich schreibe diese Linien,
gegen mich selbst mißtrauisch, wieder unter den
Schatten späterer Begebenheiten, welche verdunkelnd
auf das Papier fallen; und ich sage noch immer,
was konnte ich thun?

Was ich wirklich that, bestand darin, daß ich
einen Versuch mit Fragen machen und Zeit gewinnen
wollte.

„Sind Sie gewiß, daß Ihr Freund Sie zu einer
so späten Stunde wie gegenwärtig aufnehmen wird?"
sagte ich.

„Völlig gewiß. Sagen Sie mir nur, wollen
Sie mich ziehen lassen, wann und wie es mir be-

liebt — Sagen Sie nur, wollen Sie mich nicht aufhalten? Wollen Sie es mir versprechen?"

Als sie diese Worte zum dritten Mal wieder= holte, kam sie hart auf mich zu und legte ihre Hand, mit einer plötzlichen sanften Heimlichkeit, mir auf das Herz — eine kleine Hand; eine kalte Hand (als ich sie mit der meinigen wegschob) selbst in dieser schwülen Nacht. Man bedenke, daß ich jung war; man bedenke, daß die Hand, welche mich be= rührte, eine Frauenhand war.

„Wollen Sie es mir versprechen?"

„Ja."

Ein einziges Wort! Das kleine vertrauliche Wort ist auf Jedermanns Lippen, jede Stunde des Tags. Ach! Und ich zittere jetzt, wenn ich es schreibe.

Wir wandten uns London zu und schritten in der ersten stillen Stunde des Tages weiter — ich und diese Frau, deren Name, deren Character, deren Geschichte, deren Lebenszweck, deren Gegenwart selbst an meiner Seite, in diesem Augenblick, unergründ= liche Geheimnisse für mich waren. Es kam mir wie ein Traum vor. War ich Walter Hartright? War dieß die wohlbekannte, ereignißlose Straße, wo das Feiertagsvolk an Sonntagen auf= und abschlenderte? Hatte ich wirklich vor kaum einer Stunde die ruhige, anständige, conventionell=häusliche Atmosphäre von meiner Mutter Wohnung verlassen? Ich war allzu verwirrt — eines unbestimmten Gefühls, das wie Selbstvorwurf sich kund gab, mir bewußt, als daß ich einige Minuten lang mit meiner seltsamen Gefährtin zu sprechen vermochte. Es war wieder ihre Stimme, die zuerst das Stillschweigen zwischen uns brach.

„Ich möchte Sie Etwas fragen," sagte sie plötzlich: „Kennen Sie viele Leute in London?"

„Ja, sehr viele."

„Leute von Rang und Stand?"

Es lag ein untrüglicher Ton des Argwohns in dieser sonderbaren Frage. Ich zögerte mit einer Antwort.

„Einige," erwiederte ich nach einem augenblicklichen Stillschweigen.

„Viele —" sie hielt lang ein und schaute mir forschend in's Gesicht. — „viele Leute vom Rang eines Baronets?"

Allzu sehr erstaunt, um darauf zu antworten, entgegnete ich meinerseits:

„Wie kommen Sie zu dieser Frage?"

„Weil ich um meiner selbst willen hoffe, es gibt einen Baronet, den Sie nicht kennen."

„Wollen Sie mir seinen Namen angeben?"

„Ich kann es nicht — ich wage es nicht — ich vergesse mich selbst, wenn ich denselben erwähne."

Sie sprach laut und beinahe ungestüm, erhob ihre geballte Hand in die Luft und schüttelte sie leidenschaftlich; dann nahm sie sich plötzlich wieder zusammen und setzte in einem zum Flüstern herabgestimmten Tone hinzu: „Sagen Sie mir, welche Sie davon kennen?"

Ich konnte es kaum abschlagen, bei einer solchen Kleinigkeit ihr zu willfahren, und nannte drei Namen. Zwei, die Namen von Familienvätern, deren Töchtern ich Unterricht gab; einen, den Namen eines

Junggesellen, der mich einmal zu einer Kreuzfahrt auf seiner Yacht mitgenommen hatte, um Skizzen für ihn zu machen.

„Ah! Sie kennen ihn nicht," sagte sie mit einem Seufzer der Erleichterung. „Sind Sie selbst ein Mann von Rang und Stand?"

„Nichts weniger. Ich bin nur ein Zeichen= lehrer."

Als diese Antwort über meine Lippen ging — ein wenig bitter vielleicht — faßte sie meinen Arm mit einer Hast, der all ihr Thun kennzeichnete.

„Kein Mann von Rang und Stand," wieder= holte sie für sich. „Gott sei Dank, ich darf ihm trauen!"

Ich hatte bisher meine Neugierde aus Rücksicht für meine Begleiterin zu bemeistern gewußt; nun aber gewann sie die Oberhand über mich.

„Ich fürchte, Sie haben triftige Gründe, sich über einen Mann von Rang und Stand zu betla= gen?" sagte ich. „Ich fürchte, der Baronet, dessen Namen Sie mir nicht nennen wollen, hat Ihnen schmerzliches Unrecht angethan. Ist er daran schul= dig, daß Sie zu dieser ungewöhnlichen Stunde der Nacht hier sind?"

„Fragen Sie mich nicht; bringen Sie mich nicht zum Reden," erwiederte sie. „Ich bin jetzt nicht auf= gelegt dazu. Ich bin grausam mißbraucht und grau= sam gekränkt worden. Sie werden ungemein freund= lich sein, wenn Sie schneller gehen und nicht mit mir sprechen. Ich habe recht nöthig, stillzuschweigen — ich habe recht nöthig, mich zu beruhigen, wenn es möglich ist."

Wir schritten wieder schnellen Schrittes vorwärts, und wenigstens eine halbe Stunde ging kein Wort hin und her. Von Zeit zu Zeit warf ich, da mir verboten war, weiter zu forschen, einen verstohlenen Blick auf ihr Angesicht. Es war immer dasselbe; die Lippen fest geschlossen, die Stirne gefaltet, die Augen starr vorwärts schauend, lebhaft und doch wieder zerstreut. Wir hatten die ersten Häuser erreicht, und waren nahe bei dem neuen Wesley=College, ehe der Ausdruck ihrer Züge minder streng wurde und sie wieder das Wort nahm.

„Leben Sie in London?"

„Ja."

Wie ich antwortete, fiel mir ein, sie möchte vielleicht den Plan entworfen haben, mich um Beistand oder Rath anzugehen, und ich müßte ihr eine mögliche Täuschung ersparen, indem ich sie auf meine bevorstehende Abwesenheit von Hause aufmerksam machte. So fügte ich also bei: „Aber morgen werde ich mich auf einige Zeit von London entfernen. Ich gehe auf das Land."

„Wohin?" fragte sie; „nord= oder südwärts?"

„Nordwärts — nach Cumberland."

„Cumberland!" wiederholte sie in weichem Ton. „Ach! ich möchte auch dorthin gehen. Ich war einst glücklich in Cumberland."

Ich versuchte noch einmal, den Schleier zu lüften, der zwischen mir und dieser Frau hing.

„Vielleicht waren Sie," sagte ich, „in dem schönen Seelande geboren."

„Nein," antwortete sie. „Ich bin in Hampshire geboren, aber ich ging einmal in Cumberland eine

Weile in die Schule. Seen? Ich erinnere mich
keiner Seen. Das Dorf Limmeridge und Limme=
ridgehouse möchte ich wieder sehen."

Jetzt war das plötzliche Stehenbleiben an mir.
Da meine Neugierde einmal aufgeregt war, versetzte
mich nunmehr die zufällige Erwähnung von Mr.
Fairlie's Wohnort auf den Lippen meiner seltsamen
Begleiterin in tiefes Erstaunen.

„Haben Sie Jemand hinter uns rufen gehört?"
fragte sie, im Augenblick, da ich anhielt, erschrocken
die Straße auf= und abschauend.

„Nein, nein. Mir fiel nur der Name Limme=
ridgehouse auf. Ich hörte denselben vor einigen
Tagen von Leuten aus Cumberland nennen."

„Ach! nicht von meinen Leuten. Mrs. Fairlie
ist todt; und ihr Gatte ist todt; und ihr kleines
Mädchen mag inzwischen sich verheirathet haben und
weggezogen sein. Ich kann nicht sagen, wer jetzt
zu Limmeridge wohnt. Gibt es noch Leute dieses
Namens dort, so kann ich nur sagen, daß ich sie
um Mrs. Fairlie's willen liebe."

Sie schien noch mehr sagen zu wollen; aber
während sie noch redete, bekamen wir den Schlag=
baum auf der Höhe der Avenue=Straße zu Gesicht.
Sie umklammerte mit ihrer Hand meinen Arm und
schaute ängstlich auf das Pförtchen vor uns.

„Hält der Schlagbaumwärter Ausschau?" fragte
sie. Dieß war gerade nicht der Fall, und kein
Mensch war auf dem Platze, als wir durch das
Pförtchen schritten. Der Anblick der Gaslampen
und Häuser schien sie zu beunruhigen und ungedul=
dig zu machen.

„Das ist London," sagte sie. „Sehen Sie viel=
leicht ein Fuhrwerk, das zu bekommen wäre? Ich
bin müde und fürchte mich. Ich möchte mich ein=
schließen und hinwegfahren."

Ich erklärte ihr, wir müßten noch weiter gehen,
um zu einer Droschkenstation zu gelangen, wenn
wir nicht so glücklich wären, einem leeren Fuhrwerk
zu begegnen; und dann versuchte ich, das Gespräch
wieder auf Cumberland zu bringen. Es war ver=
geblich. Der Gedanke, sich einzuschließen und hin=
wegzufahren, hatte sich ihres Geistes gänzlich be=
mächtigt.

Wir waren kaum zum dritten Theil die Avenue=
Straße hinabgekommen, als ich wenige Häuser unter
uns eine Droschke auf der gegenüber befindlichen
Seite des Wegs anfahren sah. Ein Mann stieg
aus und trat durch eine Gartenthüre. Ich rief die
Droschke an; als der Kutscher wieder auf den Bock
stieg. Als wir über die Straße schritten, steigerte
sich die Ungeduld meiner Begleiterin so sehr, daß
sie mich fast zu springen nöthigte.

„Es ist so spät," sagte sie. „Ich habe nur so
Eile, weil es so spät ist."

„Ich kann Sie nur mitnehmen, Sir, wenn Sie
Tottenham=Court zu wollen," sagte der Kutscher
höflich, als er den Schlag öffnete. „Mein Pferd
ist todtmüde, und ich kann mit ihm nicht weiter,
als dem Stall zu fahren."

„Ja, ja. Das paßt für mich. Ich gehe diesen
Weg — ich gehe diesen Weg." Sie sprach mit
athemloser Hast und drückte sich neben mir in die
Droschke.

Ich hatte mich überzeugt, daß der Mann so nüchtern als höflich war, ehe ich sie einsteigen ließ. Und nun, da sie innen saß, bat ich sie um die Erlaubniß, sie wohlbehalten an den Ort ihrer Bestimmung gelangen zu sehen.

„Nein, nein, nein," rief sie heftig. „Ich befinde mich jetzt ganz wohl und glücklich. Sind Sie ein Gentleman, so erinnern Sie sich Ihres Versprechens. Lassen Sie ihn nur fahren, bis ich ihn anhalte. Ich danke Ihnen — ich danke Ihnen, danke Ihnen!"

Meine Hand lag auf dem Schlage. Sie faßte sie mit den ihrigen, küßte sie und schob sie hinweg. Die Droschke fuhr in demselben Augenblick davon — ich sprang auf die Straße, mit dem unbestimmten Verlangen, sie noch einmal anzuhalten, ich wußte kaum, warum — ich zauderte aus Furcht, sie zu erschrecken und zu betrüben — rief zuletzt, aber nicht laut genug, um die Aufmerksamkeit des Kutschers zu erregen. Das Geräusch der Räder wurde schwächer in der Ferne — die Droschke verlor sich in den dunkeln Schatten auf der Straße — die weiße Frau war hinweg.

Zehn Minuten oder mehr waren verflossen. Ich stand noch immer auf derselben Seite des Wegs, bald mechanisch einige Schritte vorwärts gehend, bald voll Zerstreuung wieder Halt machend. Den einen Augenblick zweifelte ich an der Wirklichkeit meines Abenteuers, den andern verwirrte und beengte mich das unbehagliche Gefühl, Unrecht gethan zu haben, während ich doch völlig darüber im Unklaren blieb, wie ich es hätte besser machen können.

Ich wußte kaum, wohin ich ging, oder was ich zunächst im Sinn hatte; nur Eines war gewiß, der Aufruhr meiner eigenen Gedanken, als ich plötzlich zu mir selbst gebracht — beinahe erweckt wurde — durch den Laut rasch hinter mir herankommender Wagenräder.

Ich befand mich auf der dunkeln Seite der Straße, in dem dichten Schatten einiger Gartenbäume, als ich anhielt, um mich umzuschauen. Auf der gegenüberliegenden helleren Seite der Straße, in geringer Entfernung hinter mir, schlenderte ein Polizeidiener dem Regentspark zu.

Das Fuhrwerk eilte an mir vorüber — eine offene Chaise mit zwei Männern darin.

„Halt!" rief einer. „Da ist ein Polizeidiener. Wir wollen ihn fragen."

Das Pferd wurde sogleich angehalten, wenige Ellen von der dunkeln Stelle, wo ich mich befand.

„Polizeimann!" rief der erste Sprecher. „Haben Sie keine Frau hier vorüberkommen sehen?"

„Was für eine Art von Frau, Sir?"

„Eine Frau in lavendelfarbigem Kleide — "

„Nein, nein," fiel der zweite Mann ein. „Die Kleider, welche wir ihr gegeben haben, fanden sich auf ihrem Bette. Sie muß in den Kleidern, die sie bei ihrer Ankunft trug, davon gegangen sein. Weiß, Polizeimann. Eine weiße Frau."

„Ich habe sie nicht gesehen, Sir."

„Wenn Sie oder Jemand von Ihren Leuten der Frau begegnen, so haltet sie an und sendet sie unter sorgfältiger Verwahrung an die Adresse hier.

Ich werde alle Kosten bezahlen und noch eine hübsche Belohnung dazu geben."

Der Polizeimann betrachtete die ihm eingehändigte Karte.

„Warum sollen wir sie anhalten, Sir? Was hat sie gethan?"

„Gethan? Sie ist aus meiner Irrenanstalt entflohen. Vergessen Sie nicht: eine weiße Frau. Vorwärts."

V.

„Sie ist aus meiner Irrenanstalt entflohen."

Ich kann wirklich nicht sagen, daß die schreckliche Folgerung, wozu mir diese Worte Anlaß gaben, mich etwa gleich einer neuen Offenbarung durchzuckte. Einige der seltsamen Fragen, welche von der weißen Frau nach meinem unüberlegten Versprechen, sie ganz nach ihrem Gutdünken handeln zu lassen, an mich gestellt worden waren, hatten mir den Schluß nahe gelegt, daß sie entweder von Natur schwachen Verstandes und unsteten Gemüths sein müsse, oder daß irgend eine kurz vorhergegangene schreckhafte Erschütterung das Gleichgewicht ihrer Geistesfähigkeiten gestört habe. Aber die Vorstellung absoluten Wahnsinns, welche wir Alle mit dem bloßen Namen einer Irrenanstalt zu verbinden pflegen, war mir, ehrlich gestanden, niemals im Zusammenhang mit derselben in den Sinn gekommen. Ich hatte in ihrem Reden und Thun Nichts gesehen, was diesen Verdacht rechtfertigen konnte, und vermochte selbst bei dem neuen Licht, welches durch

die von dem Fremden an den Polizeidiener gerich=
teten Worte auf sie geworfen wurde, Nichts zu ent=
decken, was denselben jetzt rechtfertigte.

Was hatte ich gethan? Dem Opfer der schreck=
lichsten aller verkehrten Einkerkerungen zur Flucht ver=
holfen? Oder ein unglückliches Geschöpf, dessen
Thun mitleidsvoll zu beschränken meine wie Jeder=
manns Schuldigkeit war, frei und ledig in die weite
Welt von London hinausgeworfen? Es that mir
im Herzen weh, als diese Frage sich mir aufdrängte
und ich mir vorwurfsvoll sagen mußte, daß sie zu
spät sich hören ließ.

In meinem verstörten Gemüthszustande wäre es
vergeblich gewesen, an Schlafengehen zu denken, auch
als ich endlich meine Wohnung in Clement's=Inn er=
reicht hatte. Ehe viele Stunden verflossen, mußte ich
meine Reise nach Cumberland antreten. Ich setzte mich
also nieder und versuchte, zuerst zu zeichnen, dann
zu lesen — aber die weiße Frau stellte sich zwischen
mich und meinen Zeichenstift, zwischen mich und mein
Buch. Hatte das verlassene Geschöpf ein Unfall be=
troffen? Dieß war mein erster Gedanke, obwohl
ich selbstsüchtig ihm die Stirne zu bieten mich scheute.
Andere Gedanken folgten, bei welchen ich mit ge=
ringerer Qual verweilen konnte. Wo hatte sie die
Droschke halten lassen? Was war jetzt aus ihr ge=
worden? War sie von den Männern in der Chaise
aufgespürt und wieder gefangen gesetzt worden?
Oder war sie noch im Stande, ihr eigenes Thun zu
bestimmen, und steuerten wir beide auf unsern weit
abstehenden Bahnen der geheimnißvollen Zukunft
zu, wo wir uns noch einmal begegnen sollten?

4*

Es war eine Erleichterung für mich, als die Stunde kam, um meine Thüre zu schließen, dem Londoner Treiben, den Londoner Schülern und den Londoner Freunden Lebewohl zu sagen und auf neue Interessen und ein neues Leben auszugehen. Selbst der Tumult und die Verwirrung auf dem Eisenbahn= hofe, sonst so widrig und störend, regten mich an und thaten mir gut.

Meine Reiseinstructionen wiesen mich an, nach Carlisle zu gehen und von da mit einer Zweigbahn in der Richtung gegen die Küste weiter zu reisen. Gleich zum Beginn hatte ich ein Unglück, denn un= sere Maschine wurde zwischen Lancaster und Carlisle schwer beschädigt. Der durch diesen Unfall entstan= dene Aufhalt hatte die Folge, daß ich zu spät für den Zug auf der Zweigbahn eintraf, mit welchem ich meine Reise hätte unmittelbar fortsetzen sollen. Ich mußte einige Stunden warten, und als ein späterer Zug mich auf der, Limmeridgehouse zu= nächst gelegenen Station absetzte, war es zehn Uhr vorüber und die Nacht so finster, daß ich kaum mei= nen Weg nach der Pony=Chaise, welche nach Mr. Fairlie's Anordnung auf mich warten sollte, zu fin= den vermochte.

Der Kutscher war augenscheinlich über meine späte Ankunft verstimmt. Er befand sich in jenem Zustande respectvoller Verdrossenheit, welche engli= schen Dienern so eigenthümlich ist. Wir fuhren lang= sam und in vollkommenem Stillschweigen durch die Dunkelheit. Die Straßen waren schlecht und die dichte Finsterniß der Nacht erhöhte die Schwierig= keit, schnell vorwärts zu kommen. Es währte nach

meiner Uhr beinahe anderthalb Stunden seit unserer
Abfahrt von der Station, bis ich das Rauschen der
See in der Ferne und das Krachen unserer Räder
auf dem weichen Sande vernahm. Wir hatten ein
Thor passirt, ehe wir in den Fahrweg einlenkten,
und passirten ein zweites, ehe wir vor dem Hause
anfuhren. Ich wurde von einem feierlich aussehen=
den Diener in Livree empfangen, in Kenntniß ge=
setzt, daß die Familie sich zur Nachtruhe begeben
hatte, und dann in ein großes und hohes Gemach
geführt, wo völlig vereinzelt, am Rande einer ein=
samen, veröbeten Mahagony=Speisetafel ein Souper
meiner wartete.

Ich war allzu ermüdet und herabgestimmt, als
daß ich viel essen oder trinken konnte, besonders
gegenüber von dem feierlichen Diener, der mir so
beflissentlich servirte, als ob eine kleine Speise=Ge=
sellschaft, und nicht ein einzelner Mann im Hause
angelangt wäre. In einer Viertelstunde war ich
fertig, um mir mein Schlafgemach weisen zu lassen.
Der feierliche Diener führte mich in ein hübsch
möblirtes Zimmer — sagte „Frühstück um neun Uhr,
Sir" — schaute sich ringsum, zu sehen, ob Alles in
Richtigkeit wäre, und zog sich geräuschlos zurück.

„Was werde ich heute Nacht im Traume sehen?"
dachte ich bei mir selbst, als ich das Licht auslöschte;
„die weiße Frau? oder die unbekannten Bewohner
dieses cumberländischen Herrensitzes?" Es war eine
seltsame Empfindung, in einem Hause, gleich einem
Freunde der Familie zu schlafen, und doch nicht einen
der Insaßen, auch nur von Angesicht, zu kennen!

VI.

Als ich am nächsten Morgen mich erhob und das Rouleau am Fenster aufzog, breitete sich heiter, in hellem Sonnenschein die See vor mir aus, und die ferne Küste von Schottland umsäumte den Horizont mit ihren bläulich zerfließenden Linien.

Die Aussicht war für mich so überraschend und zugleich nach dem langweiligen Anblick einer Londoner, aus Ziegelstein und Mörtel zusammengesetzten Landschaft, von so wohlthuendem Wechsel, daß ich bei dem ersten Blick fast in ein neues Leben und einen neuen Gedankenkreis einzutreten wähnte. Ein verwirrtes Gefühl, als wäre mir plötzlich das Bewußtsein der Vergangenheit abhanden gekommen, ohne doch dafür größere Klarheit und Einsicht in Bezug auf Gegenwart oder Zukunft zu gewinnen, bemächtigte sich meines Geistes. Umstände, die erst einige Tage alt waren, schwanden in meinem Gedächtniß dahin, als ob sie schon manche Monate früher vorgekommen wären. Pesca's wunderlicher Bericht über die Art, wie er mir meine gegenwärtige Anstellung verschafft hatte; der Abschieds=Abend — den ich mit meiner Mutter und Schwester zugebracht hatte; selbst mein geheimnißvolles Abenteuer auf dem Wege von Hampstead — Alles war zu Ereignissen geworden, die mir in einem frühern Zeitraum meines Daseins begegnet sein konnten. Obwohl die weiße Frau noch immer vor meinem Geiste stand, schien doch ihr Bild matter geworden und bereits erbleicht zu sein.

Ein Wenig vor neun Uhr stieg ich in den Par=
terrestock des Hauses hinab. Der feierlich aussehende
Diener von der verflossenen Nacht begegnete mir,
als ich in den Gängen herumirrte, und zeigte mir
mitleidig den Weg in das Frühstückzimmer.

Beim ersten Blick um mich herum, als der Diener
die Thüre öffnete, entdeckte ich einen wohl versehenen
Frühstücktisch, der in der Mitte eines langen, von
vielen Fenstern erhellten Gemaches stand. Ich schaute
von dem Tische nach dem entferntesten Fenster und
sah an demselben eine Dame mit mir zugekehrtem
Rücken stehen. In dem Momente, als meine Augen
auf ihr ruhten, fielen mir auch die seltene Schönheit
ihrer Formen und die ungekünstelte Grazie ihrer
Haltung auf. Ihr Wuchs war hoch, doch nicht zu
hoch; ihre Figur anmuthig und wohl entwickelt, doch
nicht zu voll; ihr Haupt saß mit einer leichten,
geschmeidigen Festigkeit auf ihren Schultern; ihre
Taille, der vollkommenste Reiz in den Augen eines
Mannes, denn sie war an ihrer natürlichen Stelle,
verlief sich in natürlichen Wellenlinien und wurde
sichtlich und zu deren größtem Vortheil nicht durch
ein Corsett entstellt. Sie hatte meinen Eintritt in
das Zimmer nicht gehört, und ich gestattete mir den
Luxus, sie einige Augenblicke zu bewundern, ehe ich
auf einen der Stühle in der Nähe zuging, als das
mindest belästigende Mittel, ihre Aufmerksamkeit an=
zuziehen. Die leichte Eleganz jeder Bewegung von
Gliedern und Körper, sobald sie vom fernen Ende
des Zimmers näher trat, erregte in mir die gespannte
Erwartung, deutlich ihr Angesicht zu sehen. Sie
verließ das Fenster — und ich sprach bei mir selbst,

„die Dame ist von dunklem Teint." Sie trat einige
Schritte vorwärts — und ich sprach bei mir selbst, „die
Dame ist jung." Sie kam näher — und ich sprach
bei mir selbst mit einem Gefühl des Erstaunens (zu
dessen Ausdruck mir Worte fehlen): „Die Dame ist
häßlich!"

Nie wurde der alte conventionelle Satz, daß
Natur nicht irren kann, entschiedener widerlegt, nie
wurde das reizende Versprechen eines lieblichen Ge=
sichts seltsamer und auffallender durch Antlitz und
den es bekrönenden Kopf Lügen gestraft. Die Ge=
sichtsfarbe der Dame war beinahe tiefbraun, und der
dunkle Schatten auf ihrer Oberlippe sah fast einem
Schnurrbart gleich. Mund und Kinnbacken waren
groß, fest, männlich; Augbraunen vorspringend,
scharf und entschlossen; Haar dick, kohlschwarz und
ungewöhnlich tief in die Stirne hereingewachsen.
Ihr Gesichtsausdruck — heiter, offen und intelligent
— entbehrte offenbar, so lang sie schwieg, völlig
jener anziehenden weiblichen Reize der Sanftmuth
und Geschmeidigkeit, ohne welche die Schönheit selbst
der hübschesten Frau ein an sich unvollkommenes
Gut ist. Ein Gesicht wie dieses auf Schultern
zu sehen, welche ein Bildhauer mit Freuden model=
lirt hätte — von der bescheidenen Grazie der Hal=
tung, mittelst welcher die symmetrischen Glieder, so=
bald sie sich rührten, ihre Schönheit verriethen, ent=
zückt zu sein und dann durch die männliche Form
und das männliche Aussehen des Antlitzes, in wel=
ches der vollkommen geformte Körper auslief, sich
zurückgestoßen zu finden — war ein Gefühl, das eine
seltsame Verwandtschaft mit jenem unabweisbaren

Mißbehagen hatte, welches uns so gern im Schlafe
beschleicht, wenn wir die Anomalien und Wider=
sprüche eines Traums erkennen und doch nicht mit
einander ausgleichen können.

„Mr. Hartright?" sagte die Dame in fragendem
Ton; ihr dunkles Angesicht leuchtete in einem Lächeln
auf und nahm einen sanftern, weiblichen Zug in
dem Augenblicke an, da sie zu sprechen anfing. „Wir
verzichteten sämmtlich auf die Hoffnung, Sie noch
gestern Nacht zu sehen und gingen wie gewöhnlich
zu Bette. Empfangen Sie meine Entschuldigung
wegen unseres scheinbaren Mangels an Aufmerksam=
keit, und erlauben Sie mir, selbst mich Ihnen als
eine Ihrer Schülerinnen vorzustellen. Wollen wir
einander die Hand geben? Ich denke, das muß
früher oder später bei uns kommen — warum also
nicht sogleich?"

Diese seltsamen Bewillkommnungsworte wurden
mit klarer, klangvoller, angenehmer Stimme gespro=
chen. Die dargebotene Hand — ziemlich groß, aber
schön geformt, wurde mir mit dem leichten, unge=
künstelten Selbstvertrauen einer fein gebildeten Frau
gegeben. Wir setzten uns an dem Frühstücktisch auf
eine so herzliche und gewohnheitsmäßige Weise nie=
der, als hätten wir einander schon Jahre lang ge=
kannt und wären in Limmeridghouse zusammen=
getroffen, um über alte Zeiten nach vorausgegan=
gener Verabredung zu plaudern.

„Ich hoffe, Sie kommen mit dem gutmüthigen
Vorsatz hieher, sich in Ihre Stellung best=möglich
zu fügen," fuhr die Dame fort. „Diesen Morgen
werden Sie damit beginnen, ausschließlich mit mei=

ner Gesellschaft beim Frühstück fürlieb zu nehmen.
Meine Schwester ist auf ihrem Zimmer, wo sie jener
wesentlich weiblichen Krankheit, einem leichten Kopf=
weh abwartet; und ihre alte Gouvernante, Mrs.
Vesey, pflegt sie barmherzig mit einem heilenden
Thee. Mein Oheim, Mr. Fairlie, nimmt niemals
an einer unserer Mahlzeiten Theil: er ist ein In=
valide und beharrt im Junggesellenstand auf seinen
eigenen Zimmern. Sonst ist Niemand im Hause
außer mir. Zwei junge Damen waren kürzlich da,
aber sie gingen gestern in der Verzweiflung davon;
und das ist nicht zu verwundern. Während ihres
ganzen Besuchs mußten wir es uns niemals (in
Folge von Mr. Fairlie's invalidem Zustand) so be=
quem zu machen, daß wir ein Geschöpf männlichen
Geschlechtes zum Kokettiren, Tanzen und Schönreden
um uns gehabt hätten; und die Wirkung war, daß
wir nichts als zankten, besonders beim Diner. Wie
können Sie erwarten, daß wir Frauen Tag für Tag
allein zusammenspeisen, ohne uns zu zanken? Wir
sind solche Närrinnen, wir können uns bei Tisch
nicht mit einander unterhalten. Sie sehen, ich denke
nicht viel von meinem eigenen Geschlecht, Mr. Hart=
right — was beliebt Ihnen, Thee oder Kaffee? —
keine Frau denkt viel von ihrem eigenen Geschlecht,
obwohl wenige derselben es so offen, wie ich ge=
stehen. Mein Himmel, Sie sehen ganz bestürzt aus.
Warum? Möchten Sie gern wissen, was wir zum
Frühstück haben werden? Oder sind Sie erstaunt
über meine sorglose Art zu plaudern? Im ersten
Fall rathe ich Ihnen freundschaftlich, mit dem kalten
Schinken dort an Ihrer Seite sich nicht einzulassen,

sondern zu warten, bis die Omelette hereinkommt.
Im zweiten Fall will ich Ihnen Thee geben, um
Ihre Lebensgeister zu beruhigen, und Alles thun,
was eine Frau vermag (~~ich~~ ~~weiß~~ ~~nicht~~ ~~seit~~ ~~wann~~),
um meiner Zunge Stillschweigen zu gebieten.

Sie reichte mir unter heiterem Lachen meine
Tasse Thee. Ihr leichter Redefluß und die lebhafte
Ungezwungenheit ihres Benehmens gegenüber von
einem völligen Frembling, waren von einer kunst-
losen Natürlichkeit und einem leichten, angebornen
Vertrauen auf sich und ihre Stellung begleitet,
welche ihr die Achtung selbst des Kecksten aller Männer gesichert hätte. Während es unmöglich war,
förmlich und zurückhaltend in ihrer Gesellschaft zu
sein, erschien es mehr als unmöglich, sich auch nur
die allergeringste Freiheit, selbst in Gedanken, gegen
sie herauszunehmen. Ich fühlte dieß instinktmäßig,
selbst da ich mich von ihrer Munterkeit anstecken
ließ — selbst da ich mein Möglichstes that, ihr in
ihrer eigenen offenen und lebendigen Weise zu antworten.

„Ja, ja," sagte sie, nachdem ich ihr die einzige
Erklärung, die für mein verwirrtes Aussehen zu-
lässig war, gegeben hatte, „ich verstehe. Sie sind
so völlig fremd im Hause, daß Sie sich über meine
vertrauten Beziehungen zu den würdigen Insassen
desselben den Kopf zerbrechen möchten. Natürlich
genug: ich hätte früher daran denken sollen. Jedenfalls kann ich es jetzt wieder gut machen. Lassen
Sie mich bei mir selbst anfangen, um mit diesem
Theil des Gegenstandes sobald als möglich fertig
zu werden. Mein Name ist Marian Halcombe,

und es ist eine Ungenauigkeit von mir, wie sie bei Frauen gewöhnlich vorkommt, daß ich Mr. Fairlie meinem Oheim und Miß Fairlie meine Schwester nenne. Meine Mutter war zweimal verheirathet: das erste Mal mit Mr. Halcombe, meinem Vater, das zweite Mal mit Mr. Fairlie, meiner Halbschwester Vater. Abgesehen davon, daß wir beide Waisen sind, besteht zwischen uns in jeder Hinsicht völlige Ungleichheit. Mein Vater war ein armer Mann, und Miß Fairlie's Vater war ein reicher Mann. Ich besitze Nichts, und sie hat ein Vermögen. Ich sehe finster und häßlich aus, und sie ist hübsch und nett. Jedermann hält mich für sauertöpfisch und wunderlich (mit vollkommenem Rechte); und Jedermann hält sie für gutmüthig und reizend (mit noch größerem Rechte). Kurz, sie ist ein Engel; und ich bin — Versuchen Sie Etwas von dieser Marmelade, Mr. Hartright, und beendigen Sie den Satz um der weiblichen Schicklichkeit willen für sich. Was soll ich Ihnen von Mr. Fairlie sagen? Auf meine Ehre, ich weiß es kaum. Er wird sicher nach dem Frühstück Sie rufen lassen, und Sie können ihn dann selbst studiren. Inzwischen kann ich Ihnen zu wissen thun, erstens, daß er des verstorbenen Mr. Fairlie's jüngerer Bruder ist; zweitens, daß er unverheirathet ist; und drittens, daß er Miß Fairlie's Vormund ist. Ich möchte nicht ohne sie leben, und sie kann nicht ohne mich leben; und daher kommt es, daß ich in Limmeridgehouse bin. Meine Schwester und ich, wir sind ehrlich in einander verliebt, was, wie Sie sagen wollen, unter sothanen Umständen vollkommen unerklärlich ist, und darin stimme ich Ihnen ganz und gar bei — aber es verhält sich einmal so. Sie müssen uns beide hinnehmen, Mr. Hartright, oder gar keine: und was noch eine größere Prüfung für Sie ist, Sie sind gänzlich auf unsere Gesellschaft angewiesen. Mrs. Vesey ist eine vortreffliche Person, welche alle Cardinaltugenden besitzt, zählt aber für Nichts; und Mr. Fairlie ist zu sehr Invalide, um irgend Jemand zum Gesellschafter zu dienen. Ich ~~weiß nicht, was ihm fehlt, und~~ die Doctoren ~~wissen nicht, was ihm fehlt,~~ und er selbst weiß nicht, was ihm fehlt. Wir sagen Alle, es ist ein Nervenleiden, und Niemand von uns weiß, was wir eigentlich damit sagen wollen. Gleichwohl rathe ich Ihnen, auf seine kleinen Eigenthümlichkeiten einzugehen, wenn Sie heute zu ihm kommen. Bewundern Sie seine Münz-, Kupferstich- und Aquarell-Sammlungen und Sie werden sein Herz gewinnen. Auf mein Wort, wenn Sie sich mit einem ruhigen Landleben begnügen können, so sehe ich nicht ein, warum Sie sich hier nicht sehr wohl fühlen sollten. Vom Frühstück bis zum Zwischenessen werden Mr. Fairlie's Zeichnungen Sie in Anspruch nehmen. Nach dem Zwischenessen wollen wir, Miß Fairlie und ich, unsere Skizzenbücher auf die Schultern nehmen und hingehen, um unter Ihrer Leitung die Natur zu verzeichnen. Zeichnen ist ihr Steckenpferd, wohlgemerkt, nicht das meinige. ~~Frauen~~ können nicht zeichnen — ihr Geist ist zu flüchtig und ihr Auge zu achtlos. Gleichviel — meine Schwester hat ihre Freude daran; und so verderbe ich Farbe und Papier, ihr zu lieb, so gelassen, wie irgend eine Frau in England. Was die Abende betrifft, so glaube ich, können wir Ihnen

schon darüber hinweghelfen. Miß Fairlie spielt zum
Entzücken. Ich meines Theils kann keine Note von
der andern unterscheiden; aber ich kann Ihnen im
Schach, Tricktrack, Ecarté, und (mit dem unvermeid=
lichen weiblichen Vorbehalt) selbst auf dem Billard
die Spitze bieten. Was denken Sie zu diesem Pro=
gramm? Können Sie sich mit unserem ruhigen,
regelmäßigen Leben versöhnen? Oder werden Sie
sich in der schläfrigen Atmosphäre von Limmeridge=
house unbehaglich fühlen und insgeheim nach Wechsel
und Abenteuer sich sehnen?"

So hatte sie in ihrer anmuthigen, scherzhaft
neckischen Weise fortgemacht, ohne andere Unterbre=
chung meinerseits, als die unbedeutenden Antworten,
welche die Höflichkeit mir zur Pflicht machte. Der
Ausdruck jedoch, den sie ihrer letzten Frage gab,
oder vielmehr das einzige Wort „Abenteuer" rief
meine Gedanken, so leicht dasselbe über ihre Lippen
gleitete, zu meiner Begegnung mit der weißen Frau
zurück und flößte mir das Verlangen ein, den Zu=
sammenhang zu entdecken, welcher, nach der eigenen
Bezugnahme der Fremden auf Mrs. Fairlie, einst
zwischen dem namenlosen Flüchtling aus der Irren=
anstalt und der früheren Herrin von Limmeridge=
house stattgefunden haben mußte.

„Selbst wenn ich der unruhigste Geist unter den
Menschenkindern wäre," erwiederte ich also, „hätte
es keine Gefahr, daß ich für die nächste Zeit nach
Abenteuern begehrte. Gerade die Nacht vor meiner
Ankunft hier im Hause begegnete mir ein solches,
und das Erstaunen und die Erregung, wovon es
begleitet war, wird, wie ich Sie versichern kann,

Miß Halcombe, mindestens so lang, als ich in Cum=
berland verweile, wo nicht viel länger fortdauern."

„Sie sprechen im Ernst, Mr. Hartright! Darf
ich es erfahren?"

„Sie haben ein Recht darauf, es zu erfahren.
Die Hauptperson in dem Abenteuer ist mir gänzlich
fremd, und vielleicht auch Ihnen; aber sie hat we=
nigstens des Namens der verstorbenen Mrs. Fairlie
in Ausdrücken der aufrichtigsten Dankbarkeit und
Achtung erwähnt."

„Meiner Mutter Namen erwähnt! Sie spannen
meine Neugierde unbeschreiblich. Bitte, fahren Sie
fort."

Ich erzählte ihr ohne Weiteres die Umstände,
unter welchen ich die weiße Frau getroffen hatte,
genau, wie sie mir vorgekommen waren, und wieder=
holte, was dieselbe mir über Mrs. Fairlie und Lim=
meridgehouse gesagt hatte, Wort für Wort.

Miß Halcombe's klare, entschlossene Augen schau=
ten begierig in die meinigen, vom Anfang bis zum
Ende der Erzählung. Ihr Angesicht drückte leb=
haftes Interesse und Erstaunen, aber sonst Nichts
aus. Sie wußte offenbar ebenso wenig wie ich selbst,
den Schlüssel zu dem Geheimnisse zu finden.

„Sind Sie jener Worte in Bezug auf meine
Mutter ganz sicher?" fragte sie.

„Ganz sicher," erwiederte ich. „Wer sie auch
sein mag, die Frau war einmal in der Dorfschule
zu Limmeridge, wurde mit besonderer Freundlichkeit
von Mrs. Fairlie behandelt und empfindet, in dank=
barem Andenken an jene Freundlichkeit, eine zärt=
liche Theilnahme für alle noch lebenden Glieder der

Familie. Sie wußte, daß Mrs. Fairlie und ihr Gatte beide todt waren; und sie sprach von Miß Fairlie, als ob sie einander gekannt hätten, da sie noch Kinder waren."

„Sie sagten, dünkt mir, dieselbe habe in Abrede gezogen, hier zu Hause zu sein?"

„Ja, sie erzählte mir, sie käme von Hampshire."

„Und es war Ihnen ganz und gar unmöglich, ihren Namen zu erfahren?"

„Ganz und gar."

„Sehr sonderbar. Ich glaube, Sie waren vollkommen gerechtfertigt, Mr. Hartright, daß sie dem armen Geschöpfe die Freiheit gaben, denn sie scheint in Ihrer Gegenwart Nichts gethan zu haben, was sie des Genusses derselben unwürdig machte. Aber ich wünsche, Sie wären in Bezug auf Erforschung des Namens derselben etwas entschlossener gewesen. Wir müssen wirklich dieses Geheimniß auf irgend eine Weise aufklären. Sie thäten jedoch besser daran, vor der Hand noch nicht mit Mr. Fairlie oder meiner Schwester darüber zu reden. Sie wissen beide, wie ich überzeugt bin, ebenso wenig davon, wer die Frau ist, und in welchem Zusammenhang die Geschichte ihrer jüngsten Vergangenheit zu uns stehen mag, als ich selbst. Aber sie sind auch, obwohl in ganz verschiedener Weise, ziemlich nervös und reizbar; und Sie würden somit nur zwecklos dort Aufregung, hier Unruhe verursachen. Was mich betrifft, so brenne ich ganz vor Neugier, und ich widme alle meine Thätigkeit von diesem Augenblicke an der Aufgabe der Entdeckung. Als meine Mutter nach ihrer zweiten Heirath hieher kam,

gründete sie allerdings die Dorfschule, so wie die=
selbe gegenwärtig noch besteht. Aber die alten
Lehrer sind alle todt oder anderswohin gezogen, und
von dieser Seite aus ist an keine Aufklärung zu
denken. Das Einzige, was noch möglich wäre —"

Hier wurden wir durch den Eintritt des Dieners
unterbrochen, welcher von Mr. Fairlie die Botschaft
brachte, daß es ihm angenehm sein würde, mich so=
gleich nach dem Frühstück zu sehen.

„Warten Sie im Vorsaal," antwortete an mei=
ner Stelle Miß Halcombe dem Diener nach ihrer
raschen, allzeit fertigen Weise. „Mr. Hartright wird
sogleich kommen. Ich wollte sagen," fuhr sie, wie=
der zu mir gewendet, fort, „daß wir, meine Schwe=
ster und ich, noch eine große Menge Briefe meiner
Mutter an ihren und an meinen Vater besitzen. In
Ermanglung anderer Mittel, um der Sache auf die
Spur zu kommen, will ich diesen Morgen meiner
Mutter Correspondenz mit Mr. Fairlie durchgehen.
Er war ein großer Freund von London und fast
beständig fern von seinem Landsitze; in solchen Zei=
ten pflegte sie ihm zu schreiben und Bericht zu er=
statten, wie es zu Limmeridge stand. Ihre Briefe
sind voll von Hinweisungen auf die Schule, für
welche sie eine so lebhafte Theilnahme empfand; und
ich halte es für mehr als wahrscheinlich, daß ich vor
unserer nächsten Zusammenkunft Etwas entdeckt habe.
Das Zwischenessen findet um zwei Uhr statt, Mr.
Hartright. Ich werde das Vergnügen haben, Sie
dann meiner Schwester vorzustellen, und den Nach=
mittag wollen wir damit zubringen, daß wir in der
Nachbarschaft herumfahren und Ihnen alle unsere

Lieblingspunkte zeigen. Also um zwei Uhr, auf Wiedersehen."

Sie nickte mir mit der lebhaften Anmuth, dem entzückend feinen Tacte vertraulichen Wesens zu, wodurch all ihr Reden und Thun sich characterisirte, und verschwand durch eine Thüre am untern Ende des Gemachs. Sobald sie mich verlassen hatte, wandte ich mich nach dem Vorsaal und folgte dem Diener, um zum ersten Mal vor das Angesicht von Mr. Fairlie zu treten.

VII.

Mein Führer stieg die Treppe hinauf und brachte mich auf einen Gang, der zu dem Zimmer leitete, wo ich vergangene Nacht geschlafen hatte. Darauf öffnete er die nächste Thüre und bat mich hineinzuschauen.

„Meines Herrn Befehl an mich geht dahin," sagte derselbe, „Ihnen Ihr Wohnzimmer zu zeigen, Sir, und mich zu erkundigen, ob Lage und Licht nach Ihrem Wunsche ist."

Ich wäre in der That schwer zu befriedigen gewesen, wenn das Zimmer und was dazu gehörte nicht meinen Beifall gefunden hätte. Das Bogenfenster gewährte dieselbe liebliche Aussicht, die schon am Morgen von meinem Schlafzimmer aus meine Bewunderung erregt hatte. Die Möblirung war ein Muster von Luxus und Schönheit. Der Tisch in der Mitte war mit prächtig gebundenen Büchern, eleganten Schreibmaterialien und schönen Blumen geschmückt; der Nebentisch am Fenster enthielt allen Bedarf für Aquarellzeichnungen und stand in Ver-

binbung mit einer kleinen Staffelei, die ich nach
Belieben ausspannen oder zusammenlegen konnte;
die Wände waren mit hellfarbigem Zitz bekleidet, und
den Fußboden deckte eine indische Matte von Mais=
farbe und Roth. Es war das hübscheste und luxu=
riöseste kleine Wohnzimmer, das ich je gesehen hatte,
und ich äußerte meine Bewunderung in den aller=
wärmsten Ausbrücken.

Der feierliche Diener war zu wohl gezogen, als
daß er die geringste Zufriedenheit an den Tag ge=
legt hätte. Er verbeugte sich nur mit eisiger Ehr=
erbietung, als alle meine Lobpreisungen erschöpft
waren, und öffnete schweigend die Thüre, um mich
wieder auf den Gang zu geleiten.

Wir wandten um eine Ecke und gelangten auf
einen zweiten Gang, stiegen am Ende desselben eine
kurze Treppenflucht hinauf, schritten über einen klei=
nen kreisrunden Vorsaal und hielten vor einer Thüre,
die mit dunklem Wollenzeug verkleidet war. Der
Diener öffnete die Thüre, führte mich einige Schritte
weiter zu einer zweiten; öffnete diese gleichfalls, ließ
zwei Vorhänge von blaß=seegrüner Seide vor der=
selben sehen, schob den einen davon geräuschlos
zurück, sprach leise die Worte aus „Mr. Hartright"
und verließ mich.

Ich fand mich in einem großen, hohen Gemach
mit prächtig geschnitzter Decke, und einem Teppich
auf dem Fußboden, so dick und weich, daß es mir
vorkam, als fühle ich ganze Ballen von Sammt
unter meinen Füßen. Die eine Seite des Gemachs
war durch einen langen, mit seltenem, mir bis jetzt ganz
unbekanntem Holze eingelegten Bücherschrank einge=

5 *

nommen. Er war über sechs Fuß hoch und oben in regelmäßigen Abständen von einander mit Marmorstatuetten geschmückt. Auf der entgegengesetzten Seite standen zwei alterthümliche Kästen; und zwischen und über denselben hing ein Gemälde der heiligen Jungfrau mit dem Kinde, unter Glas gesetzt und auf einem vergoldeten Plättchen am Fuß der Rahme Raphaels Namen tragend. Rechts und links von der Thüre aus betrachtet, zeigten sich Chiffoniers *) und kleine Ständer in Boule **) und Marqueterie, beladen mit Figuren von Meißner Porcellan, mit seltenen Vasen, Elfenbeinzierathen, Spielereien und Curiositäten, die auf allen Seiten von Gold, Silber und Edelsteinen funkelten. Am untern Ende des Zimmers, mir gerade gegenüber, waren die Fenster verhängt und das Sonnenlicht durch große Rouleaux von derselben blaß-seegrünen Farbe, wie die Thürvorhänge, gedämpft. Das also erzeugte Licht war köstlich weich und mild; es fiel gleichmäßig auf alle Gegenstände im Gemach; es verstärkte noch die tiefe Stille und den Character völliger Absperrung, welcher diesem Raum eigenthümlich war; es umgab mit einem entsprechenden Nimbus von Ruhe die einsame Gestalt des Hausherrn, der völlig apathisch in einem großen Lehnsessel ausgestreckt lag, an dessen einem Arm ein kleines Lesepult befestigt war, während auf der andern Seite ein kleiner Tisch sich befand.

------

*) Pfeilerkommödchen.
**) Mit Messing, Perlmutter u. dgl. eingelegt, so genannt nach dem Meister in Paris zu Ludwigs XIV. Zeiten, der zuerst davon Gebrauch machte. A. d. U.

Läßt sich eines Mannes persönliches Aussehen, wofern er außerhalb seines Ankleidezimmers sich befindet und Vierzig passirt hat, als sicherer Anhaltspunkt für sein Lebensalter betrachten — was jedoch zweifelhaft ist — so mochte Mr. Fairlie nach vernünftiger Berechnung das fünfzigste Jahr zurückgelegt, das sechzigste noch nicht erreicht haben. Sein bartloses Antlitz war mager, abgelebt und durchsichtig bleich, aber ohne Runzeln, seine Nase hoch und gebogen, seine Augen von trübem Gräulichblau, groß, vorstehend und ziemlich roth umrändert; sein Haar dünn, weich von Ansehen und von jener hellen Sandfarbe, welche sichtbarer Weise am spätesten in Grau übergeht. Er trug einen dunkeln Oberrock von einem Stoff, der viel dünner als Tuch aussah, und Weste und Beinkleider von fleckenlosem Weiß. Seine Füße waren weiblich klein, und in büffelfarbige Seidenstrümpfe und zierliche bronzelederne Frauenpantoffeln gehüllt. Zwei Ringe schmückten seine weißen, feinen Hände, deren Werth selbst nach meiner geringen Erfahrung in solchen Dingen fast unschätzbar sein mußte. Zu alle dem hatte er ein gebrechliches, schwächlich-reizbares, überverfeinertes Aussehen — etwas auffallend und widrig Zartes, mit einem Mann zusammengedacht, und doch zugleich von der Art, daß es nichts weniger als natürlich und angemessen sich dargestellt hätte, wenn es auf die persönliche Erscheinung einer Frau übergetragen worden wäre. Meine Morgenbegegnung mit Miß Halcombe hatte mich in die Stimmung versetzt, um Jedermann im Hause mir gefallen zu lassen; aber bei dem erſten Anblick von Mr. Fairlie zogen ſich meine Sympathien entſchieden in ſich ſelbſt zurück.

Als ich ihm näher kam, entdeckte ich, daß er nicht ſo ganz ohne Beſchäftigung war, wie ich Anfangs vermuthet hatte. Mitten unter den ſeltenen und ſchönen Gegenſtänden auf einem großen runden Tiſch in ſeiner Nähe ſtand ein Miniaturkäſtchen von Eben= holz und Silber, Münzen von allen Formen und Größen enthaltend, die in kleinen, mit dunklem Purpurſammet gefütterten Schublädchen ausgelegt waren. Eines dieſer Lädchen lag auf dem kleinen, an ſeinem Armſtuhl befeſtigten Brettchen; und da= neben befanden ſich winzige Juwelierbürſten, ein waſchlederner „Stummel" und eine kleine Flaſche mit Flüſſigkeit, lauter Dinge, die nach ihrer Art zur Entfernung zufälliger Unreinigkeiten, welche ſich an Münzen etwa entdecken ließen, beſtimmt waren. Seine ſchwächlichen weißen Finger ſpielten ohne Unterlaß mit Etwas, das meinen uneingeweihten Augen wie eine ſchmutzige Zinnmedaille mit zerſetzten Rändern vor= kam, als ich in reſpectvoller Entfernung von ſeinem Seſſel anhielt, um meine Verbeugung zu machen.

„Sehr erfreut, Sie in Limmeridgehouſe zu haben, Mr. Hartright," ſagte er mit einer halb weinerlichen, quäkenden Stimme, worin ſich ein miß= lautend hoher Ton mit einer ſchläfrig matten Aus= ſprache auf's Unangenehmſte vereinigte. „Bitte, ſetzen Sie ſich nieder. Machen Sie ſich doch keine Mühe, den Seſſel zu rücken. Bei meinem Nerven= leiden verurſacht mir jede Bewegung außerordent= liche Schmerzen. Haben Sie Ihr Arbeitszimmer geſehen? Wird es ſich thun?"

„Ich komme eben von demselben her, Mr. Fairlie, und versichere Sie —"

Er that mitten im Satze Einhalt, indem er die Augen schloß und flehend eine seiner weißen Hände empor hielt. Ich schwieg voll Erstaunens; und die quäckende Stimme beehrte mich mit folgender Er- klärung:

„Bitte, entschuldigen Sie mich. Aber wären Sie nicht im Stande, den Ton Ihrer Worte etwas herab- zustimmen? Bei meinem Nervenleiden wird jeder stärkere Laut zu einer unbeschreiblichen Qual für mich. Sie werden es einem Kranken zu gut halten? Ich sage Ihnen nur, was der klägliche Zustand meiner Gesundheit mich Jedermann zu sagen nöthigt. Ja. Ja. Und das Zimmer ist wirklich nach Ihrem Geschmack?"

„Ich könnte mir nichts Hübscheres und nichts Be- haglicheres wünschen," antwortete ich, meine Stimme dämpfend und bereits die Entdeckung machend, daß Mr. Fairlie's selbstische Affection und Mr. Fairlie's Nervenleiden Ein und dasselbe zu bedeuten hatte.

„So ist's recht. Sie werden Ihre Stellung hier, Mr. Hartright, nach Verdienst anerkannt finden. Es herrscht hier im Hause Nichts von den barbari- schen Vorurtheilen Englands gegen die sociale Stel- lung eines Künstlers. Von meinem vergangenen Leben ist so viel im Auslande zugebracht worden, daß ich in dieser Beziehung meine insularische Haut völlig abgestreift habe. Ich wünschte dasselbe von der Gentry — abscheuliches Wort, aber ich muß es schon gebrauchen — von der Gentry in der Nach- barschaft zu sagen. Leute, die, glauben Sie meiner

Verficherung, ihre Augen vor Erstaunen aufgeriffen
hätten, wären sie Zeugen davon gewesen, wie Carl
Titian seinen Pinsel aufhob. Haben Sie etwas
dagegen, dieses Fach mit Münzen in das Kästchen
zu schieben und mir das nächst folgende zu reichen?
Bei meinem Nervenleiden ist mir jegliche Anstrengung
unaussprechlich unangenehm. Ja. Danke Ihnen."

Gleichsam als praktischer Commentar zu der
freisinnigen socialen Theorie, die er mir illustrations=
weise zum Besten gegeben hatte, machte mir Mr.
Fairlie's kaltes Begehren einigen Spaß. Ich schob
eine Lade ein und reichte ihm die andere, mit aller
möglichen Artigkeit. Er begann unmittelbar wieder
mit der neuen Partie Münzen und den Bürstchen,
indem er sie mit matten Augen ansah und über
eine nach der andern seine Verwunderung ausbrückte,
während er mit mir sprach.

„Tausend Dank und tausend Entschuldigungen.
Sind Sie ein Freund von Münzen? Ja. So ha=
ben wir also einen andern Geschmack außer dem für
die Kunst gemeinschaftlich. Nun, was die Geldfrage
zwischen uns betrifft, — sagen Sie mir — sind Sie
damit zufrieden?"

„Vollkommen zufrieden, Mr. Fairlie."

„So recht. Und — was nun? Oh! ich erinnere
mich. Ja. Mit Rücksicht auf die Entschädigung,
welche Sie dafür anzunehmen die Güte haben, daß
Sie mir Ihre künstlerischen Talente zu gut kommen
lassen, wird mein Hausmeister zu Ende der ersten
Woche Ihnen aufwarten, um sich nach Ihren Wün=
schen zu erkundigen. Und — was nun? Ist es
nicht seltsam? Ich hatte Ihnen viel mehr zu sagen,

und nun ist offenbar Alles vergessen. Wollen Sie nicht gefälligst klingeln? Dort in der Ecke. Ja. Dank Ihnen."

Ich klingelte; und ein neuer Diener kam geräuschlos zum Vorschein — ein Ausländer, mit wohlstudirtem Lächeln und glattgestrichenem Haar — jeder Zoll ein Kammerdiener.

„Louis," sagte Mr. Fairlie, indem er träumerisch über seine Fingerspitzen mit den kleinen, für die Münzen bestimmten Bürstchen hinfuhr, „ich habe mir diesen Morgen einige Notizen in meinem Portefeuille gemacht. Hole mir dasselbe. Ich bitte tausendmal um Entschuldigung, Mr. Hartright. Ich fürchte, Sie zu langweilen."

Da er müde seine Augen wieder schloß, ehe ich eine Antwort geben konnte, und er mich allerdings sehr langweilte, so blieb ich still sitzen und betrachtete die Madonna und das Kind von Raphael. Inzwischen verließ der Kammerdiener das Zimmer und kam bald mit einem kleinen elfenbeinernen Buch zurück. Mr. Fairlie ließ, nachdem er sich mit einem Seufzer Erleichterung verschafft hatte, mit der einen Hand das Buch offen auf den Tisch fallen, mit der andern hielt er den winzigen Pinsel in die Höhe, zum Zeichen für den Diener, auf weitere Ordre zu warten.

„Ja, so ist's!" sagte Mr. Fairlie, sich in dem Schreibbuch Raths erholend. „Louis, nimm jene Mappe herab." Bei diesen Worten deutete er nach mehren, neben dem Fenster auf Mahagony-Ständern aufgepflanzten Mappen. „Nein. Nicht die mit dem grünen Rücken — diese enthält meine Rembrandi-

schen Aezzeichnungen, Mr. Hartright. Sind Sie
ein Freund von Aezbildern? Ja? Recht schön, so
haben wir wiederum in einem Ding gemeinschaft=
lichen Geschmack. Die Mappe mit dem rothen
Rücken, Louis. Laß' sie nicht fallen! Sie haben
keine Idee davon, welche Marter ich erdulden würde,
Mr. Hartright, wenn Louis die Mappe fallen ließe.
Ist sie unversehrt auf dem Stuhl angekommen?
Glauben Sie, daß ihr Nichts geschehen ist, Mr.
Hartright? Ja? Gut so. Sie würden mich ver=
pflichten, wenn Sie die Zeichnungen ansehen wollten,
um sich zu überzeugen, ob sie wirklich in gutem
Stande sind. Louis, entferne Dich. Was Du für
ein Esel bist. Siehst Du mich nicht das Notizbuch
halten? Glaubst Du, ich brauche es zu halten?
Warum mir dann dasselbe nicht abnehmen, ohne
dazu aufgefordert zu sein? Bitte tausendmal um
Verzeihung, Mr. Hartright; aber Diener sind solche
Esel, nicht wahr? Sagen Sie mir — was halten
Sie von den Zeichnungen? Sie kamen in schrecklichem
Zustande von einer Versteigerung her. Es ist mir,
als riechen sie, da ich dieselben das letzte Mal ansah,
nach den abscheulichen Fingern von Krämern und
Mäklern. Können Sie sich darauf einlassen?"

Waren auch meine Nerven nicht zart genug, um
den Geruch von plebejischen Fingern, welcher Mr.
Fairlie's Nase beleidigt hatte, zu entdecken, besaß ich
doch hinlänglich gebildeten Geschmack, um im Ueber=
schlagen den Werth der Zeichnungen zu schätzen. Es
waren größtentheils wirklich schöne Exemplare eng=
lischer Aquarellmalerei und hätten in den Händen
ihres früheren Besitzers eine viel bessere Behand=

lung verdient, als ihnen offenbar zu Theil gewor=
den war.

„Die Zeichnungen," antwortete ich, „müssen sorg=
fältig gestreckt und aufgezogen werden; und nach
meiner Meinung verdienen sie wohl —"

„Ich bitte um Verzeihung," fiel Mr. Fairlie ein.
„Achten Sie nicht darauf, wenn ich während Ihrer
Worte die Augen schließe. Selbst dieses Licht ist
zu viel für sie. Ja?"

„Ich wollte sagen, die Zeichnungen verdienen
wohl all die Zeit und Mühe —"

Mr. Fairlie öffnete plötzlich seine Augen wieder
und richtete sie mit dem Ausdruck hilfloser Bestür=
zung nach dem Fenster.

„Ich bitte Sie, mich zu entschuldigen, Mr. Hart=
right," sprach er in einem Anfall von Bangigkeit.
„Aber sicherlich höre ich abscheuliche Kinder in dem
Garten — meinem Privatgarten — unten?"

„Ich weiß nicht, Mr. Fairlie. Ich hörte außer
mir Niemand."

„Thun Sie mir den Gefallen — Sie haben so
viel Rücksicht für meine armen Nerven — thun Sie
mir den Gefallen, eine Ecke des Rouleau's zu lüften.
Lassen Sie die Sonne nicht herein zu mir, Mr.
Hartright! Haben Sie das Rouleau hinaufgezogen?
Ja? Nun, so schauen Sie gefälligst in den Garten
und überzeugen Sie sich."

Ich erfüllte dieses neue Begehren. Der Garten
war sorgfältig ringsherum mit Mauern eingefaßt.
Kein menschliches Wesen, groß oder klein, zeigte sich
in der Einsamkeit dieser geweihten Räume. Ich be=
richtete Mr. Fairlie die befriedigende Thatsache.

„Tausend Dank. Meine Einbildung, fürchte ich. Es gibt, der Himmel sei gepriesen, keine Kinder hier im Hause; aber die Diener (Leute, die ohne Nerven geboren sind) ziehen Kinder vom Dorfe herbei. Solche Bälge — o, mein Himmel, solche Bälge! Soll ich es gestehen, Mr. Hartright? — Ich möchte wahrhaftig gern mit dem Bau der Kinder eine Re=form vornehmen. Die einzige Idee der Natur scheint hiebei zu sein, aus denselben Maschinen zur Hervor=bringung unaufhörlichen Lärms zu machen. Sicher=lich ist unseres entzückenden Raffaello's Auffassung unendlich vorzuziehen?"

Er deutete hiebei auf das Madonnen=Gemälde, dessen oberer Theil die conventionellen Cherubs der italienischen Kunst zeigte, durch himmlische Vorsorge mittelst büffelfarbiger Wolkenballen mit Sitzplätzen für ihr Kinn versehen.

„Ein wahrhaftes Familien=Modell!" sagte Mr. Fairlie, zärtlich nach den Cherubs schauend. „Solche nette runde Gesichter, und so weiche Flügel und — sonst Nichts. Keine schmutzigen kleinen Beine zum Herumspringen, und keine lärmenden Lungen, um damit zu kreischen. Wie unermeßlich erhaben über den gegenwärtigen Bau! Ich will meine Augen wieder schließen, wenn Sie es mir erlauben. Und Sie werden wirklich mit den Zeichnungen zurecht kommen? Schön so. Ist noch irgend Etwas aus=zumachen? Wäre dem so, so muß ich es wohl ver=gessen haben. Sollen wir wieder nach Louis klingeln?"

Da ich meinerseits nunmehr ebenso ängstlich, als offenbar Mr. Fairlie, darauf bedacht war, die Unterredung zu einem schnellen Schluß zu führen, so wollte ich den Versuch machen, ob ich nicht der Berufung des Dieners vorbeugen könne, indem ich auf meine eigene Verantwortung seinem Gedächtniß zu Hülfe käme.

„Der einzige Punkt, Mr. Fairlie, der noch zu besprechen bleibt," sagte ich, „bezieht sich wohl auf den Unterricht im Stizzenzeichnen, welchen ich den zwei jungen Damen ertheilen soll."

„Ach! so ist es," erwiederte Mr. Fairlie. „Ich wünschte stark genug zu sein, um auf diesen Theil der Uebereinkunft einzugehen — aber dem ist nicht so. Die Damen, welche sich Ihrer freundlichen Dienste bedienen, Mr. Hartright, müssen für sich die Sache in Ordnung bringen u. s. w. Meine Nichte ist eine große Freundin Ihrer reizenden Kunst. Sie versteht gerade genug davon, um ihrer eigenen kläglichen Mängel bewußt zu sein. Geben Sie sich gefälligst Mühe mit ihr. Ja. Gibt es sonst noch Etwas? Nein. Wir verstehen einander — nicht wahr? Ich habe kein Recht, Sie länger von Ihrem entzückenden Berufe fern zu halten, gewiß nicht. Es ist etwas so Angenehmes, Alles zurecht gelegt zu haben — eine so fühlbare Erleichterung, ein Geschäft abgethan zu haben. Haben Sie Nichts dagegen, Louis zu klingeln, damit er Ihnen die Mappe auf Ihr Zimmer trägt?"

„Ich will sie selbst hintragen, Mr. Fairlie, wenn Sie erlauben."

„Wollen Sie in der That? Sie sind stark genug dazu? Ach wie hübsch ist es, stark zu sein! Sind Sie sicher, daß Sie dieselbe nicht fallen lassen? Recht schön, daß wir Sie zu Limmeridge haben,

Mr. Hartright. Ich bin ein solcher Leidensmann, daß ich kaum hoffen darf, Ihrer Gesellschaft oft zu genießen. Wollen Sie wohl recht darauf Acht geben, daß Sie die Thüren nicht zuschlagen und die Mappe nicht fallen lassen? Dank Ihnen. Sachte mit den Vorhängen, wenn's gefällig ist — das geringste Rauschen derselben fährt mir wie ein Messer durch den Leib. Ja. Guten Morgen!"

Als die seegrünen Vorhänge geschlossen waren und die beiden wohlverkleideten Thüren hinter mir lagen, hielt ich einen Augenblick in dem kleinen kreisrunden Vorsaale an und stieß einen langen, wollüstigen Seufzer der Erleichterung aus. Es war mir, als käme ich nach tiefem Untertauchen wieder an die Oberfläche des Wassers, sobald ich mich einmal außerhalb des Gemaches von Mr. Fairlie befand.

Kaum hatte ich mich für den Morgen in meinem hübschen kleinen Arbeitszimmer behaglich eingerichtet, so gelangte ich unmittelbar zu dem Entschluß, niemals meine Schritte in die Gegend der von dem Hausherrn bewohnten Gemächer zu richten, außer für den höchst unwahrscheinlichen Fall, daß er mich mit einer speciellen Einladung zu einem zweiten Besuch beehren würde. Die übrigen Stunden des Morgens vergingen unterhaltend genug damit, daß ich die Zeichnungen durchsah, sie partienweise ordnete, die zerrissenen Ränder beschnitt und die andern nothwendigen Vorkehrungen für das Geschäft des Aufziehens traf. Ich hätte vielleicht noch mehr thun sollen; aber als die Zeit des Zwischenessens näher rückte, hatte ich keine Ruhe mehr und fühlte mich außer Standes, meine Aufmerksamkeit auf irgend eine Beschäftigung zu richten, und wenn es auch nur die niedrigste Handarbeit war.

Um zwei Uhr stieg ich wieder, etwas ängstlich, in das Frühstückzimmer hinab. Erwartungen von einigem Interesse knüpften sich an mein bevorstehendes Wiedererscheinen in diesem Theile des Hauses. Ich sollte jetzt Miß Fairlie vorgestellt werden, und wenn Miß Halcombe's Nachforschungen in ihrer Mutter Briefen zu dem von ihr erwarteten Resultate geführt hatten, so war die Zeit gekommen, das Geheimniß der weißen Frau aufzuklären.

VIII.

Als ich in das Zimmer trat, fand ich Miß Halcombe und eine ältliche Dame am Tische sitzen.

Die ältliche Dame erwies sich, als ich ihr vorgestellt wurde, als Miß Fairlie's frühere Gouvernante, Mrs. Vesey, welche mir von meiner lebhaften Gefährtin beim Frühstück kurz geschildert worden war, als begabt mit „allen Cardinaltugenden und doch für Nichts zählend." Ich kann wenig mehr thun, als mein geringes Zeugniß für die Wahrhaftigkeit der Skizze abgeben, welche Miß Halcombe von dem Character der alten Frau entworfen hatte. Mrs. Vesey sah als das personificirte Bild menschlicher Gemüthsruhe und weiblicher Liebenswürdigkeit aus. Ein ruhiger Genuß einer ruhigen Existenz gab sich in dem schläfrigen Lächeln auf ihrem dicken, ruhigen Angesicht zu erkennen. Manche Leute rennen

durch's Leben, und manche schlendern durch's Leben.
Mrs. Vesey gelangte sitzend durch's Leben. Saß
im Hause früh und spät; saß im Garten; saß auf
unverhofften Fensterbänken in Gängen; saß (auf
einem Feldstuhl) wenn ihre Freundinnen sie auf einen
Spaziergang mitzunehmen versuchten; saß, ehe sie
Etwas anschaute, ehe sie über Etwas sprach, ehe sie
Ja oder Nein auf die gewöhnlichste Frage antwor=
tete — immer mit demselben heitern Lächeln auf
ihren Lippen, derselben nichtssagend=aufmerksamen
Wendung ihres Kopfes, derselben stillbehaglichen Hal=
tung ihrer Hände und Arme, unter allen denkbaren
Wechseln häuslicher Umstände. Eine milde, gefällige,
unaussprechlich ruhige und harmlose alte Dame,
welche niemals auf irgend eine Art zu der Idee
Veranlassung gegeben hatte, daß sie wirklich seit der
Stunde ihrer Geburt jemals am Leben gewesen.
Die Natur hat so viel auf der Welt zu thun, und
ist mit einer so ungeheuren Menge gleichzeitig in's
Dasein tretender Schöpfungen beschäftigt, daß sie
wirklich dann und wann allzu verwirrt und aus dem
Concept sein muß, um zwischen den verschiedenen,
ihr zu gleicher Zeit vorkommenden Processen unter=
scheiden zu können. Von diesem Gesichtspunkte aus=
gehend, hielt ich immer an der Privatüberzeugung
fest, daß die Natur gerade der Erzeugung von Kohl=
töpfen völlig hingegeben war, als Mrs. Vesey ge=
boren wurde, und die gute Dame nunmehr die Fol=
gen dieser vegetabilischen Gedanken=Thätigkeit im
Geiste unserer gemeinsamen Mutter zu tragen hatte.

„Nun, Mrs. Vesey," sagte Miß Halcombe, die
im Contraste mit der rückhaltsamen, alten Dame an

ihrer Seite nur noch heiterer, schärfer und entschiedener
als sonst aussah, „was beliebt Ihnen, eine Cotelette?"

Mrs. Vesey kreuzte ihre mit Grübchen versehenen
Hände über dem Rande des Tisches und sprach:
„Ja, meine Liebe."

„Was ist dort, gerade gegenüber von Mr. Hart=
right? Gesottenes Huhn? Nicht wahr? Ich glaubte,
Sie essen gesottenes Huhn gerner als Cotelettes,
Mrs. Vesey?"

Mrs. Vesey nahm ihre Hände von dem Rande
des Tisches hinweg und kreuzte sie jetzt zur Abwechs=
lung auf ihrem Schooße; nickte nachdentlich dem ge=
sottenen Huhn zu und sprach: „Ja, meine Liebe."

„Gut, aber wovon wollen Sie heute? Soll
Mr. Hartright Ihnen Etwas von dem Huhn geben?
Oder soll ich Ihnen eine Cotelette geben?"

Mrs. Vesey legte wiederum die eine ihrer mit
Grübchen versehenen Hände auf den Rand des Ti=
sches, zögerte schläfrig und sprach endlich: „Wie es
Ihnen gefällig ist, meine Liebe."

„Barmherzigkeit! Es handelt sich um Ihren
Geschmack, meine gute Dame, nicht um den meini=
gen. Ich nehme an, Sie wünschen von Beidem ein
wenig? Und nehme an, Sie beginnen mit dem
Huhn, weil Mr. Hartright's Blicke das eifrigste Ver=
langen bezeugen, Ihnen vorzulegen."

Mrs. Vesey legte die andere Hand wieder auf
den Rand des Tisches, ein blödes Lächeln trat einen
Augenblick auf ihr Angesicht; erlosch im nächsten;
sie verbeugte sich gehorsam und sprach: „Wenn es
Ihnen gefällig ist, Sir."

Gewiß eine milde, gefällige, unaussprechlich ruhige

und harmlose alte Dame? Aber genug für jetzt von Mrs. Vesey.

Diese ganze Zeit über ließ sich Nichts von Miß Fairlie sehen. Das Zwischenessen ging zu Ende, und sie erschien noch immer nicht. Miß Halcombe, deren schnellem Auge Nichts entging, bemerkte die Blicke, die ich von Zeit zu Zeit der Thüre zuwarf.

„Ich verstehe Sie, Mr. Hartright," nahm sie das Wort; „Sie möchten gern wissen, was aus Ihrer zweiten Schülerin geworden ist. Sie ist herunter= gekommen und ihr Kopfweh los geworden; aber der Appetit hat sich noch nicht so weit wieder eingestellt, daß sie mit uns essen wollte. Wenn Sie sich mei= ner Führung anvertrauen, will ich es wohl auf mich nehmen, sie irgendwo im Garten aufzufinden."

Sie ergriff einen Sonnenschirm, der auf einem Stuhl neben ihr lag, und nahm ihren Weg durch ein hohes Fenster in der Tiefe des Saales, welches auf den Rasenplatz führte. Es ist fast unnöthig zu bemerken, daß wir Mrs. Vesey noch am Tische sitzend, die Grübchenhände über dem Rande desselben ge= kreuzt, verließen; augenscheinlich für den Rest des Nachmittags in dieser Situation beharrend.

Als wir über den Rasen gingen, blickte mich Miß Halcombe bedeutsam an und schüttelte den Kopf.

„Ihr geheimnißvolles Abenteuer," sagte sie, „bleibt noch immer in seine mitternächtliche Finsterniß ge= hüllt. Ich habe den ganzen Morgen in meiner Mutter Briefen nachgesucht und doch Nichts entdeckt. Verzweifeln Sie jedoch nicht, Mr. Hartright. Es handelt sich um eine Befriedigung der Neugier; und

Sie haben eine Frau zur Alliirten. Unter solchen
Umständen ist ein Erfolg gewiß, früher oder später.
Die Briefe sind noch nicht erschöpft. Ich habe noch
drei Packets übrig, und Sie dürfen darauf rechnen,
daß ich den ganzen Abend darüber zubringe."

So war also eine meiner vorgefaßten Hoffnungen vom Morgen noch unerfüllt. Ich war jetzt nur
darauf begierig, ob meine Vorstellung bei Miß Fairlie
die Erwartungen, welche ich mir seit dem Frühstück
von ihr gemacht hatte, Lügen strafen würde.

„Und wie sind Sie mit Mr. Fairlie ausgekom-
men?" forschte Miß Halcombe, als wir den Rasen
verließen und in ein Gebüsch traten. „War er diesen
Morgen besonders nervös? Besinnen Sie sich keineswegs auf eine Antwort, Mr. Hartright. Die
bloße Thatsache, daß Sie sich dazu genöthigt sehen,
ist genug für mich. Ich sehe es Ihrem Gesicht an,
daß er besonders nervös war; und da ich freund-
licherweise nicht Willens bin, Sie in denselben Zustand zu versetzen, so will ich nicht weiter fragen."

Während sie so sprach, bogen wir in einen gewundenen Pfad ein und näherten uns einem hübschen
Sommerhäuschen, das von Holz erbaut war und in
Miniature eine Schweizer-Sennhütte darstellte. Das
einzige Zimmer desselben war, wie wir im Hinauf-
steigen nach der Thüre bemerkten, von einer jungen
Dame eingenommen. Sie stand an einem ländlichen
Tische und schaute hinaus auf Moor und Hügel,
die sich landeinwärts durch eine Lücke in den Bäumen vor ihr darstellten, und blätterte zerstreut in
einem kleinen Stizzenbuch, das ihr zur Seite lag.
Das war Miß Fairlie.

6*

Wie kann ich sie beschreiben? Wie kann ich sie
von meinen eigenen Empfindungen und von Allem,
was sich in späterer Zeit zugetragen hat, scheiden?
Wie kann ich sie wieder sehen, wie sie mir erschien,
als meine Augen zum ersten Mal auf ihr ruhten —
wie sie jetzt den Augen erscheinen sollte, die im Be=
griff sind, sie auf diesen Blättern zu sehen?

Die Aquarellzeichnung, die ich von Laura Fairlie
in späterer Zeit machte, an derselben Stelle befind=
lich, und in derselben Haltung, wie ich sie zuerst sah,
liegt auf meinem Pulte, während ich dieß schreibe.
Ich schaue sie an, und es dämmert vor mir hell
von dem dunkeln, grünlich=braunen Hintergrund des
Sommerhauses eine leichte, jugendliche Gestalt auf,
in einem einfachen Musselingewand mit wechselnden
breiten Streifen von zartem Blau und Weiß. Ein
Umschlagtuch von demselben Stoff verhüllt kraus und
eng ihre Schultern, und ein kleiner Strohhut von Natur=
farbe, einfach und sparsam mit Band verziert und dem
Gewande entsprechend, bedeckt ihr Haupt und wirft sei=
nen sanften, durchsichtigen Schatten über den obern
Theil von ihrem Antlitz. Ihr Haar ist von so schwachem
Blaßbraun — nicht flächsern und doch beinahe eben=
so licht; nicht golden und doch beinahe ebenso glän=
zend — daß es hie und da beinahe mit dem Schat=
ten des Hutes verschmilzt. Es ist einfach getheilt
und rückwärts über die Ohren gestrichen, und die
Linie desselben kräuselt sich natürlich, wie sie über
die Stirne läuft. Die Augbrauen sind ziemlich
dunkler, als das Haar, und die Augen von jenem
weichen, durchsichtigen Türkisblau, das von Dichtern
so oft besungen worden und so selten im wirklichen

Leben zu sehen ist. Liebliche Augen in Farbe, lieb=
liche Augen in Form — groß und zärtlich und still
sinnend — aber über Alles schön in der klaren
Wahrhaftigkeit des Blicks, die in ihren innersten
Tiefen wohnt und durch allen Wechsel des Ausdrucks
mit dem Lichte einer reinern und bessern Welt hin=
durchscheint. Der Reiz — höchst milde und doch
höchst auffallend ausgeprägt — welchen sie über
das ganze Gesicht verbreiten, bedeckt und verwischt
dessen kleine natürliche Mängel dermaßen, daß es
schwer hält, den relativen, mehr oder minder em=
pfehlenden Character der übrigen Züge gehörig zu
schätzen. Man sieht es kaum, daß der untere Theil
des Gesichts allzu zart gegen das Kinn ausläuft,
um in richtigem und hübschem Verhältniß zu dem
obern Theile zu stehen; daß die Nase, der adler=
artigen Biegung (immer hart und widrig bei einer
Frau, mag sie auch für sich betrachtet, noch so voll=
kommen sein) ausweichend, ein wenig in das andere
Extrem übergeht und die ideale Geradheit der Linie
vermissen läßt; und daß die weichen, sinnlichen Lippen,
wenn sie lächelt, einem leichten nervösen Zucken unter=
worfen sind, wobei sie sich in der einen Ecke ein
wenig gegen die Wange hinaufziehen. Es dürfte
möglich sein, diese Mängel in einem andern Frauen=
gesicht sich zu bemerken, aber es ist nicht leicht, in
dem ihrigen dabei zu verweilen, da sie mit Allem,
was in ihrem Gesichtsausdruck individuell und charac=
teristisch ist, so zart verschmolzen sind, und dieser
Ausdruck, nach seinem vollen Spiel und Leben, in
jedem andern Zuge von dem bewegenden Impulse
der Augen abhängt.

Zeigt mir mein armes Portrait von ihr, meine mir so lieb gewordene, ausdauernde Arbeit von langen und glücklichen Tagen, diese Dinge? Ach, wie wenige davon liegen in der trüben, mechanischen Zeichnung, und wie viele in dem Geiste, womit ich dieselbe betrachte. Ein schönes, zartes Mädchen, in einem hübschen, leichten Gewand, mit den Blättern eines Skizzenbuchs spielend, während sie mit treuen, unschuldigen, blauen Augen von demselben aufschaut — das ist Alles, was eine Zeichnung sagen kann; vielleicht Alles, was selbst der tiefer greifende Gedanke und die Feder in ihrer Sprache sagen können. Die Frau, welche zuerst unsern schattenhaften Begriffen von Schönheit Leben, Licht und Form gibt, füllt eine Leere in unserer geistigen Natur aus, welche uns bis zu ihrer Erscheinung unbekannt blieb. Sympathien, die zu tief für Worte, beinahe zu tief für Gedanken liegen, werden zu solchen Zeiten von Reizen angeregt, welche anderer Art sind, als diejenigen, die auf die Sinne wirken und mittelst des Ausdrucks sich darstellen lassen. Das Geheimniß, welches der Schönheit von Frauen zu Grunde liegt, erhebt sich niemals über den Bereich jeglichen Ausdrucks, es habe denn seine Verwandtschaft mit dem tieferen Geheimniß in unserer eigenen Seele beansprucht. Dann, und dann allein ist es über das beschränkte Gebiet, auf welches in dieser Welt von Pinsel und Feder Licht fällt, hinausgekommen.

Denke an sie, wie Du an die erste Frau dachtest, welche Deine Pulse, die von den übrigen ihres Geschlechts nicht in Bewegung gesetzt wurden, zu schnellerem Schlage gebracht hat. Laß die freund-

lichen, offenen blauen Augen ben Deinigen begegnen, wie sie auf bie meinigen trafen, mit bem einen
unvergleichlichen Blick, beffen wir beibe uns so wohl
erinnern. Laß ihre Stimme bie Mufit sprechen,
welche Dir einst am liebsten war, so süß betont für
Dein Ohr, wie für bas meinige. Laß ihren Schritt,
wie sie kommt unb geht in biesen Blättern, jenem
Schritt gleichen, zu beffen schwebendem Gang einst
Dein eigenes Herz ben Takt schlug. Nimm sie als
ben eingebilbeten Liebling Deiner eigenen Phantasie, unb sie wirb so klar unb beutlich vor Dir
auftreten, wie bie lebenbige Frau jetzt in ber meinigen weilt.

Unter biesen Empfinbungen, bie auf mich ein-
brangen, als meine Augen sie zuerst erblickten —
vertraute Empfinbungen, bie wir Alle kennen, bie
in ben meisten Herzen ins Leben treten, in so vielen wieber absterben, unb ihr leuchtendes Dasein in
so wenigen erneuern — war eine, welche mich be-
unruhigte unb verwirrte; eine, bie mir in Miß
Fairlie's Gegenwart seltsam wibersprechenb unb, ich
weiß nicht warum, ganz am unrechten Platze schien.
Es mischte sich mit bem lebhaften Einbruck, ben
ber Zauber ihres schönen Gesichtes unb Kopfes, ber
süße Ausbruck ihrer Miene unb bie gewinnenbe
Einfachheit ihrer Manieren hervorbrachte, ein an-
berer, ber mir in bämmeriger Weise bie Vorstellung
von etwas Mangelnbem nahe legte. Das eine Mal
schien bieses Mangelnbe in ihr zu liegen, bas an-
bere Mal wieber in mir selbst, aber es hinberte
mich hier wie bort, sie gehörig zu verstehen. Der
Einbruck war räthselhaft genug, am stärksten, wenn

sie mich anschaute; oder mit andern Worten, wenn
ich der Harmonie und des Zaubers ihres Gesichts
mir am meisten bewußt war und doch zugleich von
dem Gefühl einer Unvollständigkeit, die aber unmög=
lich zu entdecken war, schwer beunruhigt wurde. Es
mangelte Etwas, es mangelte Etwas — und doch
konnte ich nicht sagen, wo es war und was es war.

Die Wirkung dieser seltsamen Laune der Phan=
tasie (wie ich sie mir damals dachte) war nicht von
der Art, daß ich mich bei meiner ersten Zusammen=
kunft mit Miß Fairlie ganz wohl fühlte. Bei den
wenigen Worten des Willkomms, die sie an mich
richtete, besaß ich kaum Fassung genug, um ihr in
den gewöhnlichen Redensarten dafür zu danken. Da
Miß Halcombe mein Zaudern bemerkte und es, na=
türlich genug, einer augenblicklichen Schüchternheit
meinerseits zuschrieb, so nahm sie, so leicht und fer=
tig wie gewöhnlich, das Geschäft der Unterhaltung
in ihre Hände.

„Da sehen Sie, Mr. Hartright," sagte sie, nach
dem Stizzenbuch auf dem Tisch und auf die kleine,
zarte Hand deutend, welche noch spielend darüber
hinfuhr. „Sie werden sicher erkennen, daß Ihre
Musterschülerin endlich gefunden ist? Im Augen=
blick, da sie hört, daß Sie im Hause sind, ergreift
sie ihr unschätzbares Stizzenbuch, schaut der Univer=
salnatur gerade in's Gesicht und ist voll Verlangens,
anzufangen."

Miß Fairlie lachte mit der sich hingebenden fröh=
lichen Laune, welche so hell, wie wenn sie ein Theil
des Sonnenscheins über uns gewesen wäre, auf
ihrem lieblichen Gesichte zum Vorschein kam.

„Ich darf keinen Kredit für mich in Anspruch
nehmen, wo ein solcher nicht gebührt," sagte sie, ihr
klares, offenes blaues Auge bald auf Miß Halcombe, bald auf mich richtend. „So sehr ich das
Zeichnen liebe, bin ich meiner Unwissenheit doch so
sehr mir bewußt, daß ich anzufangen eher fürchte
als wünsche. Nun da Sie hier sind, Mr. Hartright,
blicke ich auf meine Skizzen, wie ich als kleines
Mädchen auf meine Aufgaben blickte und dabei
Angst hatte, ich möchte beim Abhören nicht bestehen."

Sie machte dieß Geständniß ganz hübsch und
einfach, und zog mit seltsamem, kindlichem Ernste
ihr Skizzenbuch auf dem Tische zu sich her. Miß
Halcombe schnitt den Knoten ihrer kleinen Verlegenheit ohne Weiteres in ihrer entschlossenen, geraden
Weise durch.

„Gut, schlecht oder mittelmäßig," sagte sie, „die
Schülerskizzen müssen die Feuerprobe vom Urtheil
des Lehrers durchmachen — und damit ist's fertig.
Ich denke, wir nehmen sie in den Wagen mit, Laura,
und lassen sie Mr. Hartright zum ersten Mal unter
dem fortdauernden Stoßen desselben und den dadurch verursachten Unterbrechungen sehen? Bringen
wir es nur beim Fahren dahin, daß er zwischen der
Natur, wie sie ist, wenn er um sich schaut, und der
Natur, wie sie nicht ist, wenn er in unsere Skizzenbücher blickt, irre wird, so treiben wir ihn zu der
letzten verzweifelten Noth, uns Complimente zu
machen, und wir schlüpfen ihm so durch seine berufsmäßigen Finger hindurch, ohne daß er unsere
lieben Eitelkeitsfedern uns ausrupft."

„Ich hoffe, Mr. Hartright wird mir keine Complimente machen," sagte Miß Fairlie, als wir das Sommerhaus verließen.

„Darf ich mir die Frage erlauben, warum Sie diese Hoffnung aussprechen?" sagte ich.

„Weil ich Allem, was Sie mir sagen, Glauben schenken werde," antwortete sie einfach.

Mit diesen wenigen Worten gab sie mir unbewußt den Schlüssel zu ihrem ganzen Character; zu jenem edelmüthigen Vertrauen auf Andere, welches in ihrer Natur arglos aus dem Gefühl ihrer eigenen Aufrichtigkeit entsprang. Damals kannte ich dieselbe nur intuitiver Weise. Jetzt kenne ich sie aus Erfahrung.

Wir warteten nur, bis sich Mrs. Vesey von dem Platze erhoben hatte, den sie noch immer an dem verlassenen Eßtische einnahm, und stiegen dann in den offenen Wagen zu unserer beabsichtigten Spazierfahrt. Die alte Dame und Miß Halcombe nahmen den Rücksitz ein; Miß Fairlie und ich saßen vorwärts, mit dem offenen Skizzenbuch zwischen uns, das endlich meinen berufskundigen Augen willig vorgelegt wurde. Jede ernsthafte Kritik der Zeichnungen wurde jedoch, selbst wenn ich eine solche zu geben Lust gehabt hätte, durch Miß Halcombe's festen Entschluß vereitelt, an den schönen Künsten, wie sie von ihr, ihrer Schwester und den Frauen im Allgemeinen betrieben werden, Nichts als die lächerliche Seite zu sehen. Ich kann mich noch leichter der Unterhaltung, die geführt wurde, als der Skizzen, die ich mechanisch ansah, erinnern. Besonders der Theil des Gesprächs, in welches Miß Fairlie sich mischte, ist meinem Ge-

dächtniß noch so lebhaft eingeprägt, als hätte ich ihn
erst vor einigen Stunden gehört.

Ja! ich will es gestehen, daß an diesem ersten
Tage der Zauber ihrer Gegenwart mich dem Gedanken an mich selbst und an meine Stellung ent-
rückte. Die unbedeutendste Frage, die sie an mich
über die Art und Weise, ihren Pinsel zu führen und
ihre Farben zu mischen, an mich richtete; der geringste Wechsel des Ausdruckes in den lieblichen
Augen, welche in die meinigen schauten, mit einem
so ernsten Verlangen, Alles zu lernen, was ich sie
lehren konnte, und Alles zu entdecken, was ich ihr
zeigen konnte, zog meine Aufmerksamkeit mehr an,
als die schönste Aussicht, an der wir vorüber kamen,
oder der prachtvollste Wechsel von Licht und Schatten,
wie sie auf dem wellenförmigen Moorland und auf
dem flachen Strande in einander floßen. Ist es
nicht jeder Zeit und unter allen Verhältnissen von
rein menschlichem Interesse sonderbar, zu sehen, wie
wenig wirkliche Gewalt die Gegenstände der natürlichen Welt, unter denen wir leben, über unser Herz
und Gemüth auszuüben vermögen? Wir suchen bei
der Natur Trost für Leid und Sympathie für Freude
nur in Büchern. Bewunderung jener Schönheiten
der leblosen Welt, wovon die moderne Poesie eine
so breite und beredte Schilderung entwirft, ist
selbst bei den Besten unter uns keiner der ursprüng-
lichen Instinkte unserer Natur. Kein Kind besitzt
denselben. Kein Mann, keine Frau ohne Bildung
besitzt denselben. Leute, deren Leben fast ausschließlich unter den ewig wechselnden Wundern von See
und Land dahin fließt, sind auch diejenigen, welche

faſt allgemein für jeden Anblick der Natur, ſofern
er nicht in directer Beziehung zu dem menſchlichen
Intereſſe ihres Berufes ſteht, unempfindlich erſchei=
nen. Unſer Vermögen, die Schönheiten der Erde,
worauf wir leben, zu ſchätzen, iſt in der That eine
der zur Bildung gehörigen Fertigkeiten, die wir Alle
gleich einer Kunſt lernen; und, noch mehr, eben
dieſes Vermögen wird ſelten von uns in Anwen=
dung gebracht, außer wenn unſer Gemüth ſich in
einem Zuſtand völliger Indolenz befindet und ſonſt
durch Nichts beſchäftigt iſt. Wie vielen Antheil
haben die Reize der Natur von jeher an den erfreu=
lichen oder ſchmerzlichen Intereſſen und Regungen
von uns oder unſern Freunden gehabt? Wie viel
Raum nahmen ſie von jeher in den tauſend kleinen
Erzählungen von perſönlicher Erfahrung ein, welche
täglich zwiſchen uns von Mund zu Mund gehen?
Alles, was unſer Geiſt erreichen, unſer Herz lernen
kann, läßt ſich mit gleicher Gewißheit, mit gleichem
Nutzen, mit gleicher Genugthuung für uns unter
der ärmſten wie unter der reichſten Fernſicht, welche
die Oberfläche der Erde zu gewähren vermag, zu
Stande bringen. Es gibt ſicherlich einen Grund
für dieſen Mangel angeborner Sympathie zwiſchen
der Creatur und der Schöpfung ringsherum, einen
Grund, der vielleicht in der unendlich verſchiedenen
Beſtimmung des Menſchen und ſeiner irbiſchen
Sphäre zu ſuchen iſt. Die erhabenſte Gebirgsaus=
ſicht, über welche das Auge hinſchweifen kann, fällt
der Vergänglichkeit anheim. Das kleinſte menſchliche
Intereſſe, das ein reines Herz empfinden kann, iſt
zur Unſterblichkeit beſtimmt.

Wir waren beinahe drei Stunden ausgewesen, als der Wagen wieder durch die Thore von Lim= meridgehouse fuhr.

Auf unserem Rückweg hatte ich die Damen selbst den ersten Aussichtspunkt bestimmen lassen, welchen sie unter meiner Anleitung am morgenden Nach= mittag skizziren sollten. Als sie sich zurückzogen, um für das Diner Toilette zu machen, und ich wieder allein auf meinem kleinen Zimmer war, schien plötz= lich alle Lebhaftigkeit mich zu verlassen. Ich fühlte mich unbehaglich und unzufrieden mit mir selbst, ich wußte kaum warum. Vielleicht wurde mir jetzt zum ersten Mal bewußt, daß ich mich dem Genuße un= serer Spazierfahrt zu sehr im Character eines Gastes, zu wenig im Character eines Zeichenlehrers hingege= ben hatte. Vielleicht daß jenes seltsame Gefühl irgend eines Mangels, entweder an Miß Fairlie, oder an mir selbst, das mich bei meinem ersten Er= scheinen vor ihr in Verwirrung gesetzt hatte, noch auf mich drückte. Wie dem nun sei, es gewährte mir wirklich einige Erleichterung, als die Stunde des Diners mich meiner Einsamkeit entriß und in die Gesellschaft der Damen des Hauses zurückführte.

Bei meinem Eintritt in den Saal fiel mir der seltsame Contrast auf, der sich sowohl in dem Stoff, als in der Farbe der Gewänder, welche sie jetzt tru= gen, kund gab. Während Mrs. Vesey und Miß Halcombe reich gekleidet waren (jede in der für ihr Alter schicklichsten Weise), die erste in silbergrauer, die zweite in jener zarten primelgelben Farbe, welche zu einer dunkeln Gesichtsfarbe und zu schwarzem Haare so gut steht, zeigte sich Miß Fairlie anspruchslos und beinahe ärmlich in glatten, weißen Musselin gehüllt. Er war von fleckenloser Reinheit; er war schön angelegt; aber dennoch war es eine Sorte Kleid, wie es auch die Frau oder Tochter eines armen Mannes hätte tragen können, und es ließ sie, dem Aeußern nach zu urtheilen, weniger mit Glücksgütern gesegnet erscheinen, als selbst ihre eigene Gouvernante. In späterer Zeit, als ich mehr von Miß Fairlie's Character kennen lernte, entdeckte ich, daß dieser seltsame Contrast unrichtiger Weise seinen Grund in ihrem Zartgefühl und entschiedenen Widerwillen gegen die geringste persönliche Schaustellung ihres eigenen Wohlstands hatte. Niemals brachten Mrs. Vesey oder Miß Halcombe sie dahin, daß sie den Vortheil des Anzugs den beiden Damen, die arm waren, entgehen ließ, um ihn der einzigen, die reich war, zuzuwenden.

Nach dem Ende des Mahls kehrten wir zusammen in den Saal zurück. Obwohl Mr. Fairlie (jene großartige Herablassung des Monarchen, der Titian den Pinsel aufgehoben hatte, nachahmend) seinem Kellermeister die Weisung ertheilt hatte, in Bezug auf den Wein, den ich nach dem Diner am liebsten tränke, meine Wünsche einzuholen, besaß ich doch Entschlossenheit genug, um der Versuchung zu widerstehen, in einsamer Größe unter Flaschen meiner eigenen Wahl da zu sitzen, und richtiges Gefühl genug, um die Damen um Erlaubniß zu bitten, während meines Aufenthalts in Limmeridgehouse stets mit ihnen, wie es bei Gebildeten im Ausland Sitte ist, die Tafel zu verlassen.

Der Gesellschaftssaal, wohin wir uns jetzt für

den Reſt des Abends zurückgezogen hatten, befand
ſich zu ebener Erde, und hatte dieſelbe Geſtalt und
Größe, wie der Frühſtückſaal. Eine große Glas=
thüre am untern Ende ging auf eine Terraſſe, die
ihrer ganzen Länge nach mit einer verſchwenderiſchen
Fülle von Blumen geſchmückt war. Das weiche,
nebelige Zwielicht warf eben ſeinen Schatten über
Blätter und Blüthen und verſetzte ſie dadurch in
Harmonie mit ſeinem eigenen ernſten Farbenſpiel,
als wir in den Saal traten; und der ſüße, abend=
liche Wohlgeruch der Blumen ſandte uns ſein duf=
tiges Willkommen durch die Glasthüre entgegen.
Die gute Mrs. Veſey (immerdar die erſte von der
Geſellſchaft, die ſich niederſetzte) bemächtigte ſich
eines Armſtuhls in einer Ecke und ſchickte ſich be=
haglich zu einem ſüßen Schlummer an. Auf meine
Bitte nahm Miß Fairlie am Piano Platz. Da ich
ihr zu einem Sitz unweit des Inſtruments folgte,
zog ſich Miß Halcombe in die Vertiefung an einem
der Seitenfenſter zurück, um bei den letzten Strah=
len des Abendlichtes mit ihren Nachforſchungen in
den Briefen ihrer Mutter fortzufahren.

Wie lebhaft kehrt dieſes ſtille häusliche Gemälde
des Saales, während ich dieſes ſchreibe, meinem
Geiſte zurück. Von der Stelle, wo ich ſaß, konnte
ich Miß Halcombe's graziöſe Geſtalt, halb in ſanf=
tem Licht, halb in geheimnißvollem Schatten ſehen,
wie ſie ſich aufmerkſam zu den Briefen auf ihrem
Schooße niederbeugte; während mehr in meiner
Nähe das ſchöne Profil der Klavierſpielerin ſich ge=
rade zart gegen den ſchwach dunkelnden Hintergrund
der innern Wand des Saales abzeichnete. Draußen

auf der Terraffe wiegten sich die Blumenbüschel, die
langen Gräfer und Schlingpflanzen so sanft in der
leichten Abendluft, daß das leise Rauschen derselben
nicht bis zu uns drang. Der Himmel war ohne
Wolken; und das dämmernde Geheimniß des Mond=
lichtes begann bereits in der Gegend des östlichen
Himmels zu zittern. Das Gefühl des Friedens und
der Abgeschiedenheit löste alle Gedanken und Em=
pfindungen in entzückende überirdische Ruhe auf;
und die balsamische Stille, die mit dem tiefer sin=
kenden Lichte immer tiefer wurde, schien noch sänf=
tigender uns zu umschweben, während die himmlischen
Accorde der Mozart'schen Musik sich von dem Piano
darüber hinwegstahlen. Es war ein unvergeßlicher
Abend von Gesichten und Tönen.

Wir saßen Alle schweigend auf unsern Plätzen
— Mrs. Vesey noch immer schlafend, Miß Fairlie
noch immer spielend, Miß Halcombe noch immer
lesend — bis es finster wurde. Jetzt aber hatte
der Mond sich um die Terraffe herumgeschlichen, und
weiche, geheimnißvolle Lichtstrahlen drangen bereits
quer in den untern Theil des Saales. Der Ueber=
gang von dem Dunkel des Zwielichts war so schön,
daß wir einstimmig die Lampen verbannten, als
der Diener mit denselben hereintrat, und so der
große Saal, außer den zwei glimmenden Kerzen auf
dem Piano, keine weitere Beleuchtung hatte.

Noch eine halbe Stunde dauerte die Musik fort.
Darauf verlockte die Schönheit des Mondlichtes
auf der Terraffe Miß Fairlie, hinauszuschauen, und
ich folgte ihr. Als die Kerzen auf dem Piano an=
gezündet worden waren, hatte Miß Halcombe ihren

Platz gewechselt, um bei dem Schein derselben ihre
Untersuchung fortzusetzen. Sie hatte sich auf einem
niedrigen Stuhle neben dem Instrumente niederge=
lassen und war in ihre Lettüre so vertieft, daß sie
es gar nicht zu bemerken schien, als wir uns ent=
fernten.

Wir waren kaum fünf Minuten, wie ich glaube,
draußen auf der Terrasse, geradeüber von der Glas=
thür, gewesen, und Miß Fairlie band gerade auf
meinen Rath ihr weißes Taschentuch zur Vorsicht
gegen die Nachtluft über den Kopf — als ich Miß
Halcombe's Stimme leise, eifrig, aber ohne ihren
natürlichen lebhaften Ton, — meinen Namen aus=
sprechen hörte.

Ich trat sogleich wieder in den Saal. Das
Piano stand etwa halbwegs an der innern Wand
hinab. Auf der von der Terrasse entferntesten Seite
des Instruments saß Miß Halcombe mit den auf
ihrem Schooße zerstreuten Briefen und einem der=
selben in der Hand, den sie hart an das Licht
hielt. Auf der Seite zunächst der Terrasse stand
eine niedrige Ottomane, auf welcher ich Platz nahm.
Hier befand ich mich nicht weit von der Glasthüre,
und konnte Miß Fairlie deutlich sehen, wie sie an
derselben vorüberkam, während sie langsam im vollen
Strahl des Mondes von einem Ende der Terrasse
zum andern auf= und abschritt.

„Hören Sie mir zu, während ich die Schlußsätze
in diesem Briefe lese," sagte Miß Halcombe. „Ge=
ben Sie mir an, ob dieselben nach Ihrer Meinung
einiges Licht auf das seltsame Abenteuer auf der
Straße von London werfen. Der Brief ist von

meiner Mutter an ihren zweiten Gatten, Mr. Fairlie,
gerichtet, und das Datum weist auf eine Zeit hin,
die zwischen eilf und zwölf Jahren hinter uns liegt.
Damals wohnten Mr. und Mrs. Fairlie und meine
Halbschwester Laura seit Jahren in diesem Hause;
ich befand mich aber in Paris, um meine Erziehung
in einem dortigen Hause zu vollenden."

Ihr Aussehen und ihre Sprache waren ernst
und, wie mir vorkam, selbst etwas unruhig. Im
Augenblick, da sie den Brief zu dem Lichte empor=
hob, ehe sie zu lesen begann, ging Miß Fairlie auf
der Terrasse an uns vorüber, schaute ein wenig
herein und ging, als sie uns beschäftigt sah, lang=
sam weiter.

Miß Halcombe begann zu lesen wie folgt;

„Du wirst Dich langweilen, mein lieber Phi=
lipp, daß Du immer von meinen Schulen und
meinen Schülerinnen hören mußt. Lege es, ich
bitte Dich, der düstern Einförmigkeit des Lebens
zu Limmeridge, und nicht mir zur Last. Außer=
dem habe ich Dir heute etwas wirklich Interessan=
tes über eine neue Schülerin zu sagen.

„Du kennst die alte Mrs. Kempe in dem Krä=
merladen des Dorfes. Nun, nach jahrelangem
Kränkeln hat der Doctor sie zuletzt aufgegeben,
und sie stirbt langsam, Tag für Tag dahin. Ihre
einzige lebende Verwandte, eine Schwester, langte
vorige Woche an, sie zu pflegen. Diese Schwester
kommt geraden Wegs von Hampshire — ihr
Name ist Mrs. Catherick. Vor einigen Tagen
machte Mrs. Catherick mir einen Besuch und
brachte ihr einziges Kind mit, ein liebliches klei=

nes Mädchen, etwa ein Jahr älter als unsere
theure Laura —"

Als dieser letzte Satz von den Lippen der Lese=
rin glitt, ging Miß Fairlie wiederum auf der Ter=
rasse an uns vorüber. Sie sang leise eine der
Melodien, welche sie diesen Abend gespielt hatte,
vor sich hin. Miß Halcombe wartete, bis sie uns
wieder aus dem Gesicht gekommen war, und fuhr
dann mit dem Briefe fort:

„Mrs. Catherick ist eine anständige, gut ge=
sittete, achtbare Frau; von mittlerem Alter, und
manche Spuren verrathen noch, daß sie einst von
mäßig, aber nur mäßig=hübschem Aussehen ge=
wesen ist. Es liegt jedoch Etwas in ihrem Be=
nehmen und ihrer Erscheinung, das ich mir nicht
zurecht legen kann. Sie ist, was ihre eigene
Person betrifft, zurückhaltend, ja hüllt sich in völli=
ges Dunkel; und sie hat manchmal einen Blick —
ich kann ihn nicht beschreiben — der mich auf den
Gedanken bringt, daß sie Etwas auf dem Herzen
haben muß. Sie ist ganz und gar, was Du ein
wanderndes Geheimniß nennen würdest. Der
Grund, der sie nach Limmeridgehouse führte, war
einfach genug. Als sie Hampshire verließ, um ihrer
Schwester, Mrs. Kempe, in ihrer letzten Krank=
heit abzuwarten, war sie genöthigt, ihre Tochter
mitzunehmen, da sie Niemand daheim hatte, um
sich des kleinen Mädchens anzunehmen. Mrs.
Kempe kann in einer Woche sterben, aber es auch
noch Monate lang treiben; und Mrs. Catherick's
Zweck war nun, bei mir anzufragen, ob sie nicht
ihre Tochter Anna in meine Schule schicken dürfe;

7*

natürlich unter der Bedingung, dieselbe wieder
herauszunehmen, wenn sie, die Mutter, nach Mrs.
Kempe's Tod in die Heimath zurückkehre. Ich
gab sogleich meine Einwilligung; und als ich mit
Laura unsern gewöhnlichen Spaziergang machte,
brachten wir das kleine Mädchen (das jetzt gerade
eilf Jahre alt ist) noch an demselben Tage in
die Schule.'"

Noch einmal ging Miß Fairlie's Gestalt, hell und
weich in ihrem schneeweißen Musselinkleide — ihr Ange=
sicht hübsch umrahmt von den weißen Falten des Ta=
schentuchs, das sie unter dem Kinn zusammengebun=
den hatte — im Mondlicht an uns vorüber. Noch
einmal wartete Miß Halcombe, bis sie uns aus
dem Gesicht war, und fuhr dann fort:

„Ich habe eine lebhafte Vorliebe, Philipp,
für meine neue Schülerin gefaßt, aus einem Grunde,
den ich, um Dich zu überraschen, noch für mich
behalten will. Da ihre Mutter mir so wenig
von dem Kinde, wie von sich gesagt hatte, so
mußte ich selbst die Entdeckung machen (was schon
am ersten Tag geschah, als wir sie in den Lehr=
stunden prüften), daß der Verstand des armen
kleinen Dings noch nicht so entwickelt ist, wie man
es in ihrem Alter erwarten sollte. Als ich das
sah, ließ ich sie am nächsten Tage zu Hause und
machte mit dem Doctor noch besonders aus, daß
er dorthin ginge, um sie zu beobachten und zu be=
fragen und mir seine Meinung mitzutheilen. Seine
Ansicht ist, daß es sich geben wird. Aber er
sagt, eine sorgfältige Behandlung in der Schule
sei eben jetzt von großer Wichtigkeit, weil ihre

ungewöhnliche Langsamkeit in Auffassung von
Ideen auch eine ungewöhnliche Zähigkeit im
Festhalten derselben, wenn sie einmal in ihren
Geist aufgenommen sind, in sich schließt. Nun
mußt Du Dir aber, mein Lieber, nicht einbilden,
nach Deinem schnellfertigen Urtheile, ich habe mich
mit einer Blödsinnigen befaßt. Die arme kleine
Anna Catherick ist ein liebes, zärtliches, dankbares
Mädchen und sagt die seltsamsten, hübschesten
Dinge (wie Du sogleich an einem Beispiel abnehmen kannst) auf eine wunderlich rasche,
Staunen und zugleich halb Furcht verrathende
Weise. Obwohl sie sehr sauber gekleidet ist, zeugt
ihr Anzug doch von großem Mangel an Geschmack
in Farbe und Dessin. Darum gab ich gestern
Befehl, einige von den alten weißen Röckchen und
weißen Hüten unserer lieben Laura für Anna
Catherick zu ändern und herzurichten, indem ich
ihr erklärte, daß kleine Mädchen von ihrer Gesichtsfarbe am nettesten und besten ganz in Weiß
aussehen. Sie zögerte und schien eine Minute
verwirrt, erröthete ⬛ plötzlich und schien zu
verstehen. Ihre ⬛ Hand faßte schnell die
meinige. Sie küßte dieselbe, Philipp, und sagte
(o, so ernsthaft!): ⬛ ich will immer Weiß tragen,
so lang ich lebe. ⬛ dazu beitragen, daß
ich mich Ihrer un⬛ erinnere und denken
kann, ich gefalle Ihr⬛ noch, wenn ich auch von
hier fort gehe und Sie nicht mehr sehe."" Dieß
ist nur ein Beispiel von den seltsamen Dingen,
die sie so nett von sich gibt. Arme kleine Seele!
Sie soll einen Vorrath von weißen Kleidern ha-

ben, mit tiefen Säumen, um dieselben auszulassen, wenn sie groß wird —.";

Miß Halcombe hielt ein und blickte mich über das Piano an.

„Sah die verlassene Frau, welcher Sie auf der Landstraße begegneten, jung aus?" fragte sie. „Jung genug, um zwei- bis dreiundzwanzig Jahre zu zählen?"

„Ja, Miß Halcombe, so ungefähr."

„Und sie war seltsam gekleidet, weiß vom Kopf bis zu Fuß?"

„Ganz weiß."

Während diese Antwort über meine Lippen ging, glitt Miß Fairlie zum dritten Mal auf der Terrasse an meinem Auge vorüber. Anstatt aber ihren Gang fortzusetzen, blieb sie mit dem Rücken gegen uns stehen und schaute, über die Balustrade gelehnt, in den Garten hinab. Meine Augen hafteten an dem weißen Schein ihres Musselingewandes und ihrer Kopfbedeckung im Mondlicht, und ein Gefühl, für das ich keinen Namen finde — ein Gefühl, das meine Pulse schneller schlagen ließ und mein Herz zum Beben brachte — beschlich mich allmälig.

„Ganz weiß?" wiederholte Miß Halcombe. „Die wichtigsten Sätze im Brief, Mr. Hartright, sind die am Ende, welche ich Ihnen sogleich vorlesen will. Aber ich kann nicht umhin, ein wenig bei dem Zusammentreffen des weißen Costume's bei der Frau, welcher Sie begegneten, und der weißen Röckchen, welche der kleinen Schülerin meiner Mutter eine so auffallende Antwort entlockten, zu verweilen. Der Doctor mag Unrecht gehabt haben, als er an dem Kinde schwachen Verstand entdeckte und voraussagte,

‚es werde sich damit geben.‘ Es hat sich niemals damit gegeben, und die alte, von Dankbarkeit herrührende Vorliebe für weißen Anzug, welche ein ernstes Gefühl für das Mädchen war, mag noch immer ein ernstes Gefühl für die Frau sein.“

Ich gab eine kurze Antwort darauf — ich weiß kaum welche. Meine ganze Aufmerksamkeit war auf den weißen Schimmer von Miß Fairlie's Musselingewand concentrirt.

„Hören Sie auf die letzten Sätze des Briefs,“ nahm Miß Holcombe wieder das Wort. „Ich denke, sie werden Ihnen überraschend sein.

Wie sie den Brief zum Licht der Kerze erhob, drehte Miß Fairlie von der Balustrade sich um, schaute unschlüssig die Terrasse hinauf und hinunter, näherte sich um einen Schritt der Glasthüre und blieb dann stehen, uns anschauend.

Mittlerweile las mir Miß Halcombe die letzten Sätze, auf welche sie hingedeutet hatte.

„‚Und nun, mein Lieber, da ich sehe, daß mein Papier zu Ende ist, nun der wirkliche Grund, der erstaunliche Grund meiner Vorliebe für die kleine Anna Catherick. Mein lieber Philipp, obwohl nicht halb so hübsch, ist sie dennoch, vermöge einer jener außerordentlichen, capriciösen Erscheinungen zufälliger Aehnlichkeit, welchen man zuweilen begegnet, das lebendige Ebenbild, an Haar, Teint, Farbe der Augen und Gesichtsformen —‘“

Ich sprang von der Ottomane auf, ehe Miß Halcombe die nächsten Worte aussprechen konnte. Ein Schauer desselben Gefühls, das mir durch die Glieder lief, als auf der einsamen Landstraße sich

eine Hand auf meine Schulter legte, durchzuckte mich
von Neuem.

Da stand Miß Fairlie, eine weiße Gestalt, allein
im Mondscheine; in ihrer Haltung, in der Wendung
ihres Kopfs, in ihrer Gesichtsfarbe, in ihrer Gesichts=
form das lebende Bild, auf solche Entfernung und
unter solchen Umständen, der weißen Frau! Der
Zweifel, der meinen Geist seit Stunden beunruhigt
hatte, schlug augenblicklich in Gewißheit über. Das
„Etwas das mangelte", war nur meine eigene Er=
kenntniß von der ominösen Aehnlichkeit zwischen dem
Flüchtling aus der Irrenanstalt und meiner Schü=
lerin zu Limmeridgehouse.

„Sie sehen es!" sagte Miß Halcombe. Sie
ließ den nutzlosen Brief fallen, und ihre Augen
leuchteten, als sie auf die meinigen trafen. „Sie
sehen es jetzt, wie meine Mutter vor eilf Jahren es
gesehen hat!"

„Ich sehe es widerwilliger, als ich sagen kann.
Die Vergesellschaftung jener verlassenen, freundlosen,
verlorenen Frau mit Miß Fairlie, selbst der bloße
Grund einer zufälligen Aehnlichkeit, scheint mir einen
Schatten auf die Zukunft jenes reizenden Geschöpfes,
das dort auf uns schaut, zu werfen. Lassen Sie
mich des Eindrucks so schnell als möglich los wer=
den. Rufen Sie ihr herein, aus dem schrecklichen
Mondlicht — bitte, rufen Sie ihr herein!"

„Mr. Hartright, Sie bringen mich zum Erstau=
nen. Wie es auch mit Frauen sein mag, Männer,
dachte ich mir, wären im neunzehnten Jahrhundert
über Aberglauben erhoben."

„Bitte, rufen Sie ihr herein!"

„Still, still! Sie kommt aus eigenem Antrieb. Sagen Sie Nichts in ihrer Gegenwart. Lassen Sie diese Entdeckung der Aehnlichkeit ein Geheimniß zwischen Ihnen und mir sein. Komm' herein, Laura; komm' herein und wecke Mrs. Vesey mit dem Piano. Mr. Hartright bittet noch um etwas mehr Musik, und er braucht sie dießmal von der leichtesten und lebhaftesten Art."

IX.

So endete mein ereignißreicher erster Tag zu Limmeridgehouse.

Miß Halcombe und ich bewahrten unser Geheimniß. Nach der Entdeckung der Aehnlichkeit schien es, als sollte kein weiteres Licht über der geheimnißvollen weißen Frau aufgehen. Bei der ersten schicklichen Gelegenheit brachte Miß Halcombe vorsichtig ihre Halbschwester auf das Gespräch von ihrer Mutter, von alten Zeiten und von Anna Catherick. Miß Fairlie's Erinnerungen waren aber höchst unbestimmter und allgemeiner Art. Sie dachte wohl noch an die Aehnlichkeit zwischen ihr selbst und ihrer Mutter Lieblingsschülerin, als an Etwas, das angenommener Maßen nur in vergangenen Zeiten bestanden hatte; aber sie erwähnte Nichts von dem Geschenk weißer Kleider, oder von den seltsamen Worten, worin das Kind seine Dankbarkeit dafür ungekünstelt ausgedrückt hatte. Sie erinnerte sich, daß Anna nur einige Monate zu Limmeridge geblieben und dann in ihre Heimath nach Hampshire zurückgekehrt war; aber sie konnte nicht sagen, ob Mutter und Tochter je wie-

der gekommen wären oder später Etwas hätten von
sich hören lassen. Auch die wenigen Briefe von
Mrs. Fairlie, welche Miß Halcombe noch zu lesen
hatte, brachten keine weitere Aufklärung in das
Dunkel, das uns noch immer verwirrte. Wir hatten
die Identität der unglücklichen Frau, welcher ich um
Mitternacht begegnet war, mit Anna Catherick her=
gestellt — wir hatten einigermaßen den Zusammen=
hang zwischen der wahrscheinlichen Verstandesschwäche
des armen Geschöpfes und zwischen ihrer Besonder=
heit, sich ganz weiß zu kleiden, so wie der auch in
späteren Jahren noch sichtbaren Fortdauer ihrer kind=
lichen Dankbarkeit gegen Mrs. Fairlie aufgefunden
— aber damit endeten für jetzt unsere Entdeckungen.

Tage schwanden dahin, Wochen schwanden dahin,
und der goldene Herbst bahnte sich deutlich seinen
leuchtenden Weg durch den grünen Sommer der
Bäume. Friedliche, schnell entfliehende, glückliche
Zeit! Meine Geschichte gleitet über dich hinweg, so
rasch, als du an mir vorüberglittest. Von all den
Schätzen des Genusses, die du so freigebig in mein
Herz ausschüttetest, wie wenig ist mir geblieben, das
Inhalt und Werth genug hat, um auf diesem Blatte
niedergeschrieben zu werden? Nichts als das trau=
rigste aller Geständnisse, die ein Mann machen kann
— das Geständniß seiner eigenen Thorheit.

Das Geheimniß, welches durch dieses Geständniß
enthüllt wird, ließe sich ohne große Anstrengung er=
rathen, denn es ist mir bereits indirect entschlüpft.
Die armen schwachen Worte, denen es nicht gelang,
Miß Fairlie zu schildern, haben wenigstens die Wir=
kung gehabt, daß sie die Gefühle, welche dieselbe in

mir erweckte, verriethen. So ist es mit uns Allen.
Unsere Worte sind Riesen, wenn sie uns ein Unrecht
anthun, und Zwerge, wenn sie uns einen Dienst
leisten.

Ich liebte sie.

Ach! wie gut kenne ich all den Kummer und all
den Hohn, der in jenen drei Worten enthalten ist!
Ich kann über mein gramvolles Bekenntniß mit der
zartesten Frau seufzen, die es liest und mich bemit=
leidet. Ich kann darüber eben so bitterlich lachen,
als der härteste Mann, der es mit Verachtung von
sich stößt. Ich liebte sie! Fühle mit mir, oder ver=
achte mich, ich bekenne es mit demselben unerschütter=
lichen Entschlusse, der Wahrheit die Ehre zu geben.

Gab es keine Entschuldigung für mich? Es war
sicherlich einige Entschuldigung in den Verhältnissen
zu finden, unter welchen der Termin meiner gemie=
theten Dienste zu Limmeridgehouse verstrich.

Meine Morgenstunden folgten sich gemächlich in
der Ruhe und Abgeschiedenheit meines eigenen Zim=
mers. Ich hatte mit dem Aufziehen der Zeichnungen
meines Dienstherrn gerade genug zu thun, um Hände
und Augen auf eine angenehme Weise zu beschäf=
tigen, während meinem Geiste die Freiheit blieb,
dem üppigen aber gefährlichen Spiel seiner unge=
zügelten Gedanken sich hinzugeben. Eine bedenkliche
Einsamkeit, denn sie dauerte lang genug, mich zu
entnerven, zu kurz, um mich zu kräftigen. Eine be=
denkliche Einsamkeit, denn auf sie folgten Nachmit=
tage und Abende, heute wie gestern, morgen wie
heute und so Woche für Woche, zugebracht allein in
der Gesellschaft zweier Frauen, deren eine alle Vor=

züge der Grazie, des Witzes und der feinen Er=
ziehung, deren andere allen Zauber der Schönheit,
Sanftmuth und einfacher Wahrheit besaß, wodurch
das Herz eines Mannes geläutert und überwältigt
werden kann. Kein Tag verging in dieser gefähr=
lichen Vertraulichkeit zwischen Lehrer und Schülerin,
an dem nicht meine Hand der von Miß Fairlie be=
gegnete, meine Wange, wenn wir zusammen über
ihr Skizzenbuch uns neigten, die ihrige beinahe be=
rührte. Je aufmerksamer sie jede Bewegung meines
Pinsels bewachte, desto näher schlürfte ich das Par=
sum ihrer Haare, den warmen Duft ihres Athems
ein. Es gehörte zu meinem Dienste, in dem eigent=
lichen Lichte ihrer Augen zu leben — das eine Mal
mich über sie niederzubeugen, so nahe ihrem Busen,
daß ich bei dem Gedanken zitterte, ihn zu berühren,
das andere Mal, zu fühlen, wie sie sich über mich
beugte, so nahe beugte, um zu sehen, was ich that,
daß ihre Stimme zum Geflüster wurde, wenn sie
mit mir sprach, und ihre Bänder mir im Winde über
die Wangen fuhren, ehe sie dieselben zurückschlagen
konnte.

Die Abende, welche diesen nachmittägigen Skizzir=
Excursionen folgten, dienten uns zur Abwechslung,
aber nicht zur Beschränkung jener unvermeidlichen
Vertraulichkeiten. Meine natürliche Liebe zur Musik,
die sie mit so zartem Gefühle, so feinem weiblichen
Geschmack vortrug, und die natürliche Freude, mir
durch die Uebung ihrer Kraft das Vergnügen heim=
zugeben, welches ich ihr durch Uebung der meinigen
gewährt hatte, woben nur ein neues Band, das uns
enger und enger an einander knüpfte. Die Zufällig=

keiten des Gespr[...]hs, die einfachen Gewohnheiten,
welche selbst [...] so unbedeutendes Ding, wie die
Folge unſerer Plätze bei Tiſch regelten; das Spiel
von Miß Halcombe's allzeit fertigen Neckereien, die
ſtets gegen meine Aengſtlichkeit als Lehrer gerichtet
waren, während ſie ihren Enthuſiasmus als Schülerin
in ſtrahlendes Licht ſetzten; der harmloſe Ausbruck
von Mrs. Veſey's ſchläfrigem Beifall, welcher Miß
Fairlie und mich als zwei Muſter junger Leute, die
ihr niemals eine Störung verurſachten, darſtellte —
alle dieſe einzelnen Kleinigkeiten und noch viele an=
dere vereinigten ſich, um uns in derſelben häuslichen
Atmoſphäre zuſammenzulegen und uns beide. un=
merklich demſelben hoffnungsloſen Ziele entgegen=
zuführen.

Ich hätte meiner Stellung eingedenk und auf
der Hut ſein ſollen. Ich that es, aber erſt als es
zu ſpät war. Alle Beſonnenheit, alle Erfahrung,
die mir bei andern Frauen zu Statten gekommen
war und mich gegen andere Verſuchungen ſicher geſtellt
hatte, verließ mich hier. Mein Beruf hatte es ſeit
Jahren mit ſich gebracht, daß ich mit jungen Mäd=
chen jedes Alters und mit allen Arten von Schön=
heit in Berührung kam. Ich hatte dieſen Umſtand als
zu meiner Lebensaufgabe gehörig betrachtet; ich hatte
mich gewöhnt, alle meinem Alter natürlichen Sym=
pathien überall, wo ich Unterricht ertheilte, auf dem
Hausflur zu laſſen, gerade wie ich meinen Regen=
ſchirm dort ſtehen ließ, ehe ich die Treppe hinauf=
Ich hatte es mir mit aller Gelaſſenheit und
[...]twas, das ſich von ſelbſt verſteht, eingeprägt,
[...]eine Stellung im Leben jeder meiner Schüle=

rin als Schutzmittel gegen ein a███res Gefühl, als
das der alltäglichsten Theilnahme ███en mußte, und
daß ich unter schönen und ve█████tischen Frauen
Zutritt erhielt, gerade wie man ein harmloses Haus=
thier bei ihnen duldet. Diese schützende Erfahrung hatte
ich mir frühzeitig angeeignet; diese schützende Erfah=
rung hatte mich auf meinem niedrigen schmalen Pfade
streng und sicher geleitet, ohne mich einmal rechts
oder links abschweifen zu lassen. Und nun war
mein zuverläßiger Talisman zum ersten Mal von
mir gewichen. Jetzt war für mich meine schwer er=
worbene Selbstbeherrschung so ganz dahin, als ob
ich sie niemals besessen hätte; dahin, wie sie täglich
bei andern Männern in andern kritischen Situationen,
wobei Frauen betheiligt sind, dahin schwindet, und
ich weiß jetzt, daß ich von Anfange an mir hätte
mißtrauen sollen. Ich hätte mich fragen sollen,
warum jeder Raum im Hause mir mehr als eine
heimische Stätte war, wenn sie eintrat, so dürr wie
eine Wüste, wenn sie wieder hinweg ging — warum
ich immer die kleinen Veränderungen in ihrem An=
zug mir merkte und behielt, von denen ich doch bei
andern Frauen sonst keine Notiz genommen hatte —
warum ich sie ansah, anhörte, berührte (wenn sie
mir Morgens und Abends die Hand reichte), wie ich
niemals in meinem Leben eine andere Frau ange=
sehen, angehört, berührt hatte? Ich hätte in mein
eigenes Herz schauen, die neue Saat, die dort Wur=
zel trieb, erkennen und, so lang sie noch jung war,
ausraufen sollen. Warum war dieses leichteste, ███=
sachste Werk meiner Selbstcultur immer zu vi███
mich? Die Erklärung ist bereits in den drei █

gegeben, die für mein Bekenntniß viel genug und
deutlich genug waren. Ich liebte sie.

Tage vergingen, Wochen vergingen; es kam der
dritte Monat meines Aufenthalts in Cumberland heran.
Die köstliche Monotonie des Lebens in unserer Abge=
schiedenheit floß mit mir dahin, wie ein sanfter Strom
mit dem Schwimmer, der auf seinem Spiegel dahin
gleitet. Jede Erinnerung an die Vergangenheit,
und jeder Gedanke an die Zukunft, jedes Gefühl für
die Falschheit und Hoffnungslosigkeit meiner Stellung
lag in meinem Innern zu trügerischer Ruhe be=
schwichtigt. Eingelullt von dem Sirenengesang mei=
nes eigenen Herzens, die Augen gegen alles Licht
verschlossen, die Ohren gegen jeden Laut der Gefahr
verstopft; trieb ich näher und näher auf die ver=
hängnißvollen Felsen zu. Der Warnungsruf, der
mich endlich weckte, und zu dem plötzlichen selbstan=
klagenden Bewußtsein meiner Schwäche aufriß, war
der einfachste, wahrste, freundlichste aller Warnungs=
rufe, denn er kam stillschweigend von ihr.

Wir hatten uns eines Nachts wie gewöhnlich
verabschiedet. Kein Wort war von meinen Lippen
gefallen, weder damals noch zuvor, das mich hätte
verrathen oder ihr plötzlich über den Stand der
Dinge die Augen öffnen können. Aber als wir am
Morgen uns wieder trafen, war eine Veränderung
mit ihr vorgegangen — eine Veränderung, die mir
Alles sagte.

Ich scheute mich damals — ich scheue mich noch
in das innerste Heiligthum ihres Herzens ein=
gen und es Andern bloß zu legen, wie ich es
dem meinigen gethan habe. Es mag an der

Bemerkung genügen, daß die Zeit, da sie zum ersten
Mal meinem Geheimniß auf bi▓▓▓ur kam, nach
meiner festen Ueberzeugung mi▓▓▓ Zeit, da sie
ihr eigenes entdeckte, also auch, da sie im Verlauf
einer Nacht sich gegen mich änderte, zusammenfiel.
Ihre Natur, zu aufrichtig, um Andere zu täuschen,
war zu edel, um sich selbst zu täuschen. Als der
Zweifel, den ich in Schlaf gewiegt hatte, zum ersten
Mal sein schweres Gewicht auf ihr Herz legte, be=
kannte das aufrichtige Angesicht Alles und sagte in
seiner einfachen offenen Sprache — Es thut mir leid
für ihn; es thut mir leid für mich.'

Es sagte b▓▓ und noch mehr, was ich damals
mir nicht erklä▓▓n konnte. Aber ich verstand nur zu
gut den Uebergang in ihrem Benehmen zu größerer
Freundlichkeit und größerer Schnelligkeit in Deutung
aller meiner Wünsche vor Andern — zu Zwang und
Traurigkeit und unruhiger Hast, sich mit be▓ näch=
sten Besten, wornach sie greifen konnte, eifrigst zu
beschäftigen, wenn es sich einmal traf, daß wir allein
blieben. Ich verstand, warum die süßen, sensitiven
Lippen jetzt so selten und so zurückhaltungsvoll lä=
chelten, und warum die klaren blauen Augen bald
mit dem Mitleid eines Engels, bald mit der un=
schuldigen Verwirrung eines Kindes mich ansahen.
Aber der Wechsel hatte noch mehr zu bedeuten. Es
lag eine Kälte in ihrer Hand, es lag eine unnatür=
liche Starrheit in ihrem Gesicht, es lag in allen ihren
Bewegungen der stumme Ausdruck beständiger Furcht
und beharrlicher Selbstanklage. Die Empfin▓
daß ich ihr und mir auf die Spur kommen t▓
die unerkannte Empfindung, daß wir gemeinscha▓

wählten, war es nicht. Es waren gewisse Elemente des Wechsels in ihr, welche uns noch immer insgeheim an einander zogen, und wieder andere, welche uns ebenso geheim von einander hinweg zu treiben begannen.

In meiner Ungewißheit und Verwirrung, in meinem unbestimmten Argwohn von irgend etwas Verborgenem, das mir ohne Anderer Zuthun aufzufinden überlassen blieb, erforschte ich Miß Halcombe's Blicke und Benehmen, um Licht zu bekommen. Bei einem so vertraulichen Zusammenleben, wie das unsrige, konnte keine ernstliche Veränderung mit einem von uns vorgehen, ohne daß die Andern sympathetisch dadurch afficirt wurden. Die Veränderung von Miß Fairlie spiegelte sich in ihrer Halbschwester ab. Obwohl Miß Halcombe entschlüpfte, welches auf einen Wechsel gegen mich hindeutete, hatten doch ihre genden Augen die neue Gewohnheit, mich überall zu bewachen, angenommen. Bald glich der Blick unterdrücktem Zorn, bald unterdrückter Besorgniß, bald glich er keinem von beiden — bald endlich nichts, das ich verstehen konnte. Eine Woche verging, und wir alle Drei standen noch immer unter der Last eines geheimen Zwangs einander gegenüber. Meine Lage, noch erschwert durch das zu spät in mir erwachte Gefühl meiner erbärmlichen Schwäche und Selbstvergessenheit, wurde mir nachgerade unerträglich. Ich fühlte, daß ich den Druck, unter dem ich lebte, mit einem Mal und für immer abschütteln mußte — aber wie sich das am besten mach...

was sich für's Erste sagen ließ, war mehr, als i mir anzugeben vermochte.

Aus diesem Zustande der Hülflosigkeit und Erniedrigung wurde ich durch Miß Halcombe befreit. Ihre Lippen sagten mir die bittere, die nothwendige, die unerwartete Wahrheit; ihre herzliche Freundlichkeit hielt mich unter der Erschütterung, welche mir das Anhören derselben verursachte, aufrecht; ihr Verstand und ihre Entschlossenheit leiteten ein Ereigniß, das für mich und die Andern in Limmeridgehouse die allerschlimmsten Folgen haben konnte, zu dem richtigen Ziele.

X.

Es war an einem Donnerstag und beinahe zu Ende des dritten Monats meines Aufenthalts in Cumberland.

Am Morgen, als ich in das Frühstückzimmer zur gewöhnlichen Stunde hinunterging, war Miß Halcombe zum ersten Mal, seit ich sie kannte, von ihrem gewöhnlichen Platz am Tische abwesend.

Miß Fairlie war draußen auf dem Rasen. Sie verbeugte sich gegen mich, kam aber nicht herein. Nicht ein Wort war von meinen oder ihren Lippen gefallen, das einem von uns hätte ein Mißbehagen verursachen können — und doch hielt uns dasselbe unbekannte Gefühl der Verlegenheit gewaltsam zurück, einander allein zu begegnen. Sie wartete auf dem Rasen; und ich wartete im Saale, bis Mrs. oder Miß Halcombe ankamen. Wie schnell hätte ich noch vor vierzehn Tagen mich ihr ange-

schloffen, wie leicht würden wir einen Händedruck
ausgetauscht und unser gewöhnliches Gespräch ange=
knüpft haben?

In einigen Minuten trat Miß Halcombe ein.
Sie hatte ein etwas verstörtes Aussehen und ent=
schuldigte sich wegen ihres späten Eintreffens mit
ziemlicher Zerstreutheit.

„Ich bin," sagte sie, „durch eine Berathung mit
Mr. Fairlie über eine häusliche Angelegenheit, die
er mit mir zu besprechen wünschte, abgehalten worden."

Miß Fairlie kam vom Garten herein; und der
gewöhnliche Morgengruß wurde zwischen uns ge=
wechselt. Ihre Hand lag kälter in der meinigen,
als sonst. Sie sah mich nicht an; und sie war sehr
bleich. Selbst Mrs. Vesey bemerkte es, als sie einen
Augenblick später in das Zimmer trat.

„Ich denke, es kommt vom Umschlagen des Win=
des her," sagte die alte Dame. „Der Winter rückt
heran — ach, mein Herzchen, der Winter ist bald da!"

In ihrem Herzen und dem meinigen war er
bereits eingebrochen.

Unser Morgenmahl — einst voll heiterer, lau=
niger Verhandlungen über unsere Plane für den
Tag — war kurz und schweigsam. Miß Fairlie
schien den Druck der langen Pausen im Gespräche
zu fühlen und sandte ihrer Schwester einen bittenden
Blick zu, dieselben auszufüllen. Miß Halcombe nahm
endlich, nachdem sie ganz ihrem sonstigen Character
zuwider ein oder zwei Mal angesetzt und wieder zu=
rückgehalten hatte, das Wort.

„Ich habe Deinen Oheim diesen Morgen gesehen,
Laura," sagte sie. „Er ist der Meinung, das Pur=

8*

purzimmer sei das einzige, das man in Stand setzen
sollte; und er bestätigt, was ich Dir gesagt habe.
Montag ist die Zeit — nicht Dienstag."

Während diese Worte gesprochen wurden, schaute
Miß Fairlie auf den Tisch nieder. Ihre Finger be=
wegten sich krampfhaft unter den Krümchen, welche
auf dem Tischtuch zerstreut lagen. Die Blässe ihrer
Wangen theilte sich ihren Lippen mit, und diese selbst
zitterten sichtbar. Ich war nicht die einzige Person
unter den Anwesenden, welche es bemerkte. Miß
Halcombe sah es gleichfalls und sogleich gab sie
uns das Beispiel, von der Tafel aufzustehen.

Mrs. Vesey und Miß Fairlie verließen das Zim=
mer mit einander. Die freundlichen, sorgenvollen
blauen Augen schauten mich einen Moment mit
der prophetischen Trauer eines bevorstehenden langen
Lebewohls an. Ich fühlte die ihr antwortende Pein
im eigenen Herzen — die Pein, die mir sagte, daß
ich sie bald verlieren, und um des Verlustes willen
sie nur um so unwandelbarer lieben würde.

Ich wandte mich nach dem Garten, als die
Thüre sich hinter ihr geschlossen hatte. Miß Hal=
combe stand mit ihrem Hut in der Hand und dem
Shawl über dem Arm an dem großen Fenster, wel=
ches auf den Rasenplatz führte, und betrachtete mich
aufmerksam.

„Haben Sie einige Augenblicke frei," fragte sie,
„ehe Sie auf Ihrem Zimmer zu arbeiten beginnen?"

„Gewiß, Miß Halcombe. Ich stehe Ihnen im=
mer zu Diensten."

„Ich habe einen Augenblick allein mit Ihnen zu
sprechen, Mr. Hartright. Nehmen Sie Ihren Hut

unb kommen Sie mit hinaus in den Garten. Wir
werden zu dieser Stunde des Morgens wohl nicht
gestört werden."

Als wir auf den Rasenplatz traten, kam einer
der Untergärtner — ein junger Bursche — mit einem
Briefe in der Hand — auf seinem Weg nach dem
Hause an uns vorüber. Miß Halcombe hielt ihn an.

„Ist der Brief für mich?" fragte sie.

„Nein, Miß; man sagt eben, er sei für Miß
Fairlie," antwortete der Bursche, indem er unter
dem Sprechen den Brief hinhielt.

Miß Halcombe nahm ihm denselben ab und sah
nach der Adresse.

„Eine seltsame Handschrift," sprach sie bei sich
selbst. „Wer kann Laura's Correspondent sein?
Woher hast Du ihn bekommen?" fuhr sie zu dem
Gärtner gewendet fort.

„Ei, Miß," antwortete der Bursche, „eben habe
ich ihn von einem Weibe bekommen."

„Was für ein Weib?"

„Ein Weib, wohl bei Jahren."

„Also ein altes Weib. Eines, das bu kanntest?"

„Ich kann nicht anders sagen, als baß sie mir
fremd war."

„Welchen Weg nahm sie?"

„Nach dem Thore dort," antwortete der Unter=
gärtner, indem er sich mit großer Bedächtigkeit nach
Süden wandte und diesen ganzen Theil von England
mit einer einzigen Schwenkung seines Arms umspannte.

„Seltsam," sagte Miß Halcombe, „es muß wohl
ein Bettelbrief sein. Da," setzte sie hinzu, indem
sie den Brief dem Burschen wieder gab, „trage ihn

in's Haus und gib ihn einem der Diener. Und
nun, Mr. Hartright, wenn es Ihnen recht ist, wol=
len wir diesen Weg einschlagen."

Sie führte mich über den Rasenplatz, auf dem=
selben Pfad, den ich mit ihr am Tage nach meiner
Ankunft zu Limmeridge gegangen war. Vor dem
kleinen Sommerhause, wo Laura Fairlie und ich
uns zuerst gesehen hatten, hielt sie an und brach das
Stillschweigen, welches sie beharrlich unterwegs be=
obachtet hatte.

„Was ich Ihnen zu sagen habe, kann ich hier
sagen."

Mit diesen Worten trat sie in das Sommerhaus,
nahm einen der Stühle an dem kleinen runden
Tische und deutete mir auf einen andern. Ich arg=
wohnte, was kommen sollte, als sie im Frühstücksaal
mich anredete; jetzt wußte ich es gewiß.

„Mr. Hartright," sagte sie, „ich beginne damit,
daß ich Ihnen ein offenes Geständniß mache. Ich
beginne damit, Ihnen zu sagen, — ohne Phrasen,
die ich verabscheue, ohne Complimente, die ich herz=
lich verachte — daß ich im Laufe Ihres Aufenthalts
bei uns eine hohe freundschaftliche Achtung für Sie
gefaßt habe. Ich wurde schon zu Ihren Gunsten
gestimmt, als Sie mir zuerst von Ihrem Betragen
gegen jene unglückliche Frau erzählten, der Sie
unter so merkwürdigen Umständen begegnet waren.
Ihr Verhalten in jenem Fall mag nicht klug gewe=
sen sein; aber es zeigte die Selbstbeherrschung, die
Zartheit, die Theilnahme eines Mannes, der von
Natur ein Gentleman ist. Es ließ mich Gutes von

Ihnen erwarten, und Sie haben meine Erwartungen nicht getäuscht."

Sie machte eine Pause — erhob aber zu gleicher Zeit ihre Hand zum Zeichen, daß sie keine Antwort von mir begehre, ehe sie weiter sprach. Als ich in das Sommerhaus trat, hatte ich keinen Gedanken an die weiße Frau. Aber nun riefen Miß Halcombe's eigene Worte mir jenes Abenteuer in's Gedächtniß zurück. Es blieb dort in Folge dieser Unterredung — blieb, und nicht ohne ein Resultat.

„Als Ihre Freundin" — fuhr sie fort, „sage ich Ihnen nun, auf einmal, in meiner einfachen, derben, geraden Sprache, daß ich Ihr Geheimniß entdeckt habe — ohne Beistand, Wink, Absicht von irgend Jemand. Mr. Hartright, Sie haben sich gedankenlos gestattet, eine Neigung zu fassen — eine ernstliche und hingebende Neigung, fürchte ich — für meine Schwester Laura. Ich erspare Ihnen die peinliche Mühe eines in viele Worte gefaßten Geständnisses, weil ich sehe und weiß, daß Sie zu ehrlich sind, es zu läugnen. Ich table Sie nicht einmal — ich bemitleibe Sie, daß Sie Ihr Herz einer hoffnungslosen Neigung öffneten. Sie haben keinen Versuch gemacht, unter der Hand einen Vortheil zu gewinnen — Sie haben meine Schwester nicht insgeheim gesprochen. Sie sind einer Schwäche und eines Mangels an Aufmerksamkeit auf Ihr eigenes Wohl schuldig, aber keines schlimmern Thuns. Hätten Sie in irgend einer Hinsicht minder zart und minder bescheiden gehandelt, ich hätte Sie aufgefordert, unser Haus zu verlassen, ohne nur einmal aufzukündigen, ohne einen Augenblick mit Jemand Raths zu pflegen. Wie es ist, table ich das Unglück Ihrer Jahre und Ihrer Stellung — ich table nicht S i e. Geben Sie mir die Hand — ich habe Ihnen wehe gethan; ich muß Ihnen noch weher thun; aber da ist nicht zu helfen — geben Sie zuerst Ihrer Freundin, Marian Halcombe, die Hand."

Die plötzliche Freundlichkeit — die warme, hoch= herzige, furchtlose Theilnahme, welche zugleich von so unbarmherzig strengen Worten begleitet war, welche auf so zarte, edelmüthige, aber nicht minder rasch entschiedene Weise geradezu an mein Herz, meine Ehre und meinen Muth appellirte, überwältigte mich einen Augenblick. Ich versuchte sie anzusehen, als sie meine Hand faßte, aber meine Augen überliefen mir. Ich versuchte ihr zu danken, aber meine Stimme versagte mir.

„Hören Sie mir zu," fuhr sie fort, absichtlich von meiner heftigen Gemüthsbewegung keine Notiz nehmend. „Hören Sie mir zu und lassen Sie mich mit einem Mal zu Ende kommen. Es ist ein wirk= licher, wahrhafter Trost für mich, daß ich nicht ge= nöthigt bin, bei dem, was ich jetzt zu sagen habe, mich auf die Frage — die harte, grausame Frage, dünkt mir — der socialen Ungleichheit einzugehen. Um= stände, welche Sie in ihrem ganzen Gewicht erkennen, ersparen mir die unangenehme Nothwendigkeit, einen Mann zu verletzen, der in freundschaftlicher Vertrau= lichkeit unter demselben Dach mit mir gelebt hat, ohne irgend eine demüthigende Bezugnahme auf Rang und Stand. Sie müssen Limmeridgehouse verlassen, Mr. Hartright, ehe größeres Unheil angerichtet wird. Es ist meine Pflicht, Ihnen dieß zu sagen; und es

würde nicht minder meine Pflicht sein, und zwar ge=
nau unter denselben nöthigenden Umständen, wären
Sie auch der Repräsentant der ältesten und reichsten
Familie Englands. Sie müssen uns verlassen, nicht
weil Sie Zeichenlehrer sind —"

Sie wartete einen Augenblick, schaute mir voll
in's Gesicht und legte, über den Tisch hinübergrei=
fend, ihre Hand fest auf meinen Arm.

„Nicht weil Sie Zeichenlehrer sind," wiederholte
sie, „sondern weil Laura Fairlie verlobt ist."

Das letzte Wort ging mir wie eine Kugel in's
Herz. Mein Arm verlor alle Empfindung von der
Hand, die ihn gefaßt hatte. Ich rührte mich nicht
und sprach nicht. Der scharfe Herbstwind, der die
erstorbenen Blätter zu unseren Füßen herumstreute,
traf mich plötzlich so kalt, als ob meine eigenen
thörichten Hoffnungen dürre Blätter wären, die von
dem Winde sammt dem Uebrigen hinweggetrieben
wurden. Hoffnungen! Verlobt oder nicht verlobt,
war sie mir gleich fern. Würden andere Männer
an meiner Stelle daran gedacht haben? Nimmermehr,
wenn sie so geliebt hätten, wie ich.

Der erste Schmerz ging vorüber, und nur das
dumpfe, erstarrende Weh blieb zurück. Ich fühlte
wiederum Miß Halcombe's Hand, die fest auf mei=
nen Arm drückte — ich erhob mein Haupt und
blickte sie an. Ihre großen schwarzen Augen waren
auf mich geheftet und beobachteten die zunehmende
Blässe meines Gesichts, die ich fühlte und die
sie sah.

„Nieder damit!" sagte sie. „Hier, wo Sie die=
selbe zuerst sahen, nieder damit! Beben Sie nicht

zurück, wie ein Weib. Reißen Sie es aus; treten
Sie es unter Ihre Füße, wie ein Mann!"

Die unterdrückte Heftigkeit, womit sie sprach;
die Kraft, welche ihr Wille — concentrirt in dem
Blick, den sie auf mich richtete, und in dem Halt
an meinem Arm, den sie noch nicht losgelassen
hatte — dem meinigen mittheilte, stärkte mich. Es
herrschte eine Minute Stillschweigen zwischen uns
beiden. Nach derselben hatte ich ihren edelmüthigen
Glauben an meine Mannhaftigkeit gerechtfertigt; ich
hatte, wenigstens äußerlich, meine Selbstbeherrschung
wieder gewonnen.

„Sind Sie wieder Sie selbst?"

„So weit wenigstens, Miß Halcombe, um mir
von Ihnen und von ihr Verzeihung zu erbitten.
So weit wenigstens, um von Ihrem Rath mich
leiten zu lassen und dadurch, wenn es mir nicht
anders möglich ist, meine Dankbarkeit zu beweisen."

„Sie haben sie bereits bewiesen," antwortete sie,
„mit diesen Worten, Mr. Hartright, Geheimthun ist
zwischen uns zu Ende. Ich kann nicht darauf denken,
Ihnen zu verbergen, was meine Schwester unbe=
wußt mir verrathen hat. Sie müssen uns ver=
lassen, ebenso gut jener, als Ihnen selbst zu lieb.
Ihre Gegenwart hier, unsere nothwendige Vertrau=
lichkeit, harmlos, wie sie, Gott weiß, in jeder Be=
ziehung gewesen ist, hat ihr die bisherige Sicherheit
geraubt und sie bekümmert. Ich, die ich sie mehr
liebe als mein Leben — ich, die ich gelernt habe,
an diese reine, edle, unschuldige Natur zu glauben,
wie ich an meine Religion glaube — kenne nur zu
gut das geheime Leiden der Selbstanklage, das sie

erbuldet, seitdem der erste Schatten eines mit ihrer
Verlobung unvereinbaren Gefühls wider ihren Willen
in ihr Herz gedrungen ist. Ich sage nicht — es
wäre nach dem, was geschehen ist, ein nußloser Ver=
such, es sagen zu wollen — daß ihre Verlobung
jemals einen tiefen Halt in ihrer Neigung gehabt
hat. Es ist ein Gelöbniß der Ehre, nicht der Liebe
— ihr Vater sanctionirte es auf seinem Todtenbette,_
vor zwei Jahren — sie selbst nahm es weder freu=
dig auf, noch scheute sie davor zurück — sie ergab
sich zufrieden darein. Bis Sie hierher kamen, war
sie in der Lage von hundert andern Frauen, welche
sich mit Männern verheirathen, ohne sich von ihnen
sehr angezogen, oder sehr abgestoßen zu fühlen, und
welche sie zu lieben lernen (wenn sie nicht zu hassen
lernen) nach der Heirath, anstatt vor derselben. Ich
hoffe ernstlicher, als Worte auszubrücken vermögen
— und Sie sollten gleichfalls den selbstverläugnen=
den Muth zu dieser Hoffnung haben — daß die
neuen Gedanken und Empfindungen nicht allzu tiefe
Wurzel geschlagen haben, um sie noch entfernen zu
können. Ihre Abwesenheit (wenn ich weniger Glauben
an Ihre Ehre und Ihren Muth und Ihren Verstand
hätte, würde ich denselben nicht vertrauen, wie ich
es jetzt thue) — Ihre Abwesenheit wird meinen
Anstrengungen zu Hülfe kommen; und die Zeit wird
allen Drei helfen. Es ist Etwas, zu wissen, daß
mein erstes Vertrauen zu Ihnen nicht ganz übel
angebracht war. Es ist Etwas, zu wissen, daß Sie
gegen die Schülerin, deren Verhältniß zu Ihnen
Sie unglücklicher Weise vergessen haben, nicht we=
niger ehrenhaft, weniger männlich, weniger besonnen

sein werden, als gegen die Fremde, Verstoßene, deren Ansprache an Sie nicht vergeblich gemacht worden war."

Wiederum die zufällige Beziehung auf die weiße Frau? war es keine Möglichkeit, von Miß Fairlie und von mir zu sprechen, ohne das Andenken von Anna Catherick aufzurühren und sie gleich dem Schicksal, dem zu entgehen keine Hoffnung war, zwischen uns zu setzen?

„Geben Sie mir an, auf welche Weise ich den Bruch meiner Verpflichtung gegen Mr. Fairlie rechtfertigen kann," sagte ich. „Geben Sie mir an, wann ich nach Annahme dieser Rechtfertigung abgehen soll. Ich verspreche Ihnen und Ihrem Rathe unbedingt zu gehorchen."

„Zeit ist jedenfalls von Wichtigkeit," antwortete sie. „Sie hörten diesen Morgen mich auf den nächsten Montag und auf die Nothwendigkeit der Einrichtung des Purpurzimmers hindeuten. Der Besucher, den wir am Montag erwarten —"

Ich ließ sie nicht ausreden. Mit dem, was ich jetzt wußte, sagte mir die Erinnerung an Miß Fairlie's Blick und Benehmen am Frühstückstische, daß der erwartete Besuch zu Limmeridgehouse ihr künftiger Gatte war. Ich versuchte, den Gedanken zurückzudrängen, aber es erhob sich diesen Augenblick Etwas in mir, das stärker war, als mein Wille, und ich fiel Miß Halcombe in's Wort.

„Lassen Sie mich heute gehen," sprach ich bitter. „Je bälder, desto besser."

„Nein, nicht heute," erwiederte sie. „Der einzige Grund, den Sie Mr. Fairlie für Ihre Ab-

reiſe vor dem Ende Ihrer Verpflichtung angeben
können, muß der ſein, daß ein unvorhergeſehener
Nothfall Sie veranlaßt, ihn um die Erlaubniß zu
ungeſäumter Rückkehr nach London zu bitten. Sie
müſſen damit bis morgen warten, bis zur Zeit, wo
die Poſt ankommt, weil ihm dann eine plötzliche
Aenderung Ihrer Plane dadurch begreiflicher wird,
daß er dieſelbe mit der Ankunft eines Briefes von
London in Verbindung bringt. Es iſt elend und
verdrießlich, zu einer Täuſchung ſelbſt der harm=
loſeſten Art ſeine Zuflucht nehmen zu müſſen —
aber ich kenne Mr. Fairlie, und erregen Sie einmal
ſeinen Verdacht, daß Sie ein Spiel mit ihm treiben,
ſo weigert er ſich, Ihnen die Entlaſſung zu geben.
Sprechen Sie Freitag Morgens mit ihm; denken
Sie hernach darauf (um Ihrer eigenen Intereſſen
willen gegenüber von Ihrem Auftraggeber), Ihr un=
beendigtes Werk in möglichſter Ordnung zu hinter=
laſſen, und reiſen Sie am Samstag ab. Es iſt bis
dahin Zeit genug, Mr. Hartright, für Sie und für
uns Alle.“

Ehe ich ſie verſichern konnte, ſie dürfe darauf
zählen, daß ich in ſtrengſter Uebereinſtimmung mit
ihren Wünſchen zu handeln bereit wäre, wurden
wir durch Schritte, die im Gebüſch ſich hören ließen,
geſtört. Es kam Jemand vom Hauſe her, um uns
zu ſuchen. Ich fühlte, wie das Blut mir in die
Wangen ſtieg, und wieder zurückwich. Konnte die
dritte Perſon, die ſchnell ſich uns näherte, zu ſolcher
Zeit und unter ſolchen Umſtänden Miß Fairlie ſein?

Es war eine Erleichterung — ſo traurig, ſo
hoffnungslos erſchien meine Lage ihr gegenüber

bereits verändert — es war eine wahre Erleichterung für mich, als die Person, die uns störte, am Eingang in das Sommerhäuschen sichtbar wurde und sich nun blos als Miß Fairlie's Kammermädchen auswies.

„Könnte ich Sie einen Augenblick sprechen, Miß?" sagte das Mädchen ziemlich beeilt und ängstlich.

Miß Halcombe stieg die Treppe hinab in das Gebüsch und ging einige Schritte mit der Zofe beiseits.

Mir selbst überlassen, wandte sich mein Geist mit einem Gefühl unrettbaren Elends, das ich in Worten nicht zu beschreiben vermag, zu meiner bevorstehenden Heimkehr in die Einsamkeit und Verzweiflung meines öden Londoner Hauses zurück. Gedanken an meine freundliche alte Mutter und an meine Schwester, die sich mit ihr so unschuldig über meine Aussichten in Cumberland gefreut hatte — Gedanken, deren lange Verbannung aus meinem Herzen mir jetzt, da ich ihnen zum ersten Mal wieder Raum gab, zur Beschämung und Selbstanklage wurde — drangen jetzt wieder mit dem liebenden Gram alter, vernachlässigter Freunde auf mich ein. Was mußte meine Mutter und meine Schwester denken, wenn ich nach dem Bruch meiner Verpflichtung zu ihnen heimkehrte, mit dem Bekenntniß meines unseligen Geheimnisses — sie, die so hoffnungsvoll in jener letzten glücklichen Nacht in dem Häuschen zu Hampstead von mir Abschied genommen hatten.

Anna Catherick wiederum! Selbst das Andenken an den Abschiedsabend bei meiner Mutter und Schwester konnte nicht zurückkehren, ohne sich mit

der Erinnerung an jenen Mondscheingang nach Lon=
don zu vergesellschaften. . Was hatte das zu bedeu=
ten? Sollten jene Frau und ich einander noch ein=
mal begegnen? Es war wenigstens möglich. Wußte
sie, daß ich in London wohnte? Ja, ich hatte es
ihr gesagt, entweder vor oder nach ihrer seltsamen
Frage, die sie so mißtrauisch an mich richtete, ob ich
mit vielen Männern vom Rang eines Baronets
bekannt wäre. Entweder vor oder nachher — ich
war nicht ruhig genug im Gemüthe, um mich dessen
noch zu erinnern.

Einige Minuten verfloßen, ehe Miß Halcombe
das Mädchen entließ und wieder zu mir trat. Auch
sie sah jetzt unruhig und ängstlich aus.

„Wir haben alles Nöthige abgemacht, Mr. Hart=
right," sagte sie. „Wir haben einander verstanden,
wie es unter Freunden sein soll; und wir können
gleich in das Haus gehen. Ihnen die Wahrheit zu
gestehen, ich bin Laura's wegen besorgt. Sie hat
mir sagen lassen, sie wünsche mich sogleich zu sehen;
und das Mädchen berichtet, ihre Gebieterin befinde
sich augenscheinlich in großer Aufregung durch einen
Brief, den sie diesen Morgen erhalten habe — den=
selben Brief ohne Zweifel, den ich ihr vor unserer
Hierherkunft hineingeschickt habe."

Wir eilten mit einander durch das Gebüsch zu=
rück. Obwohl Miß Halcombe mit Allem zu Ende
war, was sie ihrerseits mir zu sagen für nöthig
erachtet hatte, war ich doch meinerseits mit dem,
was ich zu sagen begehrte, noch nicht fertig. Von
dem Augenblick meiner Entdeckung, daß der erwar=
tete Besuch zu Limmeridge Miß Fairlie's künftiger

Gatte war, hatte ich eine bittere Neugierde, ein brennend neidisches Verlangen empfunden, zu erfahren, wer derselbe war. Es war möglich, daß eine günstige Gelegenheit zu dieser Frage sich nicht mehr so leicht darbot; so wagte ich es auf unserem Rückweg nach Hause, dieselbe vorzubringen.

„Jetzt, da Sie so freundlich sind, mir zu erklären, daß wir einander verstanden haben, Miß Halcombe," sagte ich, „jetzt, da Sie meiner Dankbarkeit für Ihre Schonung und meines Gehorsams gegen Ihre Wünsche gewiß sind, darf ich mir die Frage erlauben, wer" — (ich zögerte; ich hatte mir den Zwang angethan, an ihn zu denken, als ihren verlobten Gatten, aber es kam mich noch härter an, von ihm als solchen zu sprechen) „wer der Gentleman ist, dem Miß Fairlie angehören soll?"

Ihr Geist war offenbar mit der Botschaft, die sie von ihrer Schwester empfangen hatte, beschäftigt. Sie antwortete hastig und zerstreut:

„Ein Mann von großem Besitzthum in Hampshire."

Anna Catherick! Anna Catherick's Heimath! Wieder und immer wieder die weiße Frau. Es lag etwas Fatales darin.

„Und sein Name?" sagte ich so ruhig und gleichgültig, als ich es vermochte.

„Sir Percival Glyde."

Sir — Sir Percival! Anna Catherick's Frage — jene argwöhnische Frage nach Männern vom Rang eines Baronets, die mir zufällig bekannt wären — hatte sich kaum durch Miß Holcombe's Rückkehr in das Sommerhäuschen zurückgedrängt gesehen, als er auch sogleich mit ihrer Antwort sich wieder einstellte. Ich hielt plötzlich still und schaute sie an.

„Sir Percival Glyde," wiederholte sie, in der Meinung, ich habe sie nicht recht verstanden.

„Ritter oder Baronet?" fragte ich mit einer Bewegung, die ich nicht länger zu verbergen vermochte.

Sie schwieg einen Augenblick und antwortete dann ziemlich kalt:

„Baronet, natürlich."

XI.

Kein Wort wurde mehr von beiden Seiten während unserer Rückkehr in das Haus gesprochen. Miß Halcombé eilte sogleich nach ihrer Schwester Gemach, und ich zog mich auf mein Arbeitszimmer zurück, um Mr. Fairlie's sämmtliche Zeichnungen, die ich noch nicht aufgezogen und restaurirt hatte, zu ordnen, ehe sie in die Sorge anderer Hände übergehen sollten. Gedanken, die ich bisher zurückgehalten hatte, Gedanken, die meine Lage mehr als je erschwerten, stürmten nunmehr, da ich allein war, auf mich ein.

Sie war verlobt; und ihr künftiger Gatte war Sir Percival Glyde. Ein Mann vom Rang eines Baronets und Grundbesitzers in Hampshire.

Es gab Hunderte von Baronets in England, und Dutzende von Grundeigenthümern in Hampshire. Nach gewöhnlichem Betracht hatte ich insofern nicht einen Schein von Grund, Sir Percival Glyde mit der verdächtigen Erkundigung, welche die weiße Frau

von mir eingezogen hatte, in Zusammenhang zu
bringen. Und dennoch konnte ich es nicht unterlassen.
Geschah es, weil er jetzt in meinem Geiste mit Miß
Fairlie, diese ihrerseits mit Anna Catherick, seit der
Nacht, da ich jene ominöse Aehnlichkeit zwischen ihnen
entdeckt hatte, vergesellschaftet war? Hatten die Ereignisse des Morgens mich bereits so entnervt, daß ich jeder
Illusion, welche durch alltägliche Zufälle und deren all-
tägliches Zusammentreffen meiner Phantasie zugeführt
werden mochte, auf Gnade und Ungnade preisgegeben
war? Ich konnte nur das fühlen, daß, was zwischen
Miß Halcombe und mir auf unserem Wege von dem
Sommerhäuschen vorgekommen war, einen sehr sonderbaren Eindruck auf mich gemacht hatte. Die Ah-
nung irgend einer unbegreiflichen Gefahr, die vor
uns Allen in der Finsterniß der Zukunft verborgen
lag, drückte schwer auf mich. Die Ungewißheit, ob
ich nicht bereits in eine Kette von Ereignissen ver-
flochten wäre, welche selbst meine bevorstehende
Abreise aus Cumberland nicht zu lösen vermöchte
— die Ungewißheit, ob Eines von uns das Ende
voraussah, wie es in Wirklichkeit sich gestalten würde,
verbreitete sich immer dunkler über meinen Geist.
So qualvoll es war, das Gefühl des Leidens, welches mir das klägliche Ende meiner kurzen, vermesse-
nen Liebe verursachte, schien abgestumpft und ertödet
durch das noch heftigere Gefühl von einem dunkel
bevorstehenden, unsichtbar drohenden Etwas, welches
die Zeit über unsern Häuptern ausgestreckt hielt.

Ich war nicht viel über eine halbe Stunde mit
den Zeichnungen beschäftigt gewesen, als es an meine
Thüre klopfte. Sie wurde auf meinen Ruf geöffnet,

und zu meinem Erstaunen trat Miß Halcombe in mein Zimmer.

Ihr Benehmen zeugte von Aerger und Erregung. Sie griff selbst nach einem Stuhl, ehe ich ihr einen bieten konnte, und nahm auf demselben hart an meiner Seite Platz.

„Mr. Hartright," sagte sie, „ich hatte gehofft, alle peinlichen Gegenstände der Unterredung wären zwischen uns erschöpft, wenigstens für heute. Dem soll aber nicht so sein. Es ist eine geheime Niederträchtigkeit im Werk, um meine Schwester bezüglich ihrer bevorstehenden Heirath einzuschüchtern. Sie haben gesehen, wie ich den Gärtner mit einem an Miß Fairlie in einer fremden Handschrift adressirten Brief in das Haus sandte."

„Allerdings."

„Dieser Brief ist anonym — ein gemeiner Versuch, Sir Percival Glyde in meiner Schwester Achtung herabzusetzen. Er hat sie in solche Unruhe und Aufregung versetzt, daß ich die allergrößte Mühe hatte, sie so weit zu beschwichtigen, um es mir möglich zu machen, ihr Zimmer zu verlassen und hieher zu kommen. Ich weiß, dieß ist eine Familienangelegenheit, bei welcher ich Sie nicht zu Rathe ziehen sollte, bei welcher Sie sich nicht betheiligt oder interessirt fühlen können —"

„Verzeihen Sie, Miß Halcombe; ich fühle mich bei Allem, was Miß Fairlie's oder Ihr Glück betrifft, auf's Höchste betheiligt oder interessirt."

„Es freut mich, das zu hören. Sie sind die einzige Person in und außer dem Hause, welche mir rathen kann. An Mr. Fairlie, in seinen Gesund-

heitsumständen und mit seinem Abscheu vor Schwie=
rigkeiten und Geheimnissen aller Art, ist nicht zu
denken. Der Pfarrer ist ein guter, schwacher Mann,
der von Nichts weiß, was außerhalb seines Amtes
liegt; und unsere Nachbarn gehören zu der Sorte
behaglicher Bekannten gewöhnlichen Schlags, die
man in Zeiten von Noth und Gefahr nicht stören
darf. Was ich zu wissen begehre, ist Folgendes:
Soll ich sogleich die möglichen Schritte thun, um
den Schreiber des Briefs zu entdecken? Oder soll
ich warten und mich morgen an Mr. Fairlie's rechts=
gelehrten Rathgeber wenden? Es kommt viel —
vielleicht sehr viel darauf an, einen Tag zu gewin=
nen oder zu verlieren. Sagen Sie mir, was Sie
davon halten, Mr. Hartright. Hätte mich nicht
schon die Noth gezwungen, Sie unter sehr delicaten
Umständen in mein Vertrauen zu ziehen, so würde
vielleicht selbst meine hülflose Lage mir nicht zur
Entschuldigung dienen. Aber wie die Dinge stehen,
kann es sicher nach Allem, was zwischen uns vorge=
fallen ist, kein Unrecht sein, wenn ich vergesse, daß
Sie erst von drei Monaten her unser Freund sind."

Sie gab mir den Brief. Ich las sogleich, ohne
irgend eine Höflichkeitsformel voranzuschicken, wie
folgt:

„„Glauben Sie an Träume? Ich hoffe so, um
Ihrer selbst willen. Sehen Sie nach, was die
Schrift sagt über Träume und deren Erfüllung.
(1. Buch Mos. 40, 8. 41, 25. Daniel 4, 18 —
25.); und nehmen Sie die Warnung an, welche
ich Ihnen zukommen lasse, ehe es zu spät ist.

„„Vergangene Nacht träumte mir von Ihnen,

Miß Fairlie. Es träumte mir, ich stehe innerhalb der Communiongitter einer Kirche: ich auf der einen Seite des Altars, und der Pfarrer mit seinem Chorhembe und Gebetbuch auf der andern.

„Nach einiger Zeit kamen durch das Schiff der Kirche ein Mann und eine Frau auf uns zu, die sich trauen laſſen wollten. Sie waren die Frau. Sie ſahen ſo hübſch und unſchuldig in Ihrem ſchönen weißen Seidenkleide und in ihrem langen weißen Spitzenſchleier aus, daß mein Herz ſich Ihnen zuneigte und Thränen mir in die Augen traten.

„Es waren Thränen des Mitleids, junges Fräulein, die der Himmel ſegnet; und anſtatt aus meinen Augen zu fallen, gleich den alltäg= lichen Thränen, die wir Alle vergießen, verwan= belten ſie ſich in zwei Lichtſtrahlen, die näher und näher nach dem Mann hinſtrebten, der neben Ihnen vor dem Altar ſtand, bis ſie ſeine Bruſt berührten. Die zwei Strahlen geſtalteten ſich zu einer Wölbung gleich der des Regenbogens, zwi= ſchen mir und ihm. Ich ſchaute längs derſelben hin und ſah in ſein innerſtes Herz hinein.

„Das Aeußere des Mannes, mit dem Sie ſich vermählen wollten, war ziemlich hübſch. Er war weder groß noch klein — er war ein wenig unter Mittelgröße. Ein leichter, rühriger, hochmüthiger Mann — von etwa fünfundvierzig Jahren dem Ausſehen nach. Er hatte ein blaſſes Geſicht und war kahl am Vorderhaupte, hatte aber dunkles Haar an dem übrigen Kopf. Sein Bart war am Kinn geſchoren, zeigte aber ſchönes reiches Braun auf Wangen und Oberlippe. Sein Auge war

auch braun und sehr glänzend; seine Nase gerade
und schön und fein genug, um für eine Frauen=
nase gelten zu können. Ebenso war es mit
seinen Händen. Er wurde von Zeit zu Zeit
durch einen trockenen kurzen Husten belästigt, und
wenn er mit seiner weißen Hand an den Mund
fuhr, so zeigte sich die rothe Narbe einer alten
Wunde über dem Rücken derselben. Hat mir
von dem rechten Mann geträumt? Sie wissen
es am besten, Miß Fairlie, und Sie können sagen,
ob ich mich täuschte oder nicht. Lesen Sie nun,
was ich unter der Außenseite sah — ich bitte,
lesen Sie und machen Sie es sich zu Nutzen.

„Ich schaute längs der zwei Lichtstrahlen hin;
und ich sah in das Innerste seines Herzens. Es war
schwarz wie Nacht, und darin war geschrieben in
den rothflammenden Buchstaben, welche die Hand=
schrift des gefallenen Engels sind: ‚Ohne Mitleid
und ohne Gewissensbisse. Er hat die Pfade
Anderer mit Elend bestreut und er wird leben,
um den Pfad der Frau an seiner Seite mit Elend
zu bestreuen.‘ Ich las das; und dann sprangen
die Lichtstrahlen um und wiesen über seine Schulter;
und hier, hinter ihm, stand ein böser Geist und
lachte. Und die Lichtstrahlen sprangen zum dritten
Mal um und fuhren gerade zwischen Ihnen und
dem Mann hindurch. Sie wurden immer breiter
und breiter und drückten Sie beide auseinander.
Und der Geistliche suchte vergeblich nach der
Trauungsformel: sie war aus seinem Buch ver=
schwunden, und er schloß die Blätter und warf
es in Verzweiflung von sich. Und ich erwachte

mit Augen voll Thränen und mit klopfendem
Herzen — denn ich glaube an Träume.

„Glauben Sie auch daran, Miß Fairlie — ich
bitte Sie um Ihrer selbst willen, glauben Sie
daran, wie ich es thue. Joseph und Daniel und
Andere in der heil. Schrift glaubten an Träume.
Forschen Sie nach dem vergangenen Leben des
Mannes mit der Narbe auf seiner Hand, bevor
Sie die Worte aussprechen, welche Sie zu seinem
beklagenswerthen Weibe machen. Ich gebe Ihnen
diese Warnung nicht meinet= sondern Ihretwegen.
Ich habe ein Interesse an Ihrem Wohlbefinden,
welches dauern wird, so lang ich athme. Ihrer
Mutter Tochter hat einen zärtlichen Platz in mei=
nem Herzen — denn Ihre Mutter war meine
beste, meine einzige Freundin."

Hier endete dieser außerordentliche Brief, ohne
Unterschrift, irgend welcher Art.

Die Handschrift gab nicht den mindesten Auf=
schluß. Sie stellte sich in linirten Linien in dem
verzogenen üblichen Character eines Schreibehefts,
technisch „feine Hand" bezeichnet dar. Sie war
schwach und blaß und durch Flecken entstellt, hatte
aber sonst nichts Auffallendes an sich.

„Das ist kein ungebildeter Brief," sagte Miß
Halcombe, „und doch wieder sicherlich allzu zusammen=
hangslos, als daß er von einer wohlerzogenen Per=
son aus den höhern Ständen im Leben herkommen
könnte. Die Bezugnahme auf das Brautkleid und
den Schleier und andere kleine Ausdrücke scheinen
darauf hinzudeuten, daß wir das Erzeugniß einer Frau
vor uns haben. Was denken Sie, Mr. Hartright?

„Ich bin derselben Meinung. Es scheint mir nicht blos der Brief einer Frau zu sein, sondern mit dem Geist dieser Frau muß es —"

„Nicht ganz richtig sein?" ergänzte Miß Halcombe. „Er kam mir auch in diesem Lichte vor."

Ich gab keine Antwort. Während ich sprach, hafteten meine Augen auf dem letzten Satze des Briefes. „Ihrer Mutter Tochter hat einen zärtlichen Platz in meinem Herzen — denn ihre Mutter war meine beste, meine einzige Freundin." Diese Worte und die Zweifel, die mir eben über den gesunden Verstand der Person, welche den Brief schrieb, aufgestiegen sind, hatten in meinem Geist eine Vorstellung in's Leben gerufen, die ich buchstäblich offen auszusprechen, ja nur in's geheim zu hegen fürchtete. Ich begann daran irre zu werden, ob meine eigenen Geisteskräfte nicht in Gefahr seien, ihr Gleichgewicht zu verlieren. Es kam mir beinahe wie eine Monomanie vor, jeden seltsamen Vorfall, unerwarteten Ausspruch immer auf dieselbe verborgene Quelle, auf denselben unheilvollen Einfluß zurückzuführen. Ich war deßhalb dießmal entschlossen, zum Schutz für meinen eigenen Muth und meinen gesunden Verstand, keine Entscheidung mir zu erlauben, welche nicht durch die offene Thatsache gewährleistet wäre, und beharrlich Allem den Rücken zu kehren, was mich in Gestalt eines Argwohns beschleichen könnte.

„Haben wir irgend Aussicht, der Person, welche dieß geschrieben hat, auf die Spur zu kommen," fuhr ich fort, den Brief Miß Halcombe zurückgebend, „so kann es Nichts schaden, die Gelegenheit im Augenblick, da sie sich darbietet, zu ergreifen. Ich

dente, wir sollten ben Gärtner noch einmal über
die ältliche Frau, welche ihm ben Brief gab, ver=
nehmen und dann unsere Nachforschungen im Dorfe
fortsetzen. Aber zuerst lassen Sie mich eine Frage
stellen. „Sie meinten eben, ob es nicht gut gethan
wäre, morgen Mrs. Fairlie's rechtsgelehrten Rathgeber
beizuziehen. Ist keine Möglichkeit, sich früher mit
ihm in's Vernehmen zu setzen? Warum nicht heute?"

„Ich kann mich nur erklären," erwiederte Miß
Halcombe, „indem ich auf bestimmte Einzelnheiten
eingehe, die mit meiner Schwester Verlobung in
Zusammenhang stehen, deren ich diesen Morgen bei
Ihnen zu erwähnen nicht nöthig oder wünschens=
werth erachtete. Einer von Sir Percival Glyde's
Zwecken, warum er am Montag hieherkommt, geht
dahin, den Zeitpunkt seiner Vermählung festzusetzen,
worüber bis jetzt noch gar Nichts bestimmt war.
Er bringt sehr darauf, daß dieselbe noch vor Ende
des Jahres stattfinden möge."

„Weiß Miß Fairlie von diesem Wunsch?" fragte
ich eifrig.

„Sie argwohnt Nichts davon; und nach dem,
was geschehen, mag ich nicht die Verantwortlichkeit
auf mich nehmen, sie darüber aufzuklären. Sir
Percival hat seiner Absichten nur gegen Mr. Fairlie
erwähnt, und dieser mir selbst erklärt, er wäre als
Laura's Vormund sehr geneigt, denselben Vorschub
zu leisten. Er hat nach London an Mr. Gilmore,
den Sachwalter der Familie, geschrieben. Dieser
befindet sich aber gerade in Geschäftssachen zu Glas=
gow und hat darauf erwiedert, er werde auf seiner
Rückkehr nach London einen Abstecher nach Limme=

ribgehouse machen. Er wird morgen ankommen und
einige Tage bei uns verweilen, so daß Sir Percival
Zeit hat, seine Sache in Person zu führen. Gelingt
es ihm damit, so wird Mr. Gilmore die Instruc=
tionen zur Ausfertigung von meiner Schwester Hei=
rathscontract mit nach London zurücknehmen. Sie
begreifen jetzt, Mr. Hartright, warum ich davon rede,
mit Einziehung eines rechtsgelehrten Rathes bis morgen
zu warten. Mr. Gilmore ist ein alter und erprobter
Freund von zwei Generationen der Fairlie's; und
wir können auf ihn bauen, wie sonst auf Niemand."

Der Heirathscontract! Der bloße Laut dieses
Wortes jagte mir eine eifersüchtige Verzweiflung
ein, die gleich Gift auf meine eblern und bessern
Instinkte wirkte. Ich dachte allmälig — es ist
hart, dieß zu gestehen, aber ich darf Nichts ver=
schweigen, von Anfang bis zu Ende der schrecklichen
Geschichte, die ich nunmehr zu enthüllen berufen bin
— ich dachte allmälig, mit eben so hassenswerther
als lebendiger Hoffnung, an die unbestimmten An=
klagen gegen Sir Percival Glyde, welche in dem
anonymen Briefe enthalten waren. Wie, wenn diese
abenteuerlichen Anklagen auf einem Grund der
Wahrheit beruhten? Wie, wenn deren Wahrheit sich
erweisen ließe, ehe das verhängnißvolle Jawort ge=
sprochen und der Heirathscontract aufgesetzt war?
Ich wollte mir seitdem einreden, das Gefühl, welches
damals in mir lebte, habe seinen Anfangs = und
Ausgangspunkt in der reinen Hingabe an Miß Fair=
lie's Interessen gehabt. Aber es ist mir niemals
gelungen, diesen täuschenden Glauben festzuhalten;
und ich darf jetzt nicht versuchen, Andere zu täuschen.

Das Gefühl hatte seinen Anfangs= und Ausgangs=
punkt in dem rastlosen, rachsüchtigen, hoffnungslosen
Haß gegen den Mann, welcher sie heirathen wollte.

„Wenn wir Etwas ausfindig machen wollen,"
sagte ich unter dem neuen Einfluß, der mich nun
beherrschte, „so thäten wir besser daran, keine Minute
unbenützt verstreichen zu lassen. Ich kann einzig wieder
darauf aufmerksam machen, daß es zweckmäßig wäre,
den Gärtner noch einmal auszufragen und unmittel=
bar hernach in dem Dorfe Erkundigungen einzuziehen."

„Ich glaube, Ihnen in beiden Fällen behülflich
sein zu können," sagte Miß Halcombe aufstehend.
„Wir wollen sogleich gehen und mit einander unser
Bestes thun."

Ich war eben im Begriff die Thüre vor ihr zu
öffnen — aber ich hielt plötzlich wieder an, um noch
eine wichtige Frage zu stellen, ehe wir weiter gingen.

„Einer der Abschnitte des anonymen Briefs,"
sagte ich, „enthält einige Sätze bis in's Einzelne
gehender Personalbeschreibung. Sir Percival Glyde's
Name wird nicht erwähnt, ich weiß es — aber gleicht
diese Beschreibung ihm in Allem?"

„Genau; selbst bis auf die Angabe seines Alters
von fünfundvierzig —"

Fünfundvierzig; und sie war noch nicht einund=
zwanzig! Männer seines Alters verheirathen sich
täglich mit Frauen ihres Alters, und die Erfahrung
hat gelehrt, daß solche Ehen oft die glücklichsten sind.
Ich wußte das — und doch erhöhte selbst die Er=
wähnung seines Alters, wenn ich es dem ihrigen
entgegen hielt, noch meinen blinden Haß und mein
Mißtrauen gegen ihn.

„Genau," fuhr Miß Halcombe fort, „selbst bis
auf die Narbe an seiner rechten Hand, die von einer
Wunde herkommt, welche er vor Jahren auf seiner
Reise in Italien empfing. Es ist außer Zweifel,
daß der Schreiber des Briefs mit jeder Eigenthüm=
lichkeit seiner persönlichen Erscheinung vollkommen
bekannt ist."

„Selbst eines Hustens, von dem er belästigt
wird, ist erwähnt, wenn ich mich recht erinnere?"

„Ja und vollkommen richtig. Er selbst behan=
delt ihn leicht, obwohl er zuweilen seinen Freunden
Besorgniß einflößt.'"

„Ich nehme an, man hat niemals gegen seinen
Character Nachtheiliges flüstern hören?"

„Mr. Hartright, ich hoffe, Sie sind nicht so un=
gerecht, sich durch diesen schändlichen Brief beeinflussen
zu lassen."

Ich fühlte, wie das Blut mir in die Wangen
strömte, denn ich wußte, daß er seinen Einfluß auf
mich geübt hatte.

„Ich hoffe nicht," antwortete ich verwirrt. „Viel=
leicht hatte ich kein Recht, diese Frage zu machen."

„Ich bedaure diese Frage nicht," erwiederte sie,
„denn dieselbe gibt mir die Möglichkeit, Sir Perci=
val's Namen Gerechtigkeit widerfahren zu lassen.
Niemals ist, Mr. Hartright, auch nur das Mindeste
gegen ihn mir oder meiner Familie zu Ohren ge=
kommen. Er hat zwei bestrittene Wahlen mit Er=
folg durchgefochten, und unverletzt dieses Gottesur=
theil bestanden. Ein Mann, der in England das
thun kann, dessen Character ist fest begründet."

Ich öffnete ihr schweigend die Thüre und folgte

ihr nach. Sie hatte mich nicht überzeugt. Wäre der Gerichtsengel selbst vom Himmel gekommen, um ihre Aussage zu bestätigen, und hätte sein Buch meinen sterblichen Augen aufgethan, selbst der Gerichtsengel hätte mich nicht überzeugt.

Wir fanden den Gärtner bei seiner gewöhnlichen Arbeit. Allein was man auch fragen mochte, von des Burschen undurchbringlicher Stupidität war keine Antwort von irgend einer Wichtigkeit herauszubringen. Die Frau, welche ihm den Brief gegeben hatte, war eine ältliche Frau; sie hatte kein Wort mit ihm gesprochen und war in großer Eile wieder südwärts abgegangen. Dieß war Alles, was der Gärtner uns zu sagen vermochte.

Das Dorf lag südlich vom Hause. So gingen wir also zunächst nach dem Dorfe.

XII.

Unsere Nachforschungen zu Limmeridge wurden geduldig nach allen Seiten hin und unter allen Arten und Classen von Leuten angestellt. Drei der Dörfler versicherten allerdings, die Frau gesehen zu haben; aber da sie ebenso außer Standes, sie zu beschreiben, als unvermögend waren, sich über die Richtung, welche dieselbe eingeschlagen hatte, als sie ihrer zuletzt ansichtig waren, genau zu verständigen, so brachten uns diese drei glänzenden Ausnahmen von der allgemeinen Regel totaler Unwissenheit ebenso wenig einen wirklichen Nutzen, als die Masse ihrer unbrauchbaren und unachtsamen Nachbarn.

Im Verlauf unserer vergeblichen Forschungen

gelangten wir zuletzt an das Ende des Dorfes, wo
die von Mrs. Fairlie gegründeten Schulen gelegen
waren. Als wir an dem für die Knaben bestimm=
ten Gebäude vorüber kamen, meinte ich, es würde
am Platze sein, eine letzte Erkundigung bei dem
Schulmeister vorzunehmen, da dieser angenommener
Maßen kraft seines Amtes der intelligenteste Mann
im Orte sein mußte.

„Ich fürchte, der Schulmeister war mit seinen
Schülern gerade zu der Zeit beschäftigt," sagte Miß
Halcombe, „als die Frau durch das Dorf hin und
zurückging. Doch können wir es versuchen."

Wir traten in den eingefriedigten Spielplatz,
gingen an dem Schulfenster vorüber, um an die Thüre
zu gelangen, welche an der Rückseite des Gebäudes
angebracht war. Ich hielt einen Augenblick vor dem
Fenster und schaute hinein.

Der Schulmeister saß auf einem hohen Katheder,
mit dem Rücken gegen mich, augenscheinlich in einer
Anrede an die Schüler begriffen, welche alle vor
ihm versammelt waren, einen Einzigen ausgenommen.
Als dieser Eine erschien ein derber, weißköpfiger
Knabe, getrennt von allen Uebrigen, auf einem Stuhl
in einer Ecke stehend — ein verlassener kleiner Crusoe,
isolirt auf seinem öden Eilande, wohin er durch stra=
fende Ungnade verwiesen worden war. Die Thüre stand, als wir vor ihr ankamen, halb
offen, und des Schulmeisters Stimme erklang deut=
lich zu uns herüber, als wir unter der Vorhalle
eine Minute still hielten.

„Nun, Knaben," ließ sich die Stimme verneh=
men, „merkt, was ich euch sage. Höre ich noch ein

Wort in dieser Schule über Geister sprechen, so wird
es euch Allen schlimm ergehen. Es gibt Nichts der
Art wie Geister, und jeder Knabe, der an Geister
glaubt, glaubt demnach an etwas Unmögliches; und
ein Knabe, der in die Schule von Limmeridge gehört und an etwas Unmögliches glaubt, sträubt sich
gegen Vernunft und Zucht und muß demgemäß bestraft werden. Ihr Alle seht hier Jakob Postlethwaite zum Schimpf auf dem Stuhle stehen. Er ist
bestraft worden, nicht weil er gesagt hat, er habe
vergangene Nacht einen Geist gesehen, sondern weil
er zu unverschämt und zu halsstarrig ist, um auf
Vernunft zu hören, und weil er darauf besteht, er
habe den Geist gesehen, nachdem ihm von mir gesagt worden ist, daß so Etwas unmöglich sei. Wenn
es sich nicht anders machen läßt, so gedenke ich den
Geist aus Jakob Postlethwaite herauszuklopfen; und
wenn es sich unter euch Uebrigen weiter verbreitet,
so gedenke ich noch einen Schritt weiter zu gehen
und den Geist aus der ganzen Schule herauszuklopfen."

„Wir haben, scheint es, einen ungeschickten Augenblick für unsern Besuch gewählt," sagte Miß Halcombe, indem sie, als der Schulmeister mit seiner Anrede zu Ende war, die Thüre öffnete und
eintrat.

Unser Erscheinen erzeugte große Aufregung unter
den Knaben. Sie dachten offenbar, wir seien ausdrücklich zu dem Zweck gekommen, mit anzusehen,
wie Jakob Postlethwaite Schläge bekäme.

„Geht jetzt Alle nach Hause zum Essen," sagte
der Schulmeister, „außer Jakob. Jakob muß blei-

ben, wo er ist; und der Geist kann ihm sein Essen bringen, wenn's dem Geist beliebt."

Jakobs Seelenstärke verließ ihn bei dem doppelten Verschwinden seiner Schulkameraden und seiner Aussicht auf das Essen. Er nahm die Hände aus den Taschen, schaute fest auf seine Knöchel, hob sie mit großer Bedächtigkeit an seine Augen, rieb sie, dort angelangt, langsam hin und her, indem er diese Thätigkeit mit einem kurzen, krampfhaften Schnuffeln begleitete, das in regelmäßigen Zwischenräumen auf einander folgte — das nasale Kleingeschütz knabenhafter Bedrängniß.

„Wir kommen hieher, eine Frage an Sie zu richten, Mr. Dempster," sagte Miß Halcombe, den Schulmeister anredend, „und waren wenig darauf gefaßt, Sie einen Geist beschwören zu sehen. Was hat alles das zu bedeuten? Was ist wirklich vorgefallen?"

„Der gottlose Bube da hat die ganze Schule durch die Versicherung in Schrecken versetzt, Miß Halcombe, er habe gestern Abend einen Geist gesehen," antwortete der Schulmeister. „Und er beharrt noch auf seiner albernen Geschichte, trotz Allem, was ich ihm sagen kann."

„Höchst außerordentlich," sagte Miß Halcombe, „ich hätte nicht an die Möglichkeit gedacht, daß einer der Knaben Einbildungskraft genug besäße, einen Geist zu sehen. Das ist wirklich ein neuer Zuwachs zu der harten Arbeit, den jugendlichen Geist zu Limmeridge auszubilden — auch ich wünsche von Herzen, daß Sie gut damit fertig werden, Mr. Dempster. Inzwischen lassen Sie mich erklären,

warum Sie mich hier sehen und was mein Be=
gehren ist."

Sie stellte jetzt dieselbe Frage an den Schul=
meister, welche wir bereits fast an Jedermann im
Dorfe gestellt hatten. Es geschah mit demselben
entmuthigenden Erfolge. Mr. Dempster hatte die
Fremde, nach der wir forschten, mit keinem Auge
gesehen.

"Wir können ebenso gut nach Hause zurückkehren,
Mr. Hartright," sagte Miß Halcombe; "die Kunde,
deren wir bedürfen, ist offenbar nicht zu erlangen."

Sie machte Mr. Dempster ihre Verbeugung und
war im Begriff, das Schulzimmer zu verlassen, als
die verlassene Stellung von Jakob Postlethwaite,
der jämmerlich auf seinem Armensünderstuhl schnuf=
felte, im Vorübergehen ihre Aufmerksamkeit erregte,
so daß sie gutmüthig anhielt, um den kleinen Ge=
fangenen, ehe sie die Thüre öffnete, mit einem Worte
anzureden.

"Du thörichter Knabe," sagte sie, "warum bittest
Du Mr. Dempster nicht um Verzeihung und schweigst
von dem Geiste?"

"Hi! — aber ich habe den Geist gesehen," ver=
sicherte beharrlich Jakob Postlethwaite mit einem
Schreckensschauer und einem Strom von Thränen.

"Dummes Zeug! Du hast Nichts der Art ge=
sehen. Ein Geist wirklich! Was für ein Geist —"

"Ich bitte um Verzeihung, Miß Halcombe," fiel
der Schulmeister ein wenig beunruhigt ein — "aber
ich denke, Sie thäten besser daran, den Knaben nicht
zu befragen. Die hartnäckige Narrheit seiner Ge=

ſchichte geht über allen Glauben; und Sie könnten
ihn leicht dazu verleiten, unwiſſentlich —"

„Unwiſſentlich; was?" forſchte Miß Halcombe
ſcharf.

„Unwiſſentlich Ihre Gefühle zu erſchüttern,"
ſagte Mr. Dempſter in höchſter Verwirrung.

„Auf mein Wort, Mr. Dempſter, Sie machen
meinen Gefühlen ein großes Compliment, wenn Sie
dieſelben für ſchwach genug halten, ſich durch einen
ſolchen Schelm erſchüttern zu laſſen."

Sie wandte ſich mit einer Miene ſatyriſchen
Mißtrauens an den kleinen Jakob und begann ihn
nunmehr beſtimmt auszufragen.

„Nun," ſagte ſie, „ich weiß Alles. Du unar=
tiger Bube, wann haſt Du den Geiſt geſehen?"

„Geſtern Abend, in der Dämmerung," erwie=
derte Jakob.

„O! Du ſahſt ihn geſtern Abend im Zwielicht?
Und wie ſah er aus?"

„Ganz weiß — wie ein Geiſt ſein ſoll," ant=
wortete der Geiſterſeher mit einer über ſeine Jahre
gehenden Zuverſicht.

„Und wo war es?"

„Dort unten, auf dem Kirchhof — wo ein Geiſt
ſein ſoll."

„Wie ein Geiſt ſein ſoll, wo ein Geiſt ſein ſoll
— wie, Du kleiner Thor, Du ſprichſt, als ob Du
mit dem Thun und Treiben der Geiſter von Deiner
Kindheit an vertraut wäreſt. Du haſt jedenfalls
Deine Geſchichte an den Fingern abgeleſen. Ich
glaube, Du kannſt mir nächſtens ſagen, weſſen Geiſt
es war?"

„Ei! ja wohl!" antwortete Jakob mit einer
Miene mürrischen Triumphs nickend.

Mr. Dempster hatte bereits mehrmals zu spre=
chen versucht, während Miß Halcombe den Schüler
ausfragte; jetzt warf er sich entschlossen in's Mittel,
um sich Gehör zu verschaffen.

„Entschuldigen Sie, Miß Halcombe," sagte er,
„wenn ich mir die Bemerkung erlaube, daß Sie
durch solche Fragen den Knaben nur noch in seinem
Wahn bestärken."

„Ich will nur noch eine stellen, Mr. Dempster,
und mich dann völlig zufrieden geben. Nun,"
fuhr sie zu dem Knaben gewendet fort, „und wessen
Geist war es?"

„Der Geist von Mrs. Fairlie," antwortete Ja=
kob flüsternd.

Die Wirkung, welche diese außerordentliche Ant=
wort auf Miß Halcombe hervorbrachte, rechtfertigte
völlig das ängstliche Verlangen des Schulmeisters,
ihr dieselbe zu ersparen. Ihr Gesicht färbte sich vor
Unwillen purpurroth — sie wandte sich mit so zor=
niger Aufwallung dem kleinen Jakob zu, daß dieser
erschrocken darüber von Neuem in Thränen ausbrach
— öffnete ihre Lippen, um zu sprechen — nahm
sich dann selbst zusammen und wandte sich an den
Lehrer, statt an den Knaben.

„Es ist vergeblich," sagte sie, „ein Kind wie
dieses für seine Aussage verantwortlich zu machen.
Ohne Zweifel ist ihm dieser Gedanke von Andern in
den Kopf gesetzt worden. Wenn es solche Leute im
Dorfe gibt, Mr. Dempster, welche die Achtung und
Dankbarkeit, welche meiner Mutter Andenken von

10*

jeder Seele hier gebührt, vergessen haben, so werde
ich sie ausfindig machen: und wenn ich einigen
Einfluß bei Mr. Fairlie habe, so sollen sie dafür
büßen."

„Ich hoffe — ja, ich bin überzeugt, Miß Hal=
combe — daß Sie sich irren," sagte der Schulmeister.
„Die Sache beginnt und endet mit des Knaben eige=
ner Verkehrtheit und Thorheit. Es war gestern
Abend, daß er, über den Kirchhof gehend, eine weiße
Frau sah oder zu sehen glaubte; und die Gestalt,
wirklich oder eingebildet, stand an dem Marmorkreuze,
welches Jedermann in Limmeridge als das Denkmal
über Mrs. Fairlie's Grabe kennt. Diese zwei Um=
stände genügen sicherlich, um dem Knaben für sich
selbst die Antwort nahe zu legen, welche natürlicher
Weise Ihnen eine Erschütterung verursacht hat."

Obwohl Miß Halcombe nicht überzeugt zu sein
schien, fühlte sie dennoch deutlich, daß die Erklärung,
welche der Schulmeister von dem Fall gab, allzu
verständig war, um sich offen bestreiten zu lassen.
Sie begnügte sich also, ihm für seine Aufmerksam=
keit zu danken und das Versprechen zu geben, ihn
wiederum zu besuchen, wenn ihre Zweifel gelöst
wären. Mit diesen Worten machte sie ihm ihre
Verbeugung und verließ die Schulstube.

Während dieser ganzen seltsamen Scene war ich
bei Seite gestanden, aufmerksam zuhörend und
meine eigenen Schlüsse ziehend. Sobald wir wieder
allein waren, fragte mich Miß Halcombe, ob ich mir
eine Meinung über das Gehörte gebildet habe.

„Eine sehr entschiedene Meinung," antwortete
ich; „die Geschichte des Knaben hat meiner Ansicht

nach eine thatsächliche Begründung. Es verlangt
mich sehr, ich gestehe, das Denkmal über Mrs. Fairlie's Grabe zu sehen, und den Grund und Boden
um dasselbe herum zu untersuchen.

„Sie sollen das Grab sehen."

Sie machte eine Pause nach dieser Antwort und
überließ sich im Weitergehen einem kurzen Nachdenken. „Das Begebniß in der Schule," nahm sie
wieder das Wort, „hat meine Aufmerksamkeit so
ganz von dem Gegenstand des Briefes abgezogen,
daß der Versuch, zu demselben zurückzukehren, mir
einige Bestürzung verursacht. Sollen wir jeden
Gedanken an weitere Nachforschungen aufgeben und
abwarten, bis wir die Sache morgen in Mr. Gilmore's Hände legen können?"

„Keineswegs, Miß Halcombe. Der Vorfall in
der Schule bestärkt mich gerade in dem Vorhaben,
die Nachforschungen fortzusetzen."

„Was bestimmt Sie dazu?"

„Derselbe bestärkt mich in dem Verdachte, der
mir schon aufstieg, als Sie mir den Brief zu lesen
gaben."

„Sie haben vermuthlich Ihre Gründe, Mr. Hartright, daß Sie diesen Verdacht bis diesen Augenblick
vor mir geheim hielten?"

„Ich fürchtete, ihm bei mir selbst Nahrung zu
geben. Ich hielt ihn für allzu voreilig — ich miß-
traute ihm als dem Ergebniß einer Störung meiner
eigenen Phantasie. Aber ich kann mich nicht länger
zurückhalten. Nicht bloß die Antwort des Knaben
auf Ihre Fragen, sondern auch ein zufälliger Aus-
bruch, der den Lippen des Schulmeisters bei Erklä-

rung seiner Geschichte entfiel, hat mich wieder auf den Gedanken zurückgebracht. Die kommenden Ereignisse mögen denselben als eine Illusion erweisen; aber diesen Augenblick bin ich der festen Ueberzeugung, daß der eingebildete Geist auf dem Kirchhof und der Schreiber des anonymen Briefes eine und dieselbe Person sind."

Sie hielt an, erblaßte und schaute mir lebhaft in's Gesicht.

„Was für eine Person?"

„Der Schulmeister hat es Ihnen unbewußt gesagt. Als er von der Gestalt, welche der Knabe auf dem Kirchhof gesehen, sprach, nannte er sie eine weiße Frau."

„Doch nicht Anna Catherick?"

„Ja, Anna Catherick!"

Sie schob ihre Hand durch meinen Arm und stützte sich schwer auf mich.

„Ich weiß nicht, wie es kommt," sagte sie leise, „aber es liegt Etwas in Ihrem Verdacht, das mich erschreckt und mich entmuthigt. Ich fühle —" sie hielt an und versuchte es wegzulachen. „Mr. Hartright," fuhr sie fort, „ich will Ihnen das Grab zeigen, und dann sogleich nach Hause gehen. Es wird gut sein, wenn ich Laura nicht allzu lang allein lasse. Ich thue gut daran, heimzukehren und bei ihr zu bleiben."

Wir waren bei diesen Worten ganz in der Nähe des Kirchhofs. Die Kirche, ein düsteres Gebäude von grauem Steine, lag in einer kleinen Vertiefung, so daß sie von den rauhen Winden, welche über das umliegende Moorland bliesen, geschützt war. Die

Begräbnißstätte selbst erstreckt sich von der Kirche
aus noch ein wenig über den Abhang des Hügels
hinauf. Sie war von einer rohen, niedrigen Stein=
mauer umschlossen, lag kahl und offen unter dem
freien Himmel da; nur von dem einen Ende, wo
ein Bächlein von der steinigen Hügelseite herabrie=
selte, warf eine Gruppe Zwergbäume ihren schmalen
Schatten über das kurze, magere Gras. Gerade
über dem Bache und den Bäumen und nicht weit
von einem der drei Trittsteine, welche auf verschie=
benen Punkten den Eingang zu dem Kirchhof er=
möglichten, erhob sich das weiße Marmorkreuz, welches
das Grab von Mrs. Fairlie vor den ringsherum
zerstreuten niedrigen Denkmalen auszeichnete.

„Ich brauche nicht weiter mit Ihnen zu gehen,“
sagte Miß Halcombe, auf das Grab deutend. „Sie
werden mir Mittheilung machen, wenn Sie Etwas
entdecken, was zur Bestätigung des eben gegen mich
erwähnten Gedankens dienen könnte.“

Sie verließ mich.

Ich stieg sogleich zu dem Kirchhof hinab und
gelangte über einen Trittstein auf den Weg, welcher
gerade zu Mrs. Fairlie's Grab führte.

Das Gras rings zeigte sich zu kurz und der
Boden zu hart, als daß eine Spur von Fußtritten
wahrzunehmen gewesen wäre. Soweit in meiner
Erwartung getäuscht, betrachtete ich nunmehr auf=
merksam das Kreuz und den viereckigen Marmorblock
darunter, auf welchem die Inschrift eingehauen war.

Die natürliche Weiße des Kreuzes hatte da und
dort ein wenig durch Wetterflecken gelitten, und gut
über die Hälfte des viereckigen Blocks darunter, auf

der Seite, welche die Inschrift trug, befand sich in demselben Zustande. Die andere Hälfte jedoch zog meine Aufmerksamkeit sogleich dadurch auf sich, daß sie von Flecken und Unreinigkeiten aller Art frei war. Ich blickte näher hin und bemerkte, daß dieselbe in der Richtung von oben noch unten gereinigt — erst kürzlich gereinigt worden war. Die Grenzlinie zwischen diesem und dem nicht gereinigten Theile war da, wo die Inschrift einen leeren Raum ließ, leicht zu erkennen — und gab sich deutlich als eine solche kund, welche künstlich gezogen worden war. Man hatte die Reinigung des Marmors begonnen und sie unvollendet gelassen.

Ich schaute ringsherum und fragte mich verwundert, wie dieses Räthsel zu lösen wäre. Kein Zeichen einer Wohnung ließ sich von dem Punkte aus, wo ich stand, unterscheiden: der Begräbnißplatz verblieb in dem einsamen Besitze der Todten. Ich kehrte zu der Kirche zurück und ging um dieselbe herum, bis ich auf die Rückseite des Gebäudes kam, — überschritt dort die Ringmauer auf einem andern der Trittsteine und befand mich am Anfang eines Pfades, der zu einem verlassenen Steinbruch hinabführte. An die eine Seite des Steinbruchs lehnte sich ein kleines, aus zwei Zimmern bestehendes Häuschen an, und gerade vor der Thüre war eine alte Frau mit Waschen beschäftigt.

Ich schritt auf sie zu und ließ mich mit ihr über die Kirche und den Begräbnißplatz in ein Gespräch ein. Sie war dem Sprechen nicht abhold, und so erfuhr ich denn beinahe aus ihren ersten Worten, daß ihr Gatte das doppelte Amt eines Küsters und

Todtengräbers bekleidete. Ich sagte einige Worte
zum Preise von Mrs. Fairlie's Denkmal. Die alte
Frau schüttelte den Kopf und meinte, ich habe es
nicht im besten Zustande getroffen. Es sei ihres
Mannes Geschäft, darnach zu sehen, aber da er seit
vielen Monaten krank gelegen; habe er Sonntags
kaum sich in die Kirche zu schleppen vermocht, um sein
Amt zu versehen, und so sei auch in Folge davon
das Denkmal vernachlässigt worden. Nunmehr befinde er sich ein wenig besser und hoffe in acht oder
zehn Tagen soweit gestärkt zu sein, um an's Werk
zu gehen und das Grabmal zu reinigen.

Diese Erklärung — aus einer langen, weit-
schweifigen Antwort im breitesten Cumberland=Dia-
lect gezogen — sagte mir Alles, was ich wissen
wollte. Ich gab dem armen Weibe eine Kleinigkeit
und kehrte sogleich nach Limmeridgehouse zurück.

Die theilweise Reinigung des Denkmals war
augenscheinlich durch eine fremde Hand vollbracht
worden. Wenn ich meine bisherige Entdeckung mit
dem, mir durch die Geschichte von dem im Zwielicht
gesehenen Geiste erregten Argwohn in Zusammen=
hang brachte, so bedurfte es nichts weiter, um mich
in dem Entschluß zu bestärken, Mrs. Fairlie's Grab
diesen Abend insgeheim zu bewachen, indem ich bei
Sonnenuntergang dahin zurückkehrte und es bis zum
völligen Einbruch der Nacht im Auge behielt. Das
Werk der Reinigung des Denkmals war unvollendet
geblieben, und die Person, welche den Anfang dazu
gemacht hatte, mochte wohl zurückkehren, um dasselbe
fertig zu machen.

Bei meiner Heimkehr theilte ich Miß Halcombe

meine Absicht mit. Sie äußerte Zeichen des Erstaunens und der Unruhe, als ich ihr mein Vorhaben mittheilte, erhob aber keinen positiven Einwand gegen die Ausführung desselben. Sie sagte
nur, „ich hoffe, es wird ein gutes Ende nehmen.“
Im Augenblick, als sie mich wieder verlassen wollte,
richtete ich noch so ruhig, als es mir möglich war,
die Frage an sie, wie es mit Miß Fairlie's Befinden stehe. Sie hatte sich wieder gefaßt und erholt,
und Miß Halcombe hegte die Hoffnung, sie noch zu
einem kleinen Spaziergang in der Nachmittagssonne
zu vermögen.

Ich kehrte auf mein Zimmer zurück, um zur
Ordnung der Zeichnungen wieder an's Werk zu gehen.
Dieß mußte an sich geschehen, war aber doppelt
nothwendig, als die Beschäftigung damit wenigstens
dazu diente, meine Aufmerksamkeit von mir selbst
und von der hoffnungslosen Zukunft, die vor mir
lag, abzulenken. Von Zeit zu Zeit machte ich in
meiner Arbeit eine Pause, um zum Fenster hinauszuschauen und nachzusehen, wie die Sonne tiefer und
tiefer am Horizonte sank. Bei einer dieser Veran-
lassungen erblickte ich eine Gestalt auf dem breiten
Sandweg unter meinem Fenster. Es war Miß Fairlie.

Ich hatte sie seit dem Morgen nicht mehr gesehen, und auch damals kaum ein Wort mit ihr
gesprochen. Noch ein Tag zu Limmeridge war Alles,
was mir blieb; und nach diesem Tag war es meinen Augen vielleicht nie mehr vergönnt, ihres An-
blicks theilhaftig zu werden. Diese Vorstellung ge-
nügte, mich am Fenster zu halten. Ich hatte so viel
Schonung für sie, das Rouleau so zu richten, daß

sie meiner beim Aufschauen nicht gewahr werden
konnte; aber nicht Kraft genug, der Versuchung zu
widerstehen, wenigstens meine Augen ihr auf dem
Spaziergang so weit als möglich folgen zu lassen.

Sie war in einen braunen Mantel mit einem
glatten schwarzseidenen Gewand darunter gekleidet.
Auf ihrem Haupte ruhte der einfache Strohhut,
welchen sie an dem Morgen, da wir uns zuerst begegneten, getragen hatte, jetzt war ein Schleier
daran befestigt, der mir ihr Gesicht verbarg. An
ihrer Seite trabte ein kleiner italienischer Windhund,
ihr Lieblingsbegleiter auf allen Spaziergängen, mit
einer scharlachenen Decke herausgeputzt, welche zugleich dessen zarte Haut vor der scharfen Luft schützen
sollte. Sie schien jedoch von dem Hunde keine Notiz
zu nehmen, sondern schritt gerade aus, den Kopf ein
wenig zur Erde geneigt und die Arme in den Mantel
gewickelt. Die dürren Blätter, welche im Winde
vor mir daher getrieben hatten, als mir am Morgen ihre Verlobung zu Ohren gekommen war, wir-
belten nun im Winde vor ihr dahin und stiegen und
fielen und zerstreuten sich zu ihren Füßen, wie sie
in dem bleichen schwindenden Sonnenlicht dahin
wandelte. Der Hund schauerte und zitterte und
drückte sich ungeduldig an ihr Kleid an, um sich
bemerklich zu machen und einige Aufmunterung zu
erhalten, aber sie achtete nicht auf ihn. Sie ging
weiter und weiter von mir hinweg, während die
abgestorbenen Blätter auf ihrem Pfade herumwirbel-
ten — ging weiter, bis meine schmerzenden Augen sie
nicht mehr sehen konnten, und ich wieder mit meinem schweren Herzen allein blieb.

Noch eine Stunde, und ich war mit meiner Arbeit fertig, und die Sonne am Untergehen. Ich holte Hut und Oberrock im Vorsaale und schlüpfte aus dem Hause, ohne Jemand zu begegnen.

Die Wolken jagten am westlichen Himmel dahin und der Wind blies frostig von der See her. So fern die Küste war, so drang dennoch der Laut des Wellenschlages über das zwischenliegende Moorland herüber und traf düster in mein Ohr, als ich den Kirchhof betrat. Kein lebendes Wesen war zu sehen. Der Ort sah öder aus als je, wie ich meine Stellung nahm und wartete und umschaute, die Augen auf das weiße, sich über Mrs. Fairlie's Grab erhebende Kreuz gerichtet.

XIII.

Die ausgesetzte Lage des Kirchhofs hatte mich genöthigt, in der Wahl des Postens, welchen ich einnehmen wollte, vorsichtig zu sein.

Der Haupteingang zu der Kirche lag auf der Seite nächst dem Begräbnißplatz, und die Thüre war durch ein kleines, zu beiden Seiten ausgemauertes Portal geschützt. Nach einigem Zögern, welches mir die natürliche Abneigung, mich zu verbergen, verursachte, so nothwendig dieß auch für den beabsichtigten Zweck war, hatte ich den Entschluß gefaßt, unter das Portal zu treten. Ein Guckloch war rechts und links durch die Mauer desselben gebrochen. Durch die eine dieser Fensteröffnungen konnte ich Mrs. Fairlie's Grab sehen; die andere ging nach dem

Steinbruch, wo des Todtengräbers Hütte stand. Vor mir, dem Portal gegenüber, lag ein Stück noch kahlen Begräbnißplatzes, eine Linie von einer niedrigen Steinmauer und ein Streifen eines öden braunen Hügels, mit den Wolken vor der Sonne im Westen, die schwer vor dem starken, stetigen Wind darüber hinsegelten. Kein lebendes Wesen war zu sehen oder zu hören — kein Vogel flog an mir vorüber, kein Hund bellte aus der Hütte des Todtengräbers. Die Pausen in dem dumpfen Anschlage der Brandung wurden durch das traurige Rauschen der Zwergbäume am Grabe und durch das kalte Geriesel des Baches in seinem steinigen Bette ausgefüllt. Eine düstere Scene und eine düstere Stunde. Mir entfiel fast der Muth, während ich die Minuten des Abends in meinem Versteck unter dem Portal der Kirche zählte.

Es war noch nicht die Dämmerung eingetreten — das Licht der untergehenden Sonne weilte noch ein wenig am Himmel, und wenig mehr als eine halbe Stunde meiner einsamen Wache war verflossen — als ich Fußtritte und eine Stimme hörte. Die Tritte kamen von der andern Seite der Kirche her, und die Stimme gehörte einer Frau an.

„Sei ohne Bangen, mein Kind, wegen des Briefs," sagte die Stimme. „Ich gab ihn ganz wohlbehalten dem Burschen, und der Bursche nahm mir ihn ab, ohne ein Wort zu reden! Er ging seinen Weg und ich ging den meinigen — und nicht eine lebendige Seele folgte mir von da — dafür kann ich Dir bürgen."

Diese Worte steigerten meine Erwartung bis zu

einem für mich fast schmerzhaften Grabe. Es trat eine augenblickliche Stille ein, aber die Schritte kamen immer näher. In der nächsten Minute gingen zwei Personen, beide Frauen, in der Gesichtsweite von meinem Portalfenster vorüber. Sie schritten gerade auf das Grab zu und wandten mir darum den Rücken.

Eine der Frauen war mit Hut und Umschlagtuch bekleidet. Die andere trug einen langen Reisemantel von dunkelblauer Farbe, die Kapuze über den Kopf gezogen. Einige Zoll ihres Gewandes waren unter dem Mantel sichtbar. Mein Herz schlug heftig, als ich die Farbe bemerkte — sie war weiß.

Nachdem sie halbwegs zwischen der Kirche und dem Grabe angelangt waren, machten sie Halt; und die Frau in dem Mantel wandte sich gegen ihre Begleiterin, aber ihr Profil, das mir ein Hut wohl zu sehen gestattet hätte, war mir durch den schweren, vorspringenden Rand der Kapuze verborgen.

„Behalte ja den bequemen warmen Mantel an," sprach dieselbe Stimme, welche ich bereits gehört hatte — die Stimme der Frau in dem Shawl. „Mrs. Todd hat ganz Recht, wenn sie meinte, Du habest gestern in dem ganz weißen Anzug allzu auffallend ausgesehen. Ich will ein wenig auf- und abgehen, während Du hier bleibst. Kirchhöfe sind durchaus nicht meine Liebhaberei, wie Du auch von denselben denken magst. Sorge, daß Du mit Deiner Arbeit fertig wirst, bis ich zurückkehre, damit wir vor Nacht wieder wohlbehalten nach Hause kommen."

Mit diesen Worten wandte sie sich um, ging

auf demfelben Wege zurück und ihr Geficht war alfo
gegen mich gerichtet. Es war das Geficht einer
ältlichen Frau, braun, runzelig und gefund, ohne
etwas Unehrbares oder Verdächtiges in deffen Aus=
druck. Hart an der Kirche machte fie Halt, um fich
noch dichter in ihren Shawl zu hüllen.

„Wunderlich," fagte fie bei fich felbft, „immer
wunderlich mit all ihren Launen und Grillen, fo
lang ich mir fie denken kann. Aber doch harmlos
— fo harmlos, die arme Seele, wie ein kleines
Kind."

Sie feufzte, fchaute in lebhafter Aufregung über
den Todtenacker hin, fchüttelte den Kopf, als ob der
traurige Anblick ihr gar nicht gefiele, und verfchwand
hinter der Ecke der Kirche.

Ich war einen Augenblick unfchlüffig, ob ich ihr
folgen und fie anreden follte, oder nicht. Mein leb=
haftes Verlangen, mich Auge in Auge ihrer Beglei=
terin gegenüber zu fehen, wurde mir zum Sporn,
mich für das Gegentheil zu entfcheiden. Der Frau
in dem Shawl konnte ich mich leicht verfichern, wenn
ich bei dem Kirchhofe auf ihre Rückkehr wartete —
wiewohl es mir mehr als zweifelhaft fchien, ob fie mir
die gefuchte Aufklärung geben könnte. Die Perfon,
welche den Brief überliefert hatte, war von geringer
Bedeutung. Die Perfon, welche ihn gefchrieben
hatte, vereinigte alles Intereffe in fich, und von ihr
allein war Kunde einzuziehen, und diefe Perfon be=
fand fich, deffen war ich überzeugt, vor mir auf dem
Kirchhofe.

Während diefe Gedanken mir durch den Kopf
gingen, fah ich die Frau in dem Mantel nahe an

das Grab hintreten und daſſelbe eine kleine Weile betrachten. Sie ſchaute dann rings um ſich, nahm ein weißes Stück Leinenzeug oder Taſchentuch unter ihrem Mantel hervor und wandte ſich dem Bache zu. Der kleine Strom kam unter einer winzigen Wölbung in der Tiefe der Mauer auf den Kirchhof herein und floß nach einem gewundenen Laufe von einigen Dußend Ellen unter einer gleichen Oeffnung wieder ab. Sie tauchte das Tuch ins Waſſer und kehrte zu dem Grabe zurück. Ich ſah ſie das weiße Kreuz küſſen, dann vor der Inſchrift niederknieen und ihr naſſes Tuch zur Reinigung derſelben in Be= wegung ſetzen.

Nach einigem Bedenken, wie ich mich ihr zeigen könnte, ohne ſie, ſo weit es ſich irgend vermeiden ließ, zu erſchrecken, beſchloß ich, über die Mauer vor mir zu ſteigen, längs derſelben außen herum zu gehen und in den Kirchhof wieder über den Trittſtein zu= nächſt dem Grabe einzubiegen, damit ſie mich bei der Annäherung ſehen konnte. Sie war ſo ſehr in ihre Beſchäftigung vertieft, daß ſie mich erſt kommen hörte, als ich über den Trittſtein ſtieg. Jeßt ſchaute ſie auf, ſprang mit einem ſchwachen Schrei auf die Füße und ſchaute mir in ſtummem, bewegungsloſem Schrecken in's Geſicht.

„Erſchrecken Sie nicht," ſagte ich. „Sie erinnern ſich meiner gewiß noch."

Ich hielt an, während ich ſprach — trat lang= ſam einige Schritte vorwärts — hielt wieder an — und trat ſo allmälig immer näher, bis ich hart vor ihr ſtand. Wäre in meinem Geiſte noch ein Zwei= fel geweſen, ſo hätte er jeßt verſchwinden müſſen.

Erschrocken mit sich selbst sprechend — erschien mir
gegenüber hier über Mrs. Fairlie's Grabe dasselbe
Gesicht, welches zuerst auf der Landstraße bei Nacht
in das meinige geschaut hatte.

„Sie erinnern sich meiner?" sagte ich. „Wir
begegneten einander sehr spät, und ich half Ihnen
den Weg nach London zu finden. Das haben Sie
gewiß nicht vergessen?"

Ihre Miene wurde ruhiger, und ein schwerer
Seufzer schien ihr die Brust zu erleichtern. Ich sah,
wie das Wiedererkennen und mit ihm neues Leben
langsam unter der todtengleichen Kälte, welche von
der Furcht über ihr Antlitz gelegt worden war, wie=
der aufdämmerte.

„Versuchen Sie nicht, mit mir zu sprechen, jetzt
nicht," fuhr ich fort. „Nehmen Sie sich Zeit zur
Erholung — nehmen Sie sich Zeit zu der Ueber=
zeugung, daß ich ein Freund bin."

„Sie sind sehr freundlich gegen mich," flüsterte
sie. „So freundlich jetzt, wie damals."

Sie hielt ein, und ich schwieg meinerseits gleich=
falls. Es war mir nicht allein darum zu thun, ihr
Zeit zur Fassung zu lassen, ich gewann damit auch
Zeit für mich selbst. In dem schwachen, düstern
Abendlicht waren die Frau und ich einander wieder
begegnet; ein Grab zwischen uns der Tod um uns,
die einsamen Hügel rings herum uns umschließend.
Die Zeit, der Ort, die Umstände, unter denen wir
jetzt in der Abendstille dieses düstern Thälchens
einander Auge in Auge gegenüber standen; das
lebenslange Interesse, das sich an die nächsten zu=
fälligen Worte, die zwischen uns hin= und herliefen,

fnüpfen mochte; die Ueberzeugung, daß, so viel ich
meinerseits wußte, die ganze Zukunft Laura Fairlie's
im Guten oder Schlimmen durch die Möglichkeit
bestimmt würde, das Vertrauen des verlassenen Geschöpfes, welches jetzt zitternd am Grabe von deren
Mutter stand, zu gewinnen oder zu verlieren — dieß
Alles drohte die Festigkeit und Selbstbeherrschung
zu erschüttern, von welcher jeder Zoll des Fortschrit-
tes, den ich machen konnte, nunmehr abhing. Von
diesem Gefühl geleitet, strengte ich mich an, alle
meine Hülfsmittel beisammen zu behalten; ich that
mein Aeußerstes, die wenigen mir zur Ueberlegung
bleibenden Augenblicke aufs Beste zu verwerthen.

„Sind Sie jetzt ruhiger?" sagte ich, sobald es
mir an der Zeit schien, wieder zu sprechen. „Können
Sie mit mir sprechen, ohne Angst zu empfinden,
ohne zu vergessen, daß ich ein Freund bin?"

„Wie kamen Sie hieher?" fragte sie, ohne von
dem, was ich eben gesagt hatte, Notiz zu nehmen.

„Erinnern Sie sich nicht mehr, daß ich Ihnen,
als wir uns unlängst begegneten, sagte, daß ich nach
Cumberland gehe? Ich war seitdem in Cumberland; ich weilte seitdem immer in Limmeridgehouse."

„In Limmeridgehouse!" Ihr bleiches Angesicht
erhellte sich, als sie die Worte wiederholte; ihre
irren Augen hefteten sich mit plötzlichem Interesse
auf mich. „Ach, wie glücklich müssen Sie gewesen
sein!" sagte sie, mich lebhaft anblickend, ohne daß
ein Schatten des früheren Mißtrauens in ihrer
Miene zurückblieb.

Ich benützte das neu erwachende Vertrauen zu
mir, um ihr Antlitz zu betrachten, mit einer Auf-

merkſamkeit und Neugierde, die ich bisher aus Vor=
ſicht zurückgehalten hatte. Ich ſchaute ſie an, das
Herz erfüllt von jenem andern lieblichen Antlitz,
welches mir ſie auf der Terraſſe beim Mondſchein
ſo ominöſer Weiſe in's Gedächtniß zurückgerufen
hatte. Ich hatte Anna Catherick's Bildniß in Miß
Fairlie geſehen. Ich ſah jetzt Miß Fairlie's Bild=
niß in Anna Catherick — ſah es um ſo deutlicher,
weil die Ungleichheits= wie die Gleichheitspunkte zwi=
ſchen beiden ſich mir völlig darſtellten. In den all=
gemeinen Umriſſen des Geſichtes und in den allge=
meinen Verhältniſſen der Züge, in der Farbe des
Haars und in der kleinen nervöſen Unſtetigkeit um
die Lippen; in der Höhe und Größe der Geſtalt, in
der Haltung des Kopfes und Körpers erſchien die
Aehnlichkeit ſelbſt noch auffallender, als ich ſie bis=
her gefühlt hatte. Aber hier endete die Aehnlichkeit
und die Unähnlichkeit im Detail begann. Die feine
Schönheit von Miß Fairlie's Teint, die durchſichtige
Klarheit ihrer Augen, die weiche Reinheit ihrer Haut,
die zarte Farbenblüthe auf ihren Lippen, waren in
dem abgemagerten matten Angeſichte, das ſich mir
jetzt zukehrte, nicht zu entdecken. Wiewohl ich mir
ſelbſt böſe wurde, weil ich ſo Etwas nur denken
konnte, drängte ſich doch, während ich die Frau vor
mir anſchaute, meinem Geiſte die Vorſtellung auf,
daß es an einer traurigen Veränderung in der Zu=
kunft ganz und gar genüge, um die Aehnlichkeit, die
im Detail, wie ich jetzt ſah, ſo unvollkommen war,
vollſtändig zu machen. Wenn jemals Sorge und
Leid ihr profanirendes Malzeichen auf das jugend=
lich ſchöne Angeſicht Miß Fairlie's ſetzten, dann und

dann allein mußten Anna Catherick und sie die sich zufällig gleichenden Zwillingsschwestern, die lebendigen Gegenbilder von einander sein.

Ich schauderte bei dem Gedanken. Es lag etwas Schreckliches in dem blinden unvernünftigen Mißtrauen in die Zukunft, welches der bloße Durchgang desselben durch meinen Geist in sich zu schließen schien. Es war eine willkommene Unterbrechung, welche sich durch das Gefühl mir kund that, daß Anna Catherick's Hand auf meiner Schulter lag. Die Berührung kam eben so leise und plötzlich, wie jene, die mich in der Nacht, da wir einander zuerst begegneten, vom Kopf bis zu den Füßen durchschauert hatte.

„Sie sehen mich an; und Sie denken an Etwas," sagte sie mit der seltsamen, athemlosen Hast ihrer Ausdrucksweise. „Was ist es?"

„Nichts Außerordentliches," antwortete ich. „Ich wunderte mich nur, wie Sie hieher kamen."

„Ich kam mit einer Freundin, die mir sehr gut ist. Ich bin erst seit zwei Tagen hier."

„Und Sie fanden gestern Ihren Weg an diesen Ort?"

„Woher wissen Sie das?"

„Ich vermuthete es nur."

Sie wandte sich von mir ab und kniete noch einmal vor der Inschrift nieder.

„Wohin sollte ich gehen, wenn nicht hieher?" sagte sie. „Die Freundin, die besser als eine Mutter an mir that, ist die einzige Freundin, die ich in Limmeridge zu besuchen hatte. O, es thut mir im Herzen weh, einen Stein auf ihrem Grabe zu sehen!

Es sollte um ihretwillen weiß wie Schnee gehalten werden. Ich fühlte mich versucht, mit der Reinigung desselben gestern Abend den Anfang zu machen; und ich konnte es mir nicht versagen, heute zurückzukehren und damit fortzufahren. Ist daran etwas Unrechtes? Ich hoffe nicht. Es kann gewiß nichts Unrechtes sein, was ich Mrs. Fairlie zulieb thue."

Das alte dankbare Gefühl von der Freundlichkeit ihrer Wohlthäterin war augenscheinlich noch immer die leitende Idee im Geiste des armen Geschöpfes — dem beschränkten Geiste, welcher sich nur zu deutlich seit jenem ersten Eindruck ihrer jüngeren und glücklicheren Tage keinem andern dauernden Impulse geöffnet hatte. Ich erkannte, daß die beste Aussicht, ihr Vertrauen zu gewinnen, für mich darin lag, wenn ich sie ermunterte, in der einfachen Arbeit, die sie auf den Begräbnißplatz geführt hatte, fortzufahren. Auf meine Aufforderung hiezu nahm sie dieselbe sogleich wieder auf, indem sie den harten Marmor so zart berührte, als wäre er ein fühlendes Ding gewesen, und die Worte der Inschrift immer und immer sich zuflüsterte, als ob die vergangenen Tage ihrer Kindheit zurückgekehrt wären und sie geduldig noch einmal ihre Lection zu Mrs. Fairlie's Knieen lernte.

„Würden Sie sich darüber sehr verwundern," sagte ich, so vorsichtig als möglich mir den Weg zu den Fragen bahnend, die folgen mußten, „wenn ich Ihnen gestehe, daß es für mich eben so beruhigend, als Staunen erregend ist, Sie hier zu sehen. Ich war sehr in Sorgen Ihretwegen, nachdem Sie mich in der Droschke verlassen hatten."

Sie schaute schnell und argwöhnisch auf.

„In Sorgen?" wiederholte sie. „Warum?"

„Es begegnete mir in jener Nacht ein sonder=
barer Vorfall, als wir uns getrennt hatten. Zwei
Männer holten mich in einer Chaise ein. Sie sahen
nicht, wo ich stand; aber sie hielten in meiner Nähe
und sprachen mit einem Polizeidiener auf der andern
Seite der Straße."

Sie hielt augenblicklich in ihrer Beschäftigung
ein. Die Hand, welche das feuchte Tuch hielt, wo=
mit sie die Inschrift gereinigt hatte, sank an ihrer
Seite nieder. Die andere Hand griff nach dem
Marmorkreuze zu Häupten des Grabes. Ihr An=
gesicht wandte sich langsam mir zu, mit dem vollen
Blick des Schreckens, der noch einmal starr sich auf
dasselbe legte. Ich fuhr ganz auf's Gerathewohl
fort; es war jetzt zu spät wieder einzulenken.

„Die zwei Männer sprachen mit dem Polizei=
diener," sagte ich, „und fragten ihn, ob er Sie ge=
sehen hätte. Das war nicht der Fall gewesen, und
dann nahm einer von den Männern wieder das
Wort und sagte, Sie wären aus seiner Irrenanstalt
entflohen."

Sie sprang auf, als ob meine letzten Worte die
Verfolger auf ihre Spur geleitet hätten.

„Halten Sie und hören Sie das Ende!" rief
ich. „Halten Sie und Sie sollen erfahren, wie
sehr ich Ihr Freund war. Ein Wort von mir
hätte denselben gezeigt, welchen Weg Sie gegangen
waren — und ich sprach dieses Wort nicht aus.
Ich unterstützte Ihre Flucht — ich machte sie sicher
und gewiß. Denken Sie daran. Versuchen Sie

es. Versuchen Sie, sich deutlich zu machen, was ich Ihnen sage."

Mein Benehmen schien mehr als meine Worte auf sie zu wirken. Sie strengte sich an, die neue Idee zu fassen. Ihre Hände schoben das nasse Tuch hin und her, gerade wie sie es mit der kleinen Reisetasche in der Nacht, da ich sie zum ersten Male sah, gemacht hatten. Langsam schien der Inhalt meiner Worte sich durch die Verwirrung und Aufregung ihres Geistes Bahn zu brechen. Langsam besänftigten sich ihre Züge, und ihre Augen sahen mich mit einem Ausdruck an, der an Neugierde gewann, was er schnell an Besorgniß verlor.

„Sie denken doch nicht, ich solle wieder in die Irrenanstalt zurück, nicht wahr?" sagte sie.

„Gewiß nicht; ich bin froh, daß Sie daraus entkommen sind; ich bin froh, daß ich Ihnen dazu behülflich war."

„Ja, ja, Sie halfen mir in der That über die härteste Aufgabe hinweg," fuhr sie etwas zerstreut fort. „Das Entfliehen machte sich leicht, sonst wäre es mir nicht gelungen. Man hütete mich niemals argwöhnisch, wie es mit den Andern geschah. Ich war so ruhig, und so gehorsam, und so leicht einzuschüchtern. London aufzufinden, war das schwerste Stück Arbeit; und dabei halfen Sie mir. Habe ich Ihnen damals gedankt? Ich danke Ihnen jetzt sehr freundlich."

„War die Irrenanstalt weit von der Stelle entfernt, wo Sie mich trafen? Nun, beweisen Sie, daß Sie mich für Ihren Freund halten, und sagen Sie mir, wo es war!"

Sie nannte den Ort — eine Privatirrenanstalt, wie ich aus deren Lage erkannte; eine Privatirren= anstalt, nicht sehr entfernt von der Stelle, wo ich sie gesehen hatte — und dann wiederholte sie mit augenscheinlichem Argwohn in Bezug auf den Ge= brauch, den ich etwa von ihrer Antwort machen könnte, ihre vorhergehende Frage: „Sie denken doch nicht, ich solle wieder zurückgebracht werden, nicht wahr?"

„Noch einmal, es freut mich, daß Sie entkommen sind; es freut mich, daß es Ihnen so gut gelungen ist, nachdem Sie mich verlassen hatten," antwortete ich. „Sie sagten, Sie haben einen Freund in Lon= don, zu dem Sie gehen wollten. Fanden Sie den Freund?"

„Ja. Es war sehr spät; aber ein Mädchen war noch im Hause auf und mit Nähen beschäftigt, und sie half mir, Mrs. Clements zu wecken. Mrs. Cle= ments ist meine Freundin. Eine gute, liebe Frau, aber nicht wie Mrs. Fairlie. Ach nein, Niemand ist wie Mrs. Fairlie."

„Ist Mrs. Clements eine alte Freundin von Ihnen? Kennen Sie dieselbe schon seit langer Zeit?"

„Ja; sie war einst eine Nachbarin von uns, daheim, in Hampshire, und liebte mich und nahm sich meiner an, da ich ein kleines Mädchen war. Vor Jahren, als sie von uns wegzog, schrieb sie mir in mein Gebetbuch, wo sie in London, wohin sie ging, wohnen würde, und sagte: ‚wenn Du je= mals in Noth bist, Anna, so komm zu mir. Ich habe keinen Gatten, der Einsprache thun kann, und

keine Kinder, die darauf sehen können; und ich will
Sorge für Dich tragen.' Freundliche Worte, nicht
wahr? Ich glaube, sie sind mir noch im Gedächtniß, weil sie freundlich waren. Es ist wenig genug,
dessen ich mich sonst noch erinnere — wenig genug,
wenig genug!"

„Hatten Sie nicht Vater oder Mutter, die sich
Ihrer annahmen?"

„Vater? Ich habe ihn niemals gesehen; ich
habe die Mutter niemals von ihm sprechen hören.
Vater? Ach mein Himmel! Er ist wohl todt."

„Und Ihre Mutter?"

„Ich komme nicht gut mit ihr aus. Wir sind
einander eine Plage und Angst."

„Einander eine Plage und Angst!" Bei diesen
Worten stieg zum ersten Mal der Verdacht in meinem Geiste auf, ihre Mutter möchte die Person
sein, von welcher sie in Verwahrung gesetzt worden war.

„Fragen Sie mich nicht nach meiner Mutter,"
fuhr sie fort. „Ich möchte lieber von Mrs. Clements reden. Mrs. Clements ist wie Sie; dieselbe
denkt nicht, ich solle in die Irrenanstalt zurück, und
es freut sie gleich Ihnen, daß ich aus derselben
entkommen bin. Sie weinte über mein Mißgeschick
und sagte, ich müsse vor Jedermann verborgen gehalten werden."

Ihr „Mißgeschick". In welchem Sinn gebrauchte
sie dieses Wort? In einem Sinn, welcher den Beweggrund zum Schreiben des anonymen Briefes erklären konnte? In einem Sinn, welcher auf einen
nur allzu gemeinen und alltäglichen Beweggrund

hinwies, der manche Frau verleitet hatte, anonyme Hindernisse der Heirath des Mannes, durch welchen sie in's Verderben gestürzt worden war, in den Weg zu legen? Ich wollte versuchen, diesen Zweifel aufzuklären, ehe viele Worte zwischen uns gewechselt wurden.

„Was für ein Mißgeschick?" fragte ich.

„Das Mißgeschick meiner Einsperrung," antwortete sie mit allem Anschein der Ueberraschung in Folge meiner Frage. „Welches andere Mißgeschick könnte es sein?"

Ich beschloß, so zart und schonend als möglich weiter zu gehen. Es war für mich von sehr großer Wichtigkeit, jedes Schrittes in der Nachforschung, die ich jetzt verfolgte, sicher zu sein.

„Es gibt noch ein anderes Mißgeschick," sagte ich, „welches einer Frau begegnen und lebenslange Sorge und Scham über sie bringen kann."

„Was ist das?" fragte sie lebhaft.

„Das Mißgeschick, allzu unschuldig an ihre eigene Tugend und an die Treue und Ehre des Mannes, den sie liebt, zu glauben," antwortete ich.

Sie sah mich mit der ungekünstelten Verwirrung eines Kindes an. Nicht die geringste Bestürzung oder Aenderung der Farbe; nicht die schwächste Spur eines geheimen, nach der Oberfläche strebenden Schamgefühls erschien auf ihrem Angesicht — diesem Angesicht, welches jede Bewegung mit fast durchsichtiger Klarheit verrieth. Welche Worte auch gesprochen worden wären, nie hätten sie mich so sehr überzeugt, wie jetzt durch Blick und Benehmen von ihr geschah, daß der Beweggrund, den ich ihr

in Bezug auf Abfassung und Uebersendung des
Briefes an Miß Fairlie untergeschoben hatte, durch=
aus und entschieden unrichtiger Natur war. Dieser
Zweifel war nun jedenfalls abgethan; aber gerade
die Beseitigung desselben wurde zu einer neuen
Quelle der Ungewißheit. Der Brief deutete, wie
mir auf's Bestimmteste angegeben worden war, auf
Sir Percival Glyde hin, obwohl er dessen Namen
nicht enthielt. Sie mußte demnach einen sehr star=
ken, aus tiefem Gefühl des Unrechts entspringenden
Antrieb gehabt haben, denselben insgeheim in Aus=
brücken, wie sie gebraucht hatte, bei Miß Fairlie zu
benunciren — und dieser Antrieb war unbedingt
nicht in dem Verlust ihrer Unschuld und ihres guten
Namens zu suchen. Welches Unrecht er ihr auch
angethan haben mochte, es war nicht von dieser
Art. Was konnte es sein?

„Ich verstehe Sie nicht," sagte sie, nachdem sie
sich offenbar ernstlich besonnen hatte, indem sie ver=
geblich versuchte, den Sinn der letzten an sie gerich=
teten Worte zu entdecken.

„Thut Nichts," antwortete ich. „Lassen Sie mich
von unserem Gegenstand weiter reden. Erzählen
Sie mir, wie lang Sie sich bei Mrs. Clements in
London aufgehalten haben, und wie Sie hieher
kamen."

„Wie lang?" wiederholte sie. „Ich hielt mich
bei Mrs. Clements auf, bis wir vor zwei Tagen
hieher kamen."

„Sie wohnen also im Dorfe?" fuhr ich fort.
„Sonderbar, daß ich nicht von Ihnen gehört habe,
wenn Sie auch erst zwei Tage hier sind."

„Nein, nein, nicht im Dorfe. Drei Meilen von
hier, auf einer Farm. Kennen Sie die Farm? Sie
heißt Todd's Corner."

Ich erinnerte mich vollkommen des Orts; wir
waren auf unseren Spazierfahrten öfters daran vor=
über gekommen. Es war einer der ältesten Meier=
höfe, landeinwärts auf einem einsamen, geschützten
Punkte beim Zusammenstoß zweier Hügel gelegen.

„Es sind Verwandte von Mrs. Clements zu
Todd's Corner," fuhr sie fort, „und dieselben hatten
sie öfters zu einem Besuche eingeladen. Sie ent=
schloß sich also, dorthin zu gehen und mich mitzuneh=
men, um der milden, frischen Luft willen. Es war
sehr freundlich, nicht wahr? Ich wäre überall hin
gegangen, um nur Ruhe und Sicherheit zu haben
und aus dem Weg zu kommen. Aber als ich hörte,
daß Todd's Corner in der Nähe von Limmeridge
lag — o! ich war so glücklich, ich hätte den ganzen
Weg hieher barfuß gemacht, nur um die Schule
und das Dorf und Limmeridgehouse wieder zu sehen.
Die Leute sind sehr gut zu Todd's Corner. Ich
hoffe hier lange Zeit zu bleiben. Nur Eines gefällt
mir nicht an ihnen, und gefällt mir nicht an Mrs.
Clements."

„Was ist es?"

„Sie plagen mich damit, daß ich mich ganz weiß
kleide — es sehe so sonderbar aus. Was wissen
sie? Mrs. Fairlie wußte es am besten. Mrs.
Fairlie hätte mir niemals zugemuthet, diesen häß=
lichen blauen Mantel zu tragen. Ach! sie liebte zu
ihren Lebzeiten das Weiße so sehr; und hier ist ein
weißer Stein auf ihrem Grabe — und ich mache

ihn ihr zu lieb weißer. Sie trug oft selbst Weiß;
und sie kleidete ihre kleine Tochter immer in Weiß.
Ist Miß Fairlie wohl und glücklich? Trägt sie noch
Weiß, wie sie als Mädchen es that?"

Ihre Stimme sank, als sie diese Fragen in Bezug auf Miß Fairlie stellte, und sie wandte den
Kopf immer weiter von mir ab. Ich glaubte in
dem Wechsel ihres Benehmens das unruhige Bewußtsein des Wagnisses, dem sie sich mit Absendung
des anonymen Briefes ausgesetzt hatte, zu entdecken;
und ich beschloß sogleich, meine Antwort so einzu-
richten, daß ich sie durch Ueberraschung zur Aner-
kenntniß desselben hindrängte.

„Miß Fairlie ist seit heute Morgen nicht sehr
wohl und glücklich," sagte ich.

Sie murmelte einige Worte, aber sie wurden in
solcher Verwirrung, in so leisem Tone gesprochen,
daß ich nicht einmal errathen konnte, was sie zu
bedeuten hatten.

„Sie fragten mich," fuhr ich fort; „warum Miß
Fairlie seit heute morgen sich nicht wohl befinde?"

„Nein," erwiederte sie rasch und eifrig — „o
nein, ich fragte nicht."

„So will ich es Ihnen sagen, ohne Ihre Frage,"
fuhr ich fort. „Miß Fairlie hat Ihren Brief erhalten."

Sie hatte schon einige Minuten eine knieende
Stellung eingenommen, indem sie sorgfältig die letzten, auf der Inschrift befindlichen Wetterflecken, während wir mit einander sprachen, zu beseitigen suchte.
Der erste Satz der an sie gerichteten Worte bewog
sie, in ihrer Beschäftigung eine Pause zu machen

und sich, ohne daß sie von den Knieen aufstand, zu
mir umzuwenden und mir in's Gesicht zu sehen.
Der zweite Satz versteinerte sie fast buchstäblich.
Das Tuch, das sie hielt, fiel ihr aus der Hand;
ihre Lippen öffneten sich, und das Bischen Farbe,
das noch von Natur auf ihrem Angesicht geblieben
war, trat augenblicklich zurück.

„Was wissen Sie davon?" sagte sie schwach.
„Wer zeigte Ihnen denselben?" Das Blut kehrte
in ihr Gesicht zurück — mit so überwältigender
Schnelligkeit, als sich ihrem Geist der Gedanke auf=
brängte, daß sie sich selbst verrathen hatte. Sie
rang die Hände in Verzweiflung. „Ich habe ihn
nicht geschrieben," stöhnte sie voll Angst; „ich weiß
Nichts davon."

„Ja," sagte ich, „Sie haben ihn geschrieben und
Sie wissen davon. Es war Unrecht, einen solchen
Brief zu schicken; es war Unrecht, Miß Fairlie zu
erschrecken. Wenn Sie ihr Etwas zu sagen hatten,
das zu erfahren derselben gut und nöthig war, so
hätten Sie selbst nach Limmeridgehouse gehen, hät=
ten persönlich mit der jungen Dame sprechen sollen."

Sie bückte sich zu dem flachen Grabstein nieder,
bis ihr Gesicht auf demselben verborgen war, und
gab keine Antwort.

„Miß Fairlie wird so gut und freundlich gegen
Sie sein, als deren Mutter war, wenn Sie es gut
meinen," fuhr ich fort. „Miß Fairlie wird Ihr
Geheimniß bewahren und Ihnen kein Leid geschehen
lassen. Wollen Sie dieselbe morgen auf der Farm
sehen? Wollen Sie dieselbe in dem Garten zu Lim=
meridgehouse treffen?"

„O, könnte ich sterben, mich verbergen und bei
Dir ruhen!" Ihre Lippen flüsterten diese Worte
hart an dem Grabstein, flüsterten sie in Tönen lei=
denschaftlicher Zärtlichkeit zu den todten Ueberresten
darunter. „Du weißt, wie ich Dein Kind liebe,
um Deinetwillen! O, Mrs. Fairlie! Mrs. Fairlie!
sage mir, wie ich sie retten kann! Sei recht lieb
und meine Mutter noch einmal und sage mir, was
zu ihrem Besten zu thun ist!"

Ich hörte ihre Lippen den Stein küssen; ich sah
ihre Hände denselben leidenschaftlich fassen. Der
Ton und der Seufzer rührten mich tief. Ich beugte
mich nieder und nahm die armen hülflosen Hände
zärtlich in die meinigen und versuchte, sie zu beruhigen.

Es war vergeblich. Sie entzog mir ihre Hände
und hob das Gesicht von dem Stein auf. Da ich
die dringende Nothwendigkeit einsah, sie auf alle
Fälle und irgendwie zu beruhigen, so griff ich zu
dem einzigen Mittel, das auf sie zu wirken schien;
ich suchte sie bei dem ängstlichen Verlangen zu fassen,
das sie offenbar in Bezug auf mich und meine
Meinung von ihr empfand — bei dem ängstlichen
Verlangen, mich zu überzeugen, daß sie Herrin ihres
eigenen Thuns sei.

„Nun, nun," sprach ich sanft, „wollen Sie sich
beruhigen, sonst nöthigen Sie mich, meine Meinung
von Ihnen zu ändern. Lassen Sie mich nicht denken,
die Person, welche Sie in die Irrenanstalt brachte,
habe einigen Grund dazu gehabt —"

Die nächsten Worte erstarben auf meinen Lippen.
Im Augenblicke, da ich die zufällige Anspielung auf
die Person machte, welche sie in die Irrenanstalt

gebracht hatte, sprang sie von den Knieen auf. Eine
außerordentliche höchst auffallende Veränderung war
mit ihr vorgegangen. Ihr Gesicht, sonst so rührend
zum Ansehen, in seiner nervösen Erregbarkeit, Kränk=
lichkeit und Unstetigkeit, wurde plötzlich durch einen
Ausdruck wahnsinnig heftigen Hasses und Schreckens,
welcher jedem Zuge eine wilde, unnatürliche Stärke
mittheilte, verdunkelt. Ihre Augen erweiterten sich
in dem düstern Abendlicht gleich denen eines wilden
Thieres. Sie raffte das Tuch auf, das ihr entfallen
war, als ob es ein lebendiges Geschöpf gewesen,
das sie tödten könnte, und preßte es in beiden Hän=
den mit so convulsivischer Stärke zusammen, daß die
wenigen, noch darin gebliebenen Tropfen Feuchtigkeit
auf den Stein neben ihr herabträufelten.

„Reden Sie von etwas Anderem,“ sagte sie,
durch die Zähne murmelnd. „Ich komme um den
Verstand, wenn Sie davon reden.“

Jede Spur der sanftern Empfindungen, welche
ihre Seele kaum eine Minute zuvor erfüllt hatten,
schien jetzt daraus vertilgt zu sein. Es war augen=
scheinlich, daß der von Mrs. Fairlie's Güte hinter=
lassene Eindruck nicht, wie ich vermuthete, der einzige
war, der sich ihrem Gedächtniß fest eingeprägt hatte.
Neben dem dankbaren Andenken an ihre Schultage
zu Limmeridge existirte noch die rachsüchtige Erinne=
rung an das Unrecht, das ihr durch die Einsperrung
in der Irrenanstalt angethan worden war. Wer
hatte dieses Unrecht verübt? Konnte es wirklich
ihre Mutter sein?

Es war hart, die weitern Nachforschungen bis
zu diesem schließlichen Punkte hiemit aufzugeben;

aber ich zwang mich selbst, jedem Gedanken an die Fortsetzung derselben zu entsagen. So wie ich sie jetzt sah, wäre es grausam von mir gewesen, an etwas Anderes zu denken, als an die Nothwendigkeit und das Gebot der Menschlichkeit, sie wieder zur Ruhe zu bringen.

„Ich will von Nichts reden, was Sie betrüben könnte," sagte ich besänftigend.

„Sie wollen Etwas," antwortete sie scharf und argwöhnisch. „Sehen Sie mich nicht so an. Sprechen Sie mit mir; sagen Sie mir, was Sie wollen."

„Ich will nur, daß Sie sich fassen und, wenn Sie ruhiger sind, über das nachdenken, was ich Ihnen gesagt habe."

„Gesagt?" Sie hielt ein, drehte das Tuch in ihren Händen hin und her und murmelte für sich: „was hat er gesagt?" Dann wandte sie sich wieder zu mir und schüttelte ungeduldig mit dem Kopf. „Warum helfen Sie mir nicht darauf?" fragte sie mit zorniger Hast.

„Ja, ja," sagte ich, „ich will Ihnen darauf helfen, und Sie werden sich bald wieder besinnen. Ich fragte, ob Sie nicht Miß Fairlie morgen sehen und ihr die Wahrheit über den Brief sagen wollen."

„Ah! Miß Fairlie — Fairlie — Fairlie —"

Das bloße Aussprechen des geliebten, vertrauten Namens schien sie zu beruhigen. Ihr Gesicht nahm einen milbern Ausdruck an und wurde wieder es selbst.

„Sie brauchen sich vor Miß Fairlie nicht zu fürchten," fuhr ich fort; „so wenig, als daß Sie durch den Brief in irgend eine Verlegenheit gerathen.

Sie weiß bereits so viel barüber, baß Sie keine
Schwierigkeit haben werden, ihr Alles zu erzählen.
Es braucht auch wenig verborgen zu werden, wo kaum
Etwas von Geheimniß übrig bleibt. Sie erwähnen
keinen Namen in bem Briefe, aber Miß Fairlie
weiß, baß die Person, von der Sie schreiben, Sir
Percival Glyde —"

Im Augenblick, ba ich biesen Namen aussprach,
sprang sie vom Boden auf und stieß einen Schrei
aus, der über ben Kirchhof erschallend mir vor
Schrecken bas Herz im Leibe beben machte. Der
finstere, häßliche Ausbruck, der eben ihr Gesicht verlassen hatte, trat noch einmal mit boppelter, brei-
facher Stärke auf basselbe. Der Aufschrei bei bem
Namen, ber erneuerte Blick bes Hasses und der
Furcht, welcher alsbald folgte, verrieth Alles. Nicht
ber geringste Zweifel blieb jetzt mehr. Ihre Mutter
war schulblos an ihrer Einsperrung in einer Irrenanstalt. Ein Mann hatte sie bort in Verwahrung
gebracht — und bieser Mann war Sir Percival
Glyde.

Der Schrei war auch zu andern Ohren, als ben
meinigen gebrungen. Von der einen Seite hörte
ich die Thüre von bes Tobtengräbers Hütte öffnen;
auf der andern hörte ich die Stimme ihrer Begleiterin, der Frau in bem Shawl, der Frau, von welcher sie als Mrs. Clements gesprochen hatte.

— „Ich komme! ich komme!" rief die Stimme hinter
ber Gruppe der Zwergbäume hervor.

Noch ein Augenblick, und Mrs. Clements kam
eilig zum Vorschein.

„Wer sind Sie?" rief sie, mich entschlossen anschauend, als sie ihren Fuß auf den Trittstein setzte. „Wie unterstehen Sie sich, ein armes, hülfloses Weib, gleich diesem, zu erschrecken?"

Sie stand an Anna Catherick's Seite und hatte ihren Arm um sie geschlagen, ehe ich eine Antwort geben konnte.

„Was ist Dir, mein Kind?" sagte sie, „was hat er Dir gethan?"

„Nichts," antwortete das arme Geschöpf. „Nichts; ich bin nur erschrocken."

Mrs. Clements wandte sich wieder mit furchtloser Entrüstung, die ich an ihr achtete, gegen mich.

„Ich würde mich herzlich vor mir selbst schämen, wenn ich diesen zornigen Blick verdiente," sagte ich. „Aber ich verdiene ihn nicht. Ich habe sie unglücklicher Weise geängstigt, ohne es zu wollen. Es ist nicht das erste Mal, daß sie mich sieht. Fragen Sie selbst, und sie wird es Ihnen sagen, daß ich nicht im Stande bin, absichtlich ihr oder irgend einer Frau ein Leid anzuthun."

Ich sprach deutlich, so daß Anna Catherick mich hören und verstehen konnte: und ich sah, daß sie die Worte und deren Sinn begriffen hatte.

„Ja, ja," sagte sie; „er war einst gut gegen mich; er half mir —" Sie flüsterte die weitern Worte ihrer Freundin in's Ohr.

„Sonderbar, in der That!" erwiederte Mrs. Clements mit verwirrtem Blick. „Doch ändert das die Sache ganz und gar. Es thut mir leid, Sie so rauh angefahren zu haben, Sir; aber Sie müssen gestehen, daß für Jemand, der von der Sache Nichts verstand, der Schein sehr verdächtig war. Es

12*

mehr ein Fehler von mir, als von Ihnen, daß ich ihren Grillen nachgebe und sie an einem Ort, wie dieser hier, allein lasse. Komm', mein Kind, — komm' jetzt nach Hause."

Ich dachte, die gute Frau sei etwas unruhig bei der Aussicht auf den Heimweg, und erbot mich, mit ihnen zu gehen, bis sie ihr Haus zu Gesicht bekämen. Mrs. Clements dankte mir höflich und lehnte es ab. Sie drückte die Ueberzeugung aus, sie würden Jemand von den Taglöhnern der Farm treffen, sobald sie zu dem Moor gelangen.

„Vergeben Sie mir, wenn Sie können," sagte ich zu Anna Catherick, als dieselbe ihrer Freundin Arm nahm, um wegzugehen. So unschuldig ich mich der Absicht wußte, sie in Aufregung und Schrecken zu versetzen, so schnitt es mir doch in's Herz, als ich in das arme, blasse, ängstliche Gesicht schaute.

„Ich will es versuchen," antwortete sie. „Aber Sie wissen zu viel; ich fürchte, Sie werden mich jetzt immer erschrecken."

Mrs. Clements blickte mich an und schüttelte mitleidig den Kopf.

„Gute Nacht, Sir," sagte sie. „Sie konnten Nichts dafür, ich weiß es, aber es wäre mir doch lieber, sie hätten mich erschreckt, und nicht diese."

Sie machten einige Schritte vorwärts. Ich dachte, sie hätten mich verlassen; aber Anna hielt plötzlich an und riß sich von ihrer Freundin los.

„Warten Sie ein Bischen," sagte sie. „Ich muß Abschied nehmen."

Sie kehrte zu dem Grab zurück, faßte mit beiden Händen zärtlich das Marmorkreuz und küßte es.

„Es ist mir jetzt besser," seufzte sie, mich ruhig anblickend. „Ich vergebe Ihnen."

Sie schloß sich ihrer Begleiterin wieder an, und sie verließen den Begräbnißplatz. Ich sah sie an der Kirche Halt machen und mit der Frau des Todtengräbers sprechen, welche aus der Hütte ge= kommen war und in der Ferne, uns beobachtend, gewartet hatte. Dann schlugen sie den Weg ein, welcher nach dem Moor führte. Ich sah Anna Catherick nach, bis sie verschwand, bis jede Spur von ihr in der Dämmerung sich verlor — sah ihr nach so ängstlich und sorgenvoll, als ob es das Letzte wäre, was ich in dieser mühseligen Welt von der weißen Frau erblicken sollte.

XIV.

Eine halbe Stunde später war ich zu Hause und unterrichtete Miß Halcombe von Allem, was ge= schehen war. Sie hörte mir von Anfang bis zu Ende mit beharrlicher, schweigender Aufmerksamkeit zu, was bei einer Frau ihres Temperaments und Characters zum deutlichsten Beweise dienen konnte, wie ernst sie den Inhalt meiner Erzählung auf= nahm.

„Es ahnt mir Schlimmes," war Alles, was sie sagte, als ich geendet hatte. „Es ahnt mir gar Schlimmes in der Zukunft."

„Die Zukunft," fiel ich ein, „mag sich nach dem Gebrauch gestalten, den wir von der Gegenwart machen. Es ist nicht unwahrscheinlich, daß Anna

Catherick bereitwilliger und mit geringerer Zurück=
haltung zu einer Frau sprechen wird, als sie zu mir
gesprochen hat. Wenn Miß Fairlie —"

„Daran ist nicht einen Augenblick zu denken,"
unterbrach mich Miß Halcombe in ihrer entschieden=
sten Weise.

„So lassen Sie sich bemerken," fuhr ich fort,
„daß Sie selbst Anna Catherick sehen und Alles thun
sollten, um deren Zutrauen zu gewinnen. Ich mei=
nestheils zittere vor dem Gedanken, das arme Ge=
schöpf zum zweiten Mal zu beunruhigen, wie es
unglücklicher Weise schon durch mich geschehen ist.
Haben Sie Etwas dagegen, mich morgen nach dem
Meierhofe zu begleiten?"

„Durchaus nicht. Ich will überall hingehen und
Alles thun, wenn es zu Laura's Bestem dient. Wie
sagen Sie, hieß der Ort?"

„Sie müssen ihn recht gut kennen. Er heißt
Todd's Corner."

„Allerdings. Todd's Corner ist einer von Mr.
Fairlie's Pachthöfen. Unser Milchmädchen ist des
Farmers zweite Tochter. Sie geht täglich zwischen
unserem Hause und ihres Vaters Farm hin und
her; und sie hat vielleicht irgend Etwas gehört oder
gesehen, dessen Kenntniß uns von Nutzen sein kann.
Soll ich auf der Stelle mich darüber vergewissern,
ob sie unten ist?"

Sie klingelte und schickte den Diener mit der
Botschaft ab. Er kehrte mit der Meldung zurück,
das Milchmädchen sei auf der Farm. Sie war seit
den letzten drei Tagen nicht dort gewesen, und die
Wirthschafterin hatte ihr die Erlaubniß gegeben,

diesen Abend auf eine oder zwei Stunden nach
Hause zu gehen.

„Ich kann morgen mit ihr sprechen,“ sagte Miß
Halcombe, als der Diener das Zimmer wieder
verlassen hatte. „Inzwischen setzen Sie mich völlig
in's Klare über den Zweck, der durch meine Be=
sprechung mit Anna Catherick zu erreichen ist. Haben
Sie in Ihrem Innern gar keinen Zweifel, daß die
Person, welche deren Verwahrung in der Irrenan=
stalt veranlaßte, Sir Percival Glyde war?“

„Da ist nicht der Schatten eines Zweifels möglich.
Das einzige Geheimniß, das noch zu enthüllen bleibt,
ist der Beweggrund dazu. Bei einem Blick auf
die große Verschiedenheit zwischen seiner und ihrer
Lebensstellung, welche jeden Gedanken selbst an die
entfernteste Verwandtschaft zwischen ihnen auszu=
schließen scheint, ist es von der äußersten Wichtigkeit
— selbst angenommen, eine solche Verwahrung sei
wirklich von Nöthen gewesen — zu erfahren, warum
er der Mann war, welcher die ernste Verantwortlich=
keit für ihre Einsperrung auf sich nahm —“

„In einer Privat=Irrenanstalt, sagten Sie, wie
mir dünkt?“

„Ja, in einer Privat=Anstalt, wo eine Summe
Geldes, wie sie Jemand, der arm ist, nicht aufzu=
bringen vermöchte, für die Festhaltung derselben als
Patientin bezahlt worden sein mußte.“

„Ich sehe, wo der Zweifel liegt, Mr. Hartright,
und ich verspreche Ihnen, die Sache soll in's Klare
gesetzt werden, ob nun Anna Catherick uns morgen
hiezu behülflich ist, oder nicht. Sir Percival Glyde
soll nicht lang in diesem Hause sein, ohne Mr.

Gilmore und mir Beruhigung zu geben. **Meiner
Schwester Zukunft ist mir die theuerste Sorge im
Leben; und ich habe Einfluß genug über sie, um in
Fällen, wo es sich um ihre Verheirathung handelt,
ein entscheidendes Wort mitzusprechen.**"

Wir trennten uns für die Nacht.

Nach dem Frühstück am nächsten Morgen stellte
sich ein Hinderniß, welches mir unter den Begeben=
heiten des vorigen Abends ganz aus dem Sinn
gekommen war, unserem Vorhaben, sogleich nach der
Farm zu gehen, in den Weg. Dieß war mein letzter
Tag zu Limmeridgehouse, und somit trat die Noth=
wendigkeit ein, sobald die Post kam, Miß Halcom=
be's Rath zu befolgen und Mr. Fairlie um die Er=
laubniß zu bitten, in Betracht eines unvorherge=
sehenen Ereignisses, das meine Rückkehr nach London
erforderte, die übernommene Verpflichtung um einen
Monat abzukürzen.

Zum Glück für die Glaubwürdigkeit dieser
Entschuldigung, soweit es den äußern Schein betraf,
brachte mir die Post diesen Morgen zwei Briefe von
Londoner Freunden. Ich nahm sie sogleich auf mein
Zimmer und schickte einen Diener mit einer Bot=
schaft an Mr. Fairlie, indem ich fragen ließ, wenn
ich ihn in Geschäftssachen sprechen könnte.

Ich erwartete die Rückkehr des Dieners, ohne
die geringste Besorgniß wegen der Art und Weise,
wie sein Herr meine Mittheilung aufnehmen würde.
Mit oder ohne Mr. Fairlie's Erlaubniß, ich mußte
gehen. Das Bewußtsein, nunmehr den ersten Schritt
auf der traurigen Reise gemacht zu haben, welche
hinfort mein Leben von dem Miß Fairlie's scheiden

sollte, schien mein Gefühl für jede damit zusammen=
hängende Rücksicht abgestumpft zu haben. Ich hatte
meinen empfindlichen Bettlerstolz abgethan; ich hatte
alle meine kleinen Künstlereitelkeiten abgethan. Keine
Grobheit Mr. Fairlie's, wenn es ihm einfiel, grob
zu sein, konnte mich mehr verwunden.

Der Diener kehrte mit einer Botschaft zurück,
welche mir nicht unerwartet kam. Mr. Fairlie be=
dauerte, daß der Zustand seiner Gesundheit, beson=
ders an diesem Morgen, ihm jede Hoffnung auf das
Vergnügen, mich zu empfangen, raube. Er bat mich
also, seine Entschuldigung zu genehmigen und ihm
gefälligst, was ich zu sagen hätte, brieflich mitzu=
theilen. Aehnliche Kunde war mir in verschiedenen
Zwischenräumen während meines dreimonatlichen
Aufenthaltes in seinem Hause zugekommen. Diese
ganze Zeit aber hatte Mr. Fairlie sich „meines Be=
sitzes" erfreut, aber sich nie so wohl befunden, um
mich ein zweites Mal zu sehen. Der Diener über=
brachte jeden Pack Zeichnungen, den ich aufgezogen
und restaurirt hatte, seinem Herrn, nebst Vermeldung
meines „Respects" und kehrte stets leerer Hand mit
Mr. Fairlie's „Komplimenten", „bestem Danke" und
„aufrichtigem Bedauern", daß seine Gesundheitsum=
stände ihm noch immer die Nothwendigkeit auferlegen,
sich einsiedlerisch auf seinem Zimmer einzuschließen,
zurück. Ein befriedigenderes Uebereinkommen beider=
seits hätte sich nicht wohl treffen lassen. Es wäre
schwer zu entscheiden gewesen, welcher von uns unter
den gegebenen Verhältnissen Mr. Fairlie's gefälligen
Nervenaffectionen sich zu größerem Danke verpflich=
tet fühlte.

Ich setzte mich nieder, um den Brief zu schreiben, worin ich mich so höflich, klar und kurz als möglich ausdrückte. Mr. Fairlie beeilte sich nicht mit seiner Erwiederung. Fast eine Stunde verfloß, ehe die Antwort in meine Hände gelangte. Sie war sehr sauber und regelmäßig mit violettfarbiger Tinte auf Notenpapier, so glatt wie Elfenbein und beinahe so dick wie Kartenpapier, geschrieben und lautete folbermaßen:

„„Mr. Fairlie empfiehlt sich Mr. Hartright. Mr. Fairlie ist durch Mr. Hartright's Mittheilung mehr überrascht und in seinen Erwartungen getäuscht (bei seinen gegenwärtigen Gesundheits= umständen), als er sagen kann. Mr. Fairlie ist kein Geschäftsmann, aber er hat seinen Haus= meister, der es ist, zu Rath gezogen, und dieser bestätigt Mr. Fairlie's Meinung, daß Mr. Hart= right's Bitte um die Erlaubniß, seine übernom= mene Verpflichtung zu brechen, sich durch keine Nothwendigkeit, es müßte denn etwa ein Fall von Leben und Sterben sein, rechtfertigen läßt. Wenn das Gefühl der Hochschätzung für Kunst und deren ausübende Jünger, welches zu cultiviren der Trost und das Glück von Mr. Fairlie's leidensvollem Dasein ist, sich so leicht erschüttern ließe, so hätte Mr. Hartright's gegenwärtiges Verfahren unfehl= bar diese Wirkung gehabt. Sie ist nicht einge= treten — außer in Bezugnahme auf Mr. Hart= right selbst.

„„Nachdem er somit seine Meinung festgestellt hat — d. h. soweit sein heftiges Nervenleiden ihm irgend gestattet, Etwas festzustellen — hat

Mr. Fairlie nur noch seinen Entscheid in Betreff
der höchst unregelmäßigen, ihm gemachten Mittheilung beizufügen. Da vollkommene Ruhe des
Körpers und Geistes von höchster Wichtigkeit in
diesem Fall ist, so wird Mr. Fairlie es Mr. Hartright nicht gestatten, diese Ruhe dadurch, daß er
unter Umständen von wesentlich nach beiden Seiten aufreizender Natur in dem Hause verbleibe,
zu stören; demgemäß entsagt Mr. Fairlie seinem
Recht der Weigerung einzig in Rücksicht auf die
Erhaltung seiner eigenen Ruhe und thut Mr. Hartright kund, daß er gehen kann.'"

Ich faltete den Brief wieder zusammen und legte
ihn mit meinen andern Papieren bei Seite. Es war
eine Zeit gewesen, wo ich denselben als eine Be-
schimpfung angesehen hätte; jetzt nahm ich ihn auf
als eine schriftliche Entlassung aus einem Dienste.
Er schwand mir aus dem Sinn, ja beinahe aus dem
Gedächtniß, als ich in das Frühstückzimmer hinabstieg und Miß Halcombe meine Bereitwilligkeit erklärte, mit ihr nach dem Pachthofe zu gehen.

„Hat Mr. Fairlie Ihnen eine befriedigende
Antwort gegeben?" fragte sie, als wir das Haus
verließen.

„Er hat mir die Erlaubniß gegeben, zu gehen,
Miß Halcombe."

Sie blickte schnell zu mir auf; und dann nahm
sie, zum ersten Mal, seitdem ich sie kannte, aus
eigenem Antrieb meinen Arm. Keine Worte hätten
es so zart auszudrücken vermocht, daß sie verstände,
wie mir die Erlaubniß, meine Anstellung zu verlassen, bewilligt worden war, und daß sie mir ihre

Theilnahme, nicht als die Höhere an Rang, sondern als meine Freundin kund gäbe. Des Mannes grober Brief hatte keinen Eindruck auf mich gemacht, aber die besänftigende Freundlichkeit der Frau ging mir tief zu Herzen.

Auf unserem Weg nach der Farm machten wir mit einander aus, daß Miß Halcombe allein in das Haus ginge, und ich außen, innerhalb Gehörweite, warten sollte. Wir entschlossen uns zu diesem Verfahren, aus Besorgniß, meine Gegenwart möchte nach dem, was vergangenen Abend auf dem Kirchhof geschehen war, Anna Catherick's nervöse Angst erneuern und sie noch dazu mißtrauisch gegen die Annäherung einer ihr fremden Dame machen. Miß Halcombe verließ mich in der Absicht, zuerst mit des Farmers Frau (von deren freundlicher Geneigtheit, ihr auf jede Weise behülflich zu sein, sie völlig überzeugt war) zu sprechen, während ich in der unmittelbaren Nachbarschaft des Hauses wartete. Ich hatte mich ganz darauf gefaßt gemacht, eine Zeit lang allein zu bleiben. Zu meiner Ueberraschung waren aber kaum über fünf Minuten vergangen, als Miß Halcombe zurückkehrte.

„Weigert sich Anna Catherick, Sie zu sehen?" fragte ich erstaunt.

„Anna Catherick ist fort," antwortete Miß Halcombe.

„Fort!"

„Fort, mit Mrs. Clements. Sie haben beide heute Morgen um acht Uhr den Pachthof verlassen."

„Ich konnte Nichts sagen — ich konnte nur

fühlen, daß unsere letzte Aussicht auf Entdeckung mit ihnen davon gegangen war.

„Alles, was Mrs. Todd von ihren Gästen weiß, ist mir bekannt," fuhr Miß Halcombe fort, „und es läßt mich gleich ihr im Dunkeln. Beide kamen vorige Nacht wohlbehalten nach Hause, nachdem sie sich von Ihnen getrennt hatten, und brachten einen Theil des Abends wie gewöhnlich noch in Mr. Todd's Familie zu. Gerade vor dem Abendessen jedoch setzte Anna Catherick Alle dadurch in Schrecken, daß sie plötzlich in Ohnmacht sank. Sie hatte einen ähnlichen Anfall, aber von minder beunruhigender Art, am Tage ihrer Ankunft auf dem Pachthof gehabt; und Mrs. Todd hatte denselben damit in Verbindung gebracht, daß sie gerade damals Etwas in unserem Localblatt las, welches auf dem Tische gelegen und eine oder zwei Minuten zuvor von derselben in die Hand genommen worden war."

„Weiß Mrs. Todd, was für eine besondere Stelle in der Zeitung sie so sehr afficirte?" fragte ich.

„Nein," erwiederte Miß Halcombe. „Sie hatte das Blatt durchgesehen und Nichts von aufregender Art darin gefunden. Ich bat jedoch, auch einen Blick hineinwerfen zu dürfen, und schon auf der ersten Seite, die ich umschlug, wurde mir ersichtlich, daß der Herausgeber seinen geringen Vorrath von Neuigkeiten durch Beziehung auf unsere Familien= angelegenheiten bereichert und unter seinen übrigen Ankündigungen, die den Londoner Zeitungen von Heirathen in der vornehmen Welt ent= nommen worden waren, meiner Schwester Verlöbniß zur Oeffentlichkeit gebracht hatte. Ich gelangte so=

gleich zu dem Schluß, daß dieß der Artikel wäre, welcher auf Anna Catherick einen so seltsamen Eindruck gemacht hatte, und glaubte darin auch den Ursprung des Briefes, welchen sie gestern in unser Haus sandte, zu erkennen."

„Ueber Beides kann kein Zweifel sein. Aber was hörten Sie bezüglich des zweiten Anfalls von Ohnmacht gestern Abend?"

„Nichts. Die Ursache davon ist ein vollkommenes Geheimniß. Keine fremde Person befand sich im Zimmer. Der einzige Besuch war unser Milchmädchen, wie ich Ihnen schon sagte, eine von Mrs. Todd's Töchtern; und die Unterhaltung drehte sich nur um die gewöhnlichen Klatschereien über Localaffairen. Plötzlich hörte man sie laut aufschreien, und sah, wie sie tödtlich erbleichte, scheinbar ohne den geringsten Grund. Mrs. Todd und Mrs. Clements brachten sie die Treppe hinauf, und Mrs. Clements blieb bei ihr. Man hörte sie noch lang über die Zeit des gewöhnlichen Schlafengehens hinaus mit einander reden; und diesen Morgen frühe nahm Mrs. Clements des Pächters Frau beiseite und versetzte sie durch die Nachricht von ihrer alsbaldigen Abreise in unaussprechliches Erstaunen. Die einzige Erklärung, welche Mrs. Todd von ihrem Gast herausbringen konnte, ging dahin, daß sich Etwas ereignet hätte, was zwar ganz außer aller Schuld der Bewohner des Pachthofes läge, aber dennoch so weit von ernster Natur wäre, um Anna Catherick zu bestimmen, Limmeridge unmittelbar zu verlassen. Es war ganz vergeblich, weiter in Mrs. Clements zu bringen. Sie schüttelte nur den Kopf

und erklärte, sie müßte um Anna's willen dringend
bitten, sie mit weitern Fragen zu verschonen. Alles,
was sie, offenbar selbst in einem Zustande lebhafter
Aufregung, wiederholen konnte, war, daß Anna ab=
reisen, daß sie mit derselben gehen, und daß der
Bestimmungsort, wohin sich beide zurückzögen, für
Jedermann ein Geheimniß bleiben müßte. Ich ver=
schone Sie mit dem Bericht von Mrs. Tobb's gast=
freundlichen Gegenbemerkungen und Einwendungen.
Sie endeten damit, daß man beide nach der näch=
sten Station, über drei Stunden von hier, führte.
Mrs. Tobb setzte ihnen unterwegs noch hart zu, sie zu
einer deutlichern Erklärung zu bringen, aber ohne Er=
folg. Sie ließ dieselben vor dem Bahnhofe absteigen,
so gekränkt und beleidigt durch deren plötzliche, fast
rücksichtslose Abreise und die unfreundliche Weigerung
auch des geringsten Vertrauens zu ihr, daß sie zor=
nig wieder abfuhr, ohne sich nur zu einigen Ab=
schiedsworten Zeit zu nehmen. Das ist genau Alles,
was stattgefunden hat. Forschen Sie nun in Ihrem
eigenen Gedächtniß, Mr. Hartright, und sagen Sie
mir, ob Etwas gestern Abend auf dem Kirchhofe vor=
gefallen ist, was die heute Morgen erfolgte außer=
ordentliche Abreise der beiden Frauen erklären kann?"

„Ich möchte gern zuerst, Miß Halcombe, die
plötzliche, für die Bewohner des Pachthofs so beun=
ruhigende Veränderung erklären, die mit Anna Ca=
therick vorging, Stunden lang, nachdem wir uns
getrennt hatten und Zeit genug verflossen war, um
jede, heftige, unglücklicher Weise von mir verursachte
Erregung zu beschwichtigen. Haben Sie sich nicht
genauer darnach erkundigt, wovon gerade im Zim=

mer die Rede war, als sie von einer Ohnmacht befallen wurde?"

„Ja. Aber Mrs. Tobb scheint ihre Aufmerksamkeit zwischen den Haushaltungsgeschäften und dem Gespräch in dem Wohnzimmer des Pachthofs getheilt zu haben. Sie konnte mir nur sagen, daß es sich ,eben um Neuigkeiten' handelte, womit sie wohl meinte, daß sie alle wie gewöhnlich über Dieß und Jenes redeten."

„Das Gedächtniß des Milchmädchens mag besser sein, als das ihrer Mutter," sagte ich. „Es wird gut sein, wenn Sie mit dem Mädchen sprechen, Miß Halcombe, sobald wir nach Hause kommen."

Mein Vorschlag wurde im Augenblick unserer Rückkehr in Vollzug gesetzt. Miß Halcombe führte mich nach den Gesindestuben, und wir fanden das Mädchen in der Milchkammer, die Aermel bis an die Schultern aufgeschlagen, eine große Milchpfanne reinigend und wohlgemuth zu ihrer Arbeit singend.

„Ich habe diesen Herrn hieher gebracht, Hanna, um Deine Milchkammer zu sehen," sagte Miß Halcombe. „Sie gehört zu den Merkwürdigkeiten im Hause und macht Dir immerdar Ehre."

Das Mädchen erröthete, machte einen Knix und meinte, sie thäte stets ihr Möglichstes, um Alles sauber und nett zu halten.

„Wir kommen gerade von Deines Vaters Hause," fuhr Miß Halcombe fort. „Du bist gestern Abend dort gewesen, höre ich, und fandest Besuch daheim?"

„Ja, Miß."

„Eine der Frauen wurde unwohl und fiel in Ohnmacht, erzählte man mir. Ich denke, es wurde

Nichts gesagt oder gethan, was sie erschrecken konnte?
Ihr habt doch nicht von etwas Grausigem gespro=
chen, wie?"

„O nein, Miß!" antwortete das Mädchen lachend.
„Wir sprachen nur von Neuigkeiten."

„Deine Schwestern erzählten Dir die Neuigkeiten
von Todd's Corner, stelle ich mir vor."

„Ja, Miß."

„Und Du erzähltest ihnen die Neuigkeiten von
Limmeridgehouse."

„Ja, Miß. Ich weiß gewiß, daß Nichts gesagt
wurde, was das arme Ding erschrecken konnte, denn
ich war es, die gerade sprach, als sie unwohl wurde.
Es hat mich sehr alterirt, Miß, als ich es sah, da
ich selbst noch nie in Ohnmacht gefallen bin."

Ehe weitere Fragen an sie gerichtet werden konn=
ten, wurde sie abgerufen, um einen Korb Eier an
der Thüre der Milchkammer in Empfang zu neh=
men. Als sie uns verließ, flüsterte ich Miß Hal=
combe zu:

„Fragen Sie, ob sie vorige Nacht des Besuchs
erwähnte, der zu Limmeridgehouse erwartet wurde."

Miß Halcombe bedeutete mir durch einen Blick,
daß sie verstand, und stellte also ihre Frage, sobald
das Milchmädchen zu uns zurückkehrte.

„O ja, Miß; ich erwähnte desselben," sagte das
Mädchen einfach. „Die ankommenden Gäste und
der Vorfall mit der schedigen Kuh waren alle die
Neuigkeiten, welche ich nach der Farm zu bringen
hatte."

„Hast Du Namen erwähnt? Hast Du ihnen

erzählt, daß Sir Percival Glyde am Montag er=
wartet werde?"

"Ja, Miß — ich habe davon geredet, daß Sir
Percival Glyde komme. Ich hoffe, es war nichts
Schlimmes daran; ich hoffe, ich habe kein Unrecht
gethan."

"O, gewiß nicht. Kommen Sie, Mr. Hartright;
Hanna wird sonst denken, wir seien ihr hinderlich,
wenn wir sie länger bei ihrer Arbeit unterbrechen."

Wir blieben stehen und sahen einander an, so=
bald wir wieder allein waren.

"Bleibt jetzt noch ein Zweifel in Ihrem Geiste,
Miß Halcombe?"

"Sir Percival Glyde soll diesen Zweifel besei=
tigen, Mr. Hartright — oder Laura wird niemals
sein Weib."

XV.

Als wir nach der Vorderseite des Hauses um=
bogen, sahen wir einen Einspänner von der Eisen=
bahn her durch die Allee auf uns zukommen. Miß
Halcombe wartete unter der Hausthüre, bis derselbe
anfuhr, und eilte dann herbei, um einem alten
Herrn die Hand zu drücken, welcher im Augenblick,
da der Tritt niedergelassen wurde, heraussprang.
Mr. Gilmore war angekommen.

Ich betrachtete ihn, als wir einander vorgestellt
wurden, mit einem Interesse und einer Neugierde,
welche ich kaum verbergen konnte. Der alte Mann
sollte in Limmeridgehouse bleiben, nachdem ich es
verlassen hatte; er sollte Sir Percival Glyde's Er=

klärung hören und Miß Halcombe den Beistand
seiner Erfahrung zur Bildung ihres eigenen Urtheils
leihen; er sollte warten, bis die Frage wegen der
Heirath geordnet war, und seine Hand sollte, wenn
diese Frage bejahend ausfiel, den Contract aufsetzen,
wodurch Miß Fairlie unwiderruflich an ihre Verpflichtung gebunden wurde. Selbst damals, da ich
noch Nichts wußte im Vergleich mit dem, was ich
nunmehr weiß, blickte ich auf den Rechtsanwalt der
Familie mit einem Interesse, welches ich noch niemals in Gegenwart eines lebenden Menschen, der
mir völlig fremd war, empfunden hatte.

Nach seiner äußern Erscheinung war Mr. Gilmore das gerade Gegentheil der gewöhnlichen Vorstellung, die man sich von einem alten Advokaten
macht. Seine Gesichtsfarbe war blühend; sein weißes
Haar ziemlich lang und sorgfältig gekämmt; sein
schwarzer Rock, seine Weste und Beinkleider saßen
ihm äußerst nett; seine weiße Cravatte war pünkt-
lich geknüpft, und seine lavendelfarbigen Ziegenleder-
Handschuhe hätten die Hände eines fashionablen
Geistlichen ohne Furcht und Tadel schmücken können.
Seine Manieren fielen angenehm auf durch die for-
melle Grazie und den Schliff der alten Schule der
Höflichkeit, und erhielten noch eine erhöhte Bedeutung durch die belebende Schärfe und Gewandtheit
eines Mannes, dessen Geschäft im Leben ihm die
Nothwendigkeit auferlegt, seine geistigen Fähigkeiten
in gutem, thätigen Zustande zu erhalten. Ein san-
guinisches Temperament und schöne Aussichten für
den Anfang; eine lange, darauf folgende Laufbahn
respectabeln und behaglichen Wohlstands; ein hei-

teres, emsiges, in weiten Kreisen geachtetes Alter
— dieß waren die allgemeinen Eindrücke, welche
meine erste Begegnung mit Mr. Gilmore in mir
zurückließ; und es ist nicht mehr als billig, beizu=
fügen, daß die Kenntniß, zu welcher ich durch spä=
tere und bessere Erfahrung gelangte, nur dazu diente,
dieselben zu bestärken.

Ich ließ den alten Herrn und Miß Halcombe
mit einander in das Haus treten, um sich ungestört
durch die Gegenwart eines Fremden, der ihnen
Zwang auferlegt hätte, über Familienangelegenheiten
besprechen zu können. Sie schritten durch die Vor=
halle nach dem Gesellschaftszimmer, und ich stieg
wieder die Stufen hinab, um im Garten allein
herumzuwandern.

Meine Stunden waren zu Limmeridgehouse ge=
zählt; meine Abreise am nächsten Morgen war un=
widerruflich festgesetzt; mein Antheil an der Nach=
forschung, welche der anonyme Brief nothwendig
gemacht hatte, war zu Ende. Niemand als mir
selbst konnte ein Leid angethan werden, wenn ich
meinem Herzen für die kurze, mir noch bleibende
Zeit wieder gestattete, an der kalten grausamen Zu=
rückhaltung, welche die Nothwendigkeit ihm auferlegt
hatte, etwas nachzulassen, und den Scenen Lebe=
wohl sagte, welche mit dem kurzen Traum meines
Glücks und meiner Liebe vergesellschaftet waren.

Ich wandte mich instinktartig nach dem Gang
unter dem Fenster meines Arbeitszimmers, wo ich
sie am Abend zuvor mit ihrem kleinen Hunde ge=
sehen hatte, und folgte dem Pfad, der von ihren
lieben Füßen so oft betreten worden war, bis ich

zu dem Thürchen gelangte, das in ihren Rosengar=
ten führte. Der kahle Winter hatte jetzt sein düste=
res Gewand darüber ausgebreitet. Die Blumen,
welche sie mich nach ihren Namen zu unterscheiden
gelehrt hatte, die Blumen, nach welchen ich sie zu
malen gelehrt hatte, waren dahin; und die winzigen
Wegchen, welche zwischen den Beeten hin= und her=
führten, waren bereits feucht und grau. Ich ging
weiter nach der Baumallee, wo wir den warmen
Duft der Augustabende eingeathmet hatten, wo wir
mit einander die unzähligen Licht= und Schatten=
combinationen, die scheckig über den Boden zu un=
seren Füßen dahinfuhren, bewundert hatten. Die
Blätter fielen um mich her von den ächzenden Zwei=
gen, und der tellurische Wechsel in der Atmosphäre
durchfröstelte mich bis auf das Mark. Ein wenig
weiter, und ich befand mich außerhalb der unmittel=
bar zum Hause gehörigen Ländereien und folgte
dem Feldwege, der in sanften Windungen bis zu
dem nächsten Hügel emporführte. Die alten gefäll=
ten Bäume am Weg, auf welchen wir ausgeruht
hatten, waren vom Regen wie aufgeschwollen, und
die Büschel von Farnkraut und Gras, die ich für
sie gezeichnet hatte, wie sie sich gleichsam an die
rohe Steinmauer vor uns anschmiegten, standen jetzt in
einer Wasserpfütze, die sich um ein Eila̅ . . . . . gen
Unkrauts angesammelt hatte. Ich errei . . . . pe
des Hügels und hatte jetzt die Aussi . . . . . mit,
welche in glücklichen Tagen so oft ein . . . . nd
der Bewunderung für mich gewesen wa.. Jetzt er=
schien sie kalt und öde — es war ni . . . . ehr die
Aussicht, die ich im Gedächtniß hatte. . . . . onnen=

schein ihrer Gegenwart war mir fern; der Reiz ihrer
Stimme flüsterte nicht mehr zu meinem Ohr. Sie
hatte mit mir auf der Stelle, von welcher ich jetzt
hinabschaute, von ihrem Vater gesprochen, dem letz=
ten Verwandten, der ihr geblieben war; mir erzählt,
wie zärtlich sie einander geliebt hatten, und wie sehr
sie ihn noch immer vermißte, wenn sie gewisse Zim=
mer im Hause betrat und vergessene Beschäftigungen
und Unterhaltungen wieder aufnahm, bei welchen
er mitbetheiligt gewesen. War die Aussicht, die
sich mir damals dargeboten hatte, als ich auf jene
Worte horchte, noch die Aussicht, die ich jetzt vor
mir hatte, da ich allein auf der Hügelspitze stand?
Ich kehrte um und verließ sie; mein Weg wand sich
wieder hinab, über das Moor und um die Sand=
hügel herum nach dem Strand. Die weiße tobende
Brandung war noch da, und die mannigfache Herr=
lichkeit der hüpfenden Wellen — aber wo war der
Platz, wo sie einst flüchtige Figuren mit dem Son=
nenschirm in den Sand gezeichnet hatte; der Platz,
wo wir bei einander gesessen waren, während sie
mit mir über mich selbst und meine Heimath plau=
derte, während sie nach Frauenart bis ins kleinste
Detail über meine Mutter und Schwester sich er=
kundigte und in aller Unschuld einmal zu wissen
wünschte ob ich meine einsame Wohnung je verlassen
und eine Frau und ein eigenes Haus haben würde?
Wind und Wetter hatten längst jede Spur von ihr,
die sie in jenen Zeichen auf dem Sand zurück=
gelassen hatte, verwischt. Ich schaute über die weite
eintönige Fläche der See hinaus, und die Stelle,
wo wir die sonnigen Stunden vertändelt hat=

ten, war für mich verloren, als ob ich sie niemals
gekannt hätte, für mich so unheimlich, als stände ich
bereits an einer fremden Küste.

Das leere Stillschweigen auf dem Strande griff
mir kalt ans Herz. Ich kehrte zu dem Hause und
dem Garten zurück, wo Spuren genug zurückgeblie-
ben waren, um bei jeder Wendung von ihr zu
sprechen.

Auf dem westlichen Terrassengang traf ich Mr.
Gilmore. Er suchte mich augenscheinlich, denn er
beschleunigte seine Schritte, als wir einander ansichtig wurden. Der Zustand meines Gemüths paßte
wenig für die Gesellschaft mit einem Fremden. Aber
die Begegnung war unvermeidlich, und ich beschloß,
mich so gut als möglich darein zu ergeben.

„Sie sind gerade die Person, die ich zu sehen
wünschte," sagte der alte Herr. „Ich habe Ihnen
zwei Worte zu sagen, mein werther Sir, und wenn
Sie Nichts dagegen einzuwenden haben, will ich die
gegenwärtige Gelegenheit benützen. Um gleich auf
die Sache selbst einzugehen, so hat Miß Halcombe
mit mir über Familienangelegenheiten — Dinge,
welche eben mich hieher zu kommen veranlaßten —
gesprochen, und im Laufe der Unterredung kam sie
natürlich auch auf den unangenehmen Vorfall mit
dem anonymen Briefe und auf den Antheil, den
Sie auf eine höchst achtbare und gee Weise
bisher an der Sache genommen haben. Antheil gibt Ihnen, wie ich vollkommen verstehe, ein,
sonst wohl kaum mögliches Interesse daran, zu er-
fahren, daß die künftige Leitung der von Ihnen be-
gonnenen Nachforschungen in sichere gelegt

werden soll. Mein werther Sir, beruhigen Sie sich vollkommen über diesen Punkt — sie werden in meine Hände gelegt werden."

„Sie sind, Mr. Gilmore, nach jeder Hinsicht viel tauglicher, in der Sache zu rathen und zu handeln, als ich. Ist es eine Unbescheidenheit meinerseits, zu fragen, ob Sie sich über das einzuhaltende Verfahren schon entschieden haben?"

„So weit eine Entscheidung möglich, Mr. Hartright, ist es allerdings geschehen. Ich gedenke eine Abschrift von dem Briefe, begleitet von einer Angabe der darauf bezüglichen Umstände, an Sir Percival Glyde's Rechtsanwalt in London, mit welchem ich ein wenig bekannt bin, zu schicken. Den Brief selbst werde ich hier behalten, um ihn Sir Percival gleich nach seiner Ankunft zu zeigen. Für Auffindung der Spur von den beiden Frauen habe ich bereits Vorsorge getroffen; indem ich einen von Mr. Fairlie's Dienern — eine vertraute Person — nach dem Bahnhof sandte, um Erkundigungen einzuziehen: der Mann hat sein Geld und seine Anweisungen und wird den Frauen folgen, für den Fall, daß er einen Fingerzeig erhält. Dieß ist Alles, was sich bis zu Sir Percivals Ankunft am Montag thun läßt. Ich für meine Person zweifle nicht, daß er bereitwillig jede Erklärung, welche von einem Gentleman und einem Mann von Ehre zu erwarten ist, geben wird. Sir Percival steht sehr hoch, Sir — eine hervorragende Stellung, ein Ruf, über Verdacht erhaben — ich bin wegen der Ergebnisse ganz beruhigt; ganz beruhigt, ich kann Sie das mit Freuden versichern. Fälle dieser Art kommen beständig in mei-

ner Erfahrung vor. Anonyme Briefe — eine un=
glückliche Frau — trauriger Stand der Gesellschaft.
Ich läugne nicht, daß hier ganz eigenthümliche Ver=
wicklungen vorliegen; aber der Fall an sich ist höchst
unglücklicher Weise alltäglich — alltäglich."

„Ich bedaure sehr, Mr. Gilmore, Ihnen erklären zu
müssen, daß ich von der Sache anders denke, als Sie."

„Recht so, mein werther Sir — recht so. Ich
bin ein alter Mann; und ich befinde mich auf dem
praktischen Gesichtspunkt. Sie sind jung; und Sie
stellen sich auf den romantischen Gesichtspunkt. Lassen
Sie uns über unsere Ansichten nicht streiten. Ich lebe
berufsmäßig in einer Atmosphäre des Streits, Mr.
Hartright, und fühle mich nur allzu glücklich, derselben
zu entkommen, wie es hier der Fall ist. Wir wollen
die Ereignisse abwarten — ja, ja, ja; wir wollen die
Ereignisse abwarten. Reizender Platz, das. Gute
Jagd? Wahrscheinlich nicht — es findet sich, dünkt
mir, nirgends ein Gehäge auf Mr. Fairlie's Län=
bereien. Reizender Platz, dennoch; und entzückende
Leute. Sie zeichnen und malen, höre ich, Mr. Hart=
right? Beneidenswerthes Talent! Was für ein
Styl?"

Wir geriethen in eine allgemeine Unterhaltung
— oder vielmehr, Mr. Gilmore redete, und ich
hörte zu. Meine Aufmerksamkeit war fern von ihm
und von den Gegenständen, worüber er so fließend
sprach. Der einsame Spaziergang der letzten zwei
Stunden hatte seine Wirkung auf mich hervorge=
bracht — hatte in mir den Entschluß zur Reise ge=
bracht, meine Abreise von Limmeridgehouse zu be=
schleunigen. Warum sollte ich die harte Prüfung,

Lebewohl sagen zu müssen, um eine unnöthige Mi=
nute verlängern? Welcher weitere Dienst von mir war
für irgend Jemand noch erforderlich? Mein Aufent=
halt in Cumberland war zu Nichts mehr nütze; in
der Entlassung, die mein Auftraggeber mir bewilligt
hatte, war von keinem Vorbehalt der Zeit die Rede.
Warum ihm nicht so oder anders ein Ende machen?

Ich beschloß, ihn zu endigen. Es blieben mir
noch einige Stunden Tags übrig — es lag kein
Grund vor, warum ich nicht meine Rückreise nach
London noch diesen Nachmittag antreten sollte. Ich
machte Mr. Gilmore die nächste beste höfliche Ent=
schuldigung, die mir gerade einfiel, daß ich ihn ver=
lassen müßte, und kehrte sogleich in das Haus zurück.

Auf dem Wege nach meinem Zimmer begegnete
ich Miß Halcombe. Sie sah an der Hast meiner
Bewegungen und der Veränderung in meinem Be=
nehmen, daß ich etwas Besonderes vor hatte, und
fragte mich, was geschehen sei.

Ich nannte ihr die Gründe, welche mich bestimm=
ten, meine Abreise zu beschleunigen, genau so, wie
ich sie hier angegeben habe.

„Nein, nein," sagte sie ernst und wohlwollend,
„verlassen Sie uns als Freund, brechen Sie noch
einmal das Brod mit uns. Bleiben Sie hier zum
Diner; bleiben Sie hier und helfen Sie dazu, un=
sern letzten Abend mit Ihnen so glücklich wie mög=
lich, gleich unsern ersten Abenden zuzubringen. So
lautet meine Einladung; Mrs. Vesey's Einladung
und — —" sie zögerte ein wenig und setzte dann
hinzu, „ebenso Laura's Einladung."

Ich versprach zu bleiben. Gott weiß, ich hatte

keinen Wunsch, auch nur den Schatten eines sorgen=
vollen Eindrucks bei einer von ihnen zurückzulassen.

Mein eigenes Zimmer war der beste Ort für
mich, bis die Glocke zum Diner läutete. Ich war=
tete dort, bis es Zeit war, hinunter zu gehen.

Ich hatte den ganzen Tag mit Miß Fairlie nicht
gesprochen — hatte sie nicht einmal gesehen. Die
erste Begegnung mit ihr, als ich in das Gesellschafts=
zimmer eintrat, war eine schwere Probe für ihre und
meine Selbstbeherrschung. Auch sie hatte ihr Mög=
lichstes gethan, an unserem letzten Abend die gol=
bene Zeit der Vergangenheit — die Zeit, welche
nie mehr zurückkehren konnte, zu erneuern. Sie
hatte das Kleid angelegt, das vor allen andern, die
sie besaß, mein Wohlgefallen zu erregen pflegte, —
ein dunkelblau seidenes, eigenthümlich und nett mit
altmodischen Spitzen besetztes Kleid; sie kam mir mit
ihrer frühern Ungenirtheit entgegen; sie gab mir
die Hand mit dem offenen, unschuldigen Wohlwollen
glücklicherer Tage. Die kalten Finger, die bei der
Berührung mit den meinigen zitterten; die blassen
Wangen mit einem hellen rothen, mitten auf den=
selben brennenden Flecke; das schwache Lächeln, das
auf ihren Lippen mit Mühe zum Vorschein kam und
bei meinem Blicke darauf wieder hinwegstarb, sagten
mir, mit welchem Opfer für sie selbst diese äußere
Fassung aufrecht erhalten wurde. Mein Herz konnte
sie nicht enger an mich fesseln, sonst hätte ich sie jetzt
geliebt, wie ich bisher sie nie geliebt hatte.

Mr. Gilmore brachte uns große Erleichterung.
Er war sehr gut aufgeräumt und führte die Unter=
haltung mit unermüdlicher Lebendigkeit. Miß Hal=

combe sekundirte ihm entschlossen, und ich that mein
Möglichstes, ihrem Beispiel zu folgen. Die freund=
lichen blauen Augen, deren Ausdruck ich in seinem
geringsten Wechsel so gut zu deuten gelernt hatte,
schauten mich bittend an, als wir uns zur Tafel
niedersetzten. Helfen Sie meiner Schwester — schien
das süße ängstliche Antlitz zu sagen — helfen Sie
meiner Schwester, und Sie werden mir helfen.

Wir kamen über das Diner, allem äußern An=
schein nach wenigstens, glücklich genug hinweg. Als
die Damen sich von der Tafel erhoben hatten, und
Mr. Gilmore und ich allein im Speisesaal zurück=
geblieben waren, bot sich ein neues Interesse dar,
unsere Aufmerksamkeit zu beschäftigen, während ich
dadurch zugleich Gelegenheit bekam, mir durch einige
Minuten willkommenen Stillschweigens wieder die
nöthige Fassung zu gewinnen. Der Diener, welcher
abgesandt worden war, die Spur von Anna Cathe=
rik und Mrs. Clements zu verfolgen, kehrte mit
seinem Berichte zurück und wurde unmittelbar in
den Speisesaal gerufen."

„Nun," sagte Mr. Gilmore, „was haben Sie
ausgefunden?

„Ich habe ausgefunden, Sir," antwortete der=
selbe, „daß die beiden Frauen auf unserem Bahn=
hofe hier Bilete nach Carlisle genommen haben."

„Sie gingen nach Carlisle, natürlich, als Sie
das hörten?"

„Gewiß, Sir; aber ich bedaure, erklären zu
müssen, daß ich von da an ihre Spur nicht weiter
zu verfolgen im Stande war."

„Sie fragten auf der Eisenbahn nach?"

„Ja, Sir."

„Und in den verschiedenen Gasthäusern?"

„Ja, Sir."

„Und Sie ließen den Ausweis, den ich Ihnen geschrieben habe, auf der Polizeistation zurück?"

„Ja, Sir."

„Gut, mein Freund, Sie haben Alles gethan, was Sie konnten, und ich habe gethan, was ich konnte; und dabei muß es bis auf weitere Kunde sein Bewenden haben. Wir haben unsern Trumpf ausgespielt, Mr. Hartright," fuhr der alte Herr fort, als der Diener sich zurückgezogen hatte. „Für jetzt wenigstens haben uns die Frauen hinausmanövrirt; und das einzige Hülfsmittel, das uns bleibt, ist, Sir Percival Glyde's Ankunft am nächsten Montag abzuwarten. Wollen Sie Ihr Glas nicht wieder füllen? Eine gute Flasche Portwein, das ist ein gesunder, substantieller, alter Wein. Und doch habe ich bessern in meinem eigenen Keller."

Wir kehrten in das Gesellschaftszimmer zurück — jenes Gemach, in welchem die glücklichsten Abende meines Lebens vergangen waren; das Gemach, welches ich nach dieser letzten Nacht nicht wieder erblicken sollte. Sein Aussehen hatte sich geändert, seitdem der Tag kürzer, und das Wetter kalt geworden war. Die Glasthüren auf der Terrassenseite waren geschlossen und durch dicke Vorhänge verborgen. Anstatt der sanften dämmernden Dunkelheit, worin wir zu sitzen pflegten, blendete jetzt das helle, strahlende Lampenlicht meine Augen. Alles war verändert — innen und außen, Alles war verändert.

Miß Halcombe und Mr. Gilmore setzten sich an

den Spieltisch; Mrs. Vesey nahm ihren gewöhnlichen
Sessel. Bei ihnen handelte es sich um keinen
Zwang, über ihren Abend zu verfügen; desto schmerz=
licher fühlte ich bei dieser Wahrnehmung den Zwang,
der mir auferlegt war, um mit demselben fertig zu
werden. Ich sah Miß Fairlie zögernd neben dem
Notenpult weilen. Die Zeit war vorüber, wo ich
mich ihr dort hätte anschließen können. Ich wartete
unschlüssig — ich wußte nicht, wohin ich zunächst
gehen, oder was ich thun sollte. Sie warf einen
schnellen Blick auf mich, nahm plötzlich ein Musikstück
von dem Ständer und kam von selbst auf mich zu.

„Soll ich eine von jenen kleinen Melodien Mo=
zart's spielen, welche Ihnen so sehr gefielen?" fragte
sie hastig, die Blätter aufschlagend und, während
sie sprach, auf dieselben niederschauend.

Ehe ich ihr danken konnte, eilte sie an das
Piano. Der Sessel neben ihr, welchen ich sonst
immer einzunehmen gewohnt war, stand leer. Sie
schlug einige Saiten an — blickte dann nach mir
herum — und hernach wieder auf ihre Musik.

„Wollen Sie nicht Ihren alten Platz einneh=
men?" sagte sie in sehr abgebrochenen und leisen
Tönen.

„Ich will mich noch einmal die letzte Nacht hier
niederlassen," antwortete ich.

Sie gab keine Antwort darauf; sie hielt ihre
Aufmerksamkeit auf die Musik geheftet — Musik,
welche sie aus dem Gedächtniß kannte, welche sie in
früheren Zeiten wieder und wieder ohne das Buch
gespielt hatte. Ich wußte nur, daß sie mich gehört
hatte, ich wußte nur, daß sie von meinem Befinden

in ihrer Nähe Kunde hatte, da ich sah, daß der rothe Fleck auf der mir zugekehrten Wange verschwand, und das Angesicht völlig erbleichte.

„Es thut mir sehr leid, daß Sie gehen," sagte sie, und ihre Stimme sank beinahe zu einem Flüstern herab; ihre Augen schauten immer gespannter auf die Musik; ihre Finger flogen mit einer seltsamen, fieberischen Energie, welche ich nie zuvor an ihr bemerkt hatte, über die Tasten des Piano's.

„Ich werde dieser freundlichen Worte gedenken, Miß Fairlie, lang nachdem der Morgen gekommen und gegangen ist."

Die Blässe wurde sichtbarer auf ihrem Angesicht, und sie wandte es wieder von mir ab.

„Sprechen Sie nicht von Morgen," sagte sie. „Lassen Sie die Musik heute Nacht zu uns reden, in einer glücklichern Sprache, als die unsrige."

Ihre Lippen zitterten — ein schwacher Seufzer entschlüpfte ihnen, den sie vergeblich zu unterbrücken suchte. Ihre Finger strauchelten auf dem Piano, sie schlug eine falsche Note an; verwirrte sich selbst, als sie dieselbe zu verbessern suchte, und ließ ärgerlich ihre Hände auf den Schoos fallen. Miß Halcombe und Mr. Gilmore schauten erstaunt von dem Kartentisch, an dem sie saßen, auf. Selbst Mrs. Vesey, die auf ihrem Sessel schlummerte, erwachte bei der plötzlichen Unterbrechung der Musik und fragte, was geschehen sei.

„Sie spielen Whist, Mr. Hartright?" fragte Miß Halcombe, indem sie bedeutungsvoll ihre Augen auf den Platz, den ich einnahm, richtete.

Ich wußte, was sie sagen wollte; ich wußte, daß

fie recht hatte, und stand sogleich auf, um an den
Kartentisch zu treten. Als ich das Piano verließ,
wandte Miß Fairlie eine Seite der Musik um und
griff wieder mit festerer Hand auf die Tasten.

„Ich will es spielen," sagte sie, beinahe leiden=
schaftlich die Noten anschlagend. „Ich will es die
letzte Nacht spielen."

„Kommen Sie, Mrs. Vesey," sagte Miß Hal=
combe; „Mr. Gilmore und ich sind müde von Ecarté
— kommen Sie und machen Sie die Partnerin von
Mr. Hartright im Whist."

Der alte Advokat lächelte satyrisch. Er war im
Gewinn gesessen und hatte eben einen König umge=
schlagen. Er schrieb augenblicklich die plötzliche Ver=
änderung, welche Miß Halcombe an dem Kartentische
traf, einem weiblichen Unvermögen, mit Verlust zu
spielen, zu.

Der Rest des Abends verging ohne ein Wort
oder einen Blick von ihr. Sie behielt ihren Platz
am Piano; und ich behielt den meinigen am Karten=
tisch. Sie spielte ununterbrochen — spielte, als ob
die Musik ihre einzige Zuflucht vor ihr selbst wäre.
Bald berührten ihre Finger die Noten mit einer
zögernden Liebe, einer weichen, klagenden, hinsterben=
den Zärtlichkeit, unaussprechlich schön und wehmüthig
zum Anhören — bald stockten sie und versagten ihr,
oder eilten mechanisch über das Instrument dahin,
als ob ihre Aufgabe eine Last für sie wäre. Aber
wie sie auch in dem Ausdruck, den sie der Musik
mittheilten, wechseln oder straucheln mochten, der
einmal gefaßte Entschluß, zu spielen, blieb unerschüt=
tert. Sie stand erst von dem Piano auf, als wir

uns Alle erhoben, um uns gegenseitig gute Nacht
zu wünschen.

Mrs. Vesey war die nächste an der Thüre und
folglich die erste, die mir zum Abschied die Hand
reichte.

„Ich werde Sie nicht wieder sehen, Mr. Hart=
right," sagte die alte Dame. „Es thut mir wahr=
haft leid, daß Sie fortgehen. Sie sind sehr freund=
lich und aufmerksam gewesen. Ich wünsche Ihnen
alles Glück, Sir — ich wünsche Ihnen ein freund=
liches Lebewohl."

Mr. Gilmore kam nun an die Reihe.

„Ich hoffe, wir werden in Zukunft Gelegenheit
haben, unsere Bekanntschaft fortzusetzen, Mr. Hart=
right. Sie begreifen doch vollkommen, daß die
kleine Geschäftssache in meinen Händen gut aufge=
hoben ist? Ja, ja, natürlich. Gott steh' mir bei,
wie kalt es ist! Ich will Sie nicht lang unter der
Thüre aufhalten. Bon voyage, mein werther Sir
— bon voyage, wie die Franzosen sagen."

Miß Halcombe folgte.

„Halbacht Uhr morgen früh," sagte sie; dann
fügte sie flüsternd hinzu, „ich habe mehr gehört und
gesehen, als Sie glauben. Ihr Benehmen heute
Nacht hat mich auf Lebenszeit zu ihrer Freundin
gemacht."

Miß Fairlie kam zuletzt.

Ich konnte mich nicht so weit auf mich selbst ver=
lassen, um sie anzusehen, als ich ihre Hand faßte
und an den nächsten Morgen dachte.

„Meine Abreise muß sehr früh geschehen," sagte

ich. „Ich werde schon abgegangen sein, Miß Fairlie, ehe Sie —"

„Nein, nein," fiel sie hastig ein, „nicht ehe ich
aus meinem Zimmer bin. Ich werde mit Marian
beim Frühstück erscheinen. Ich bin nicht so undank-
bar, nicht so vergeßlich in Bezug auf die letzten
drei Monate."

Ihre Stimme versagte ihr; ihre Hand drückte
sanft die meinige und fiel dann plötzlich nieder. Ehe
ich „Gute Nacht" sagen konnte, war sie fort.

Das Ende eilt schnell für mich heran — kommt
unvermeiblich, wie das Licht des letzten Morgens zu
Limmeridgehouse anbrach.

Es war erst halbacht Uhr, als ich die Treppe
hinabstieg — aber ich fand beide schon am Frühstückstische meiner wartend. In der frostigen Luft,
in dem Dämmerlichte, in der düstern Morgenstille
des Hauses saßen wir bei einander und versuchten
zu essen und zu sprechen. Das Bestreben, den äußern
Schein zu wahren, erschien hoffnungslos und vergeblich; und ich erhob mich, ein Ende zu machen.

Als ich meine Hand ausstreckte, als Miß Halcombe, welche mir zunächst stand, sie faßte, wandte
sich Miß Fairlie plötzlich ab und eilte aus dem
Zimmer.

„Besser so," sagte Miß Halcombe, als die Thüre
geschlossen war — „besser so für Sie und jene."

Ich wartete einen Augenblick, ehe ich sprechen
konnte — es war hart, von ihr zu lassen, ohne ein
Scheidewort, ohne einen Scheideblick. Ich that mir
selbst Gewalt an, ich versuchte in geziemenden

Redensarten mich von Miß Halcombe zu verabschie-
ben; aber alle die Worte des Lebewohls, die ich
gern gesagt hätte, schwanden in einen Satz zusammen.

„Habe ich verdient, daß Sie vielleicht an mich
schreiben?" war Alles, was ich sagen konnte.

„Sie haben in einer Weise Alles verdient, was
ich für Sie thun kann, so lang wir beide am Leben
bleiben. Was auch das Ende sein mag, Sie sollen
es erfahren."

„Und wenn ich je wieder in Zukunft von einiger
Hülfe sein kann, lang nachdem das Gedächtniß meiner Anmaßung und meiner Thorheit entschwunden
ist —"

Ich konnte Nichts weiter hinzusetzen. Meine
Stimme zitterte, meine Augen wurden feucht, gegen
meinen Willen.

Sie faßte mich bei beiden Händen — sie um-
schloß sie mit dem starken, festen Druck eines Mannes — ihre dunkeln Augen glänzten — ihre braune
Gesichtsfarbe röthete sich tief — die Kraft und Energie ihres Antlitzes erglühte und machte sich wirklich
schön in dem reinen, innern Lichte ihres Edelmuthes
und Mitleids.

„Ich will Ihnen vertrauen — wenn je die Zeit
kommt, ich will Ihnen vertrauen, als m e i n e m
Freunde und i h r e m Freunde; als m e i n e m Bruder
und i h r e m Bruder." Sie hielt an, zog mich näher
zu sich — das furchtlose, edle Geschöpf — berührte
meine Stirne, schwesterlich, mit ihren Lippen und
nannte mich bei meinem Taufnamen. „Gott segne
Sie, Walter!" sagte sie. „Warten Sie hier noch
ein wenig allein, um sich zu fassen. Ich thue besser,

14*

nicht zu bleiben, um unſer beider willen; ich thue beſſer, Sie von dem Balkon oben abgehen zu ſehen."

Sie verließ das Zimmer. Ich wandte mich nach dem Fenſter, wo Nichts als die öde Herbſtlandſchaft mir entgegenſchaute — ich wandte mich ab, um mich ſelbſt zu bemeiſtern, ehe ich meinerſeits das Zimmer verließ, es auf immer verließ.

Eine Minute verging — es konnte kaum mehr geweſen ſein — als ich leiſe wieder die Thüre ſich öffnen hörte; und das Rauſchen eines ſeidenen Frauenkleides auf dem Teppich ließ ſich vernehmen. Mein Herz ſchlug heftig, als ich mich umwandte. Miß Fairlie näherte ſich mir von dem fernſten Ende des Zimmers.

Sie hielt an und zögerte, als unſere Augen ſich begegneten, und als ſie ſah, daß wir allein waren. Dann trat ſie, mit jenem Muthe, den Frauen ſo oft in kleinen, und ſo ſelten in großen Nöthen ver= lieren, mir näher, auffallend blaß und auffallend ruhig, eine Hand auf dem Tiſche, längs deſſen ſie herankam, nachziehend, in der andern Etwas an der Seite haltend, was von den Falten ihres Gewandes verborgen war.

„Ich eilte nur in das Geſellſchaftszimmer," ſagte ſie, „um das hier zu holen. Es mag Sie an Ihren Beſuch hier, und an die Freunde, welche Sie zurück= laſſen, erinnern. Sie ſagten mir, ich habe ſehr große Fortſchritte gemacht, als ich daran arbeitete — und ich dachte, Sie würden gern —"

Sie wandte den Kopf ab und bot mir eine kleine Skizze des Sommerhauſes, wo wir uns zum erſten Mal getroffen hatten, ganz von ihrer eigenen Hand

gefertigt. Das Blatt Papier zitterte in ihrer Hand,
als sie es mir hinhielt — zitterte in der meinigen,
als ich es von ihr nahm.

Ich fürchtete zu sagen, was ich fühlte — ich
antwortete nur: „Es wird mich nie verlaffen; mein
Leben lang wird es der koftbarfte Schatz für mich
sein. Ich bin sehr dankbar dafür — bin Ihnen
sehr dankbar dafür, daß Sie mich nicht hinweggehen
laffen, ohne Ihnen ein Lebewohl zu sagen."

„O!" erwiederte sie unschuldig, „wie könnte ich
Sie hinweggehen laffen, nachdem wir so viele glück=
liche Tage mit einander zugebracht hatten!"

„Diese Tage kehren niemals wieder, Miß Fairlie
— mein Lebensweg und der Ihrige liegen sehr weit
aus einander. Aber sollte die Zeit kommen, wo die
Ergebenheit meines ganzen Herzens, meiner ganzen
Seele und aller Kraft Ihnen einen Augenblick des
Glücks gewähren, oder einen Augenblick der Sorge
erfparen könnte, wollen Sie verfuchen, sich des armen
Zeichenlehrers zu erinnern, der Ihnen Unterricht
gegeben hat? Miß Halcombe hat verfprochen, mir
zu vertrauen — wollen Sie es auch verfprechen?"

Die Betrübniß des Abschieds' in den freundlich
blauen Augen schimmerte düfter durch die sich darin
anfammelnden Thränen hindurch.

„Ich verfpreche es," antwortete sie in gebroche=
nen Tönen. „O, schauen Sie mich nicht so an!
Ich verfpreche es Ihnen von ganzem Herzen."

Ich wagte es, ein wenig näher zu treten, und
streckte meine Hand aus.

„Sie haben viele Freunde, welche Liebe zu Ih=
nen empfinden, Miß Fairlie. Ihre glückliche Zukunft

ist das theure Ziel vieler Hoffnungen. Darf ich beim
Scheiden sagen, daß es auch das theure Ziel mei=
ner Hoffnungen ist?"

Die Thränen rannen schnell über ihre Wangen
herab. Sie legte die eine zitternde Hand auf den
Tisch, um sich daran zu halten, während Sie mir
die andere reichte. Ich nahm sie in die meinige —
ich hielt sie fest. Mein Haupt neigte sich darüber
hin, meine Thränen fielen darauf, meine Lippen
preßten sich darauf — nicht in Liebe; o, nicht in
Liebe, diesen letzten Augenblick, sondern in Todes=
schmerz, in der Selbstvergessenheit der Verzweiflung.

„Um Gottes willen, verlassen Sie mich!" sagte
sie schwach.

Das Bekenntniß von dem Geheimniß ihres
Herzens brach in diesen beredten Worten hervor.
Ich hatte kein Recht, sie anzuhören, kein Recht,
darauf eine Antwort zu geben: es waren die Worte,
die mich im Namen ihrer geheiligten Schwäche aus
dem Gemach verbannten. Es war Alles vorüber.
Ich ließ ihre Hand fallen! ich sagte Nichts mehr.
Die überlaufenden Thränen verbargen sie vor mei=
nen Augen, und ich wischte sie hinweg, um zum
letzten Mal auf sie zu schauen. Noch ein Blick, als
sie auf einen Stuhl sank, als ihre Arme auf den
Tisch fielen, als ihr schönes Haupt müde auf dieselben
niedergleitete. Noch ein Scheideblick; und die Thüre
hatte sich hinter ihr geschlossen — der tiefe Abgrund
der Trennung hatte sich zwischen uns aufgethan —
das Bild von Laura Fairlie war bereits ein Ge=
dächtnißmal der Vergangenheit.

Fortſetzung der Geſchichte

durch

Vincent Gilmore
von Chancery-Lane, Rechtsanwalt.

I.

Ich ſchreibe dieſe Zeilen auf Bitten meines Freundes, Mr. Walter Hartright. Sie ſind darauf berechnet, eine Schilderung gewiſſer Ereigniſſe zu geben, welche Miß Fairlie's Intereſſen ernſtlich berührten und nach dem Zeitpunkt von Mr. Hartright's Abreiſe ſtattfanden.

Ich brauche nicht zu ſagen, ob meine eigene Anſicht von der Sache die Enthüllung dieſer merkwürdigen Familiengeſchichte, wovon meine Erzählung einen weſentlichen Beſtandtheil ausmacht, rechtfertigt oder nicht. Mr. Hartright hat die Verantwortlichkeit dafür auf ſich genommen; und die nunmehr zu berichtenden Umſtände werden zeigen, daß er ſich

hiezu ein vollgültiges Recht erworben hat, wenn er
es für gut findet, davon Gebrauch zu machen. Der
Plan, welchen er sich dafür entworfen hat, die Geschichte auf die wahrhafteste und lebendigste Weise
Andern zur Kenntniß zu bringen, macht es nothwendig, daß sie auf jeder Entwicklungsstufe im Laufe
der Begebenheiten eben von den Personen, welche
zur Zeit ihres Eintreffens direkt dabei betheiligt
waren, erzählt wird. Mein nunmehriges Auftreten
als Erzähler ist die natürliche Folge dieser Anordnung. Ich bin während des Aufenthaltes von Sir
Percival Glyde in Cumberland zur Stelle und bei
einem wichtigen Ergebniß von dessen kurzem Verweilen unter Mr. Fairlie's Dach persönlich betheiligt gewesen. Es ist darum meine Schuldigkeit,
diese neuen Glieder in die Ereignisse einzufügen und
die Kette selbst an dem Punkte aufzunehmen, wo sie
für jetzt Mr. Hartright fallen ließ.

Ich kam Freitag den zweiten November zu Limmeridgehouse an.

Mein Zweck war, in Mr. Fairlie's Hause bis
zur Ankunft von Sir Percival Glyde zu bleiben.
Wenn dieses Ereigniß zur Festsetzung eines bestimmten Tages für Sir Percival's Vereinigung mit Miß
Fairlie führte, so sollte ich die nöthigen Instructionen
mit nach London zurücknehmen und mich mit der
Aufsetzung von dem Heirathsvertrag der Dame beschäftigen. Am Freitag ließ mir Mr. Fairlie noch
nicht die Ehre einer Unterhaltung zu Theil werden.
Er war wirklich oder eingebildeter Maßen seit Jahren in invaliden Umständen und befand sich nicht
wohl genug, um mich zu empfangen. Miß Hal-

combe war das erste Glied der Familie, welches ich
sah. Sie begegnete mir unter der Hausthüre und
stellte mich Mr. Hartright vor, der seit einiger Zeit
zu Limmeridge weilte.

Miß Fairlie sah ich erst später am Tag beim
Diner. Sie sah nicht gut aus, wie ich mit Bedauern bemerkte. Sie ist ein süßes, liebenswürdiges
Mädchen, so freundlich und aufmerksam gegen Jedermann, wie ihre treffliche Mutter gewöhnlich war
— obwohl persönlich gesprochen sie ihrem Vater
nachschlägt. Mrs. Fairlie hatte dunkles Auge und
Haar, und ihre ältere Tochter, Miß Halcombe, er-
innert mich lebhaft an sie. Miß Fairlie spielte uns
am Abend — nicht so gut als sonst, wie es mir
schien. Wir hatten einen Rubber *) im Whist, eine
wahre Entheiligung, so weit es das Spiel betrifft,
von jenem edeln Zeitvertreib. Ich hatte bei unserer
ersten Begegnung einen vortheilhaften Eindruck von
Mr. Hartright bekommen; bald aber entdeckte ich,
daß er von den socialen, bei seinem Alter vorkommenden Fehlern nicht frei war. Es gibt drei Dinge,
welche Keiner von den jungen Männern der gegenwärtigen Generation kann. Sie können nicht beim
Weine sitzen; sie können nicht Whist spielen; sie
können nicht einer Dame ein Compliment machen.
Mr. Hartright machte keine Ausnahme von der allgemeinen Regel. Sonst aber, selbst in jenen ersten
Tagen und nach einer so kurzen Bekanntschaft, kam
er mir als ein bescheidener, gentlemanmäßiger junger
Mann vor.

---

*) Eine doppelte Partie.   A. d. U.

So verging der Freitag. Ich spreche nicht von
den ernsthafteren Angelegenheiten, welche an dem=
selben meine Aufmerksamkeit in Anspruch nahmen
— dem anonymen Briefe an Miß Fairlie; den Maß=
regeln, welche ich zu ergreifen für gut fand, als
man der Sache gegen mich erwähnte; und von der
Ueberzeugung, welche ich hegte, daß Sir Percival
Glyde bereitwillig jede mögliche Erklärung geben
würde, da dieß, wie ich weiß, in dem vorhergehen=
den Theile dieser Erzählung zur Genüge berich=
tet ist.

Am Samstag war Mr. Hartright abgereist, ehe
ich zum Frühstück hinabkam. Miß Fairlie hielt sich
den ganzen Tag auf ihrem Zimmer, und Miß Hal=
combe schien mir nicht in guter Stimmung zu sein.
Das Haus war nicht, was es in den Zeiten von
Mr. Philipp Fairlie und seiner Gattin gewesen. Ich
machte Vormittags einen Spaziergang für mich allein
und besuchte einige Plätze, die ich zum ersten Mal
gesehen hatte, als ich vor mehr als dreißig Jahren
in Geschäftssachen zu Limmeridge verweilte. Sie
waren nicht mehr wie sonst.

Nach zwei Uhr ließ mir Mr. Fairlie sagen, er
fühle sich wohl genug, um mich zu sehen. Es hatte
sich seit meiner ersten Bekanntschaft mit ihm in kei=
ner Hinsicht geändert. Seine Sprache war dieselbe
wie sonst — bewegte sich einzig um seine Person,
seine Krankheitsumstände, seine wundervollen Mün=
zen und seine tadellosen Rembrandt'schen Aetzzeich=
nungen. Im Augenblick, da ich mit ihm von dem
Geschäft, das mich in sein Haus brachte, zu reden
versuchte, schloß er die Augen und sagte: „ich bringe

ihn um". Ich beharrte darauf, ihn umzubringen, indem ich wieder und wieder zu dem Gegenstand zurückkehrte. Alles, worüber ich mir Gewißheit verschaffen konnte, war, daß er die Heirath seiner Nichte als eine abgemachte Sache betrachtete, daß ihr Vater dieselbe gutgeheißen hätte, daß er sie selbst gutheiße, daß es eine wünschenswerthe Heirath sei, und daß er für seine Person froh sein würde, wenn all die Qual vorüber wäre. Wenn ich, was den Contract beträfe, seine Nichte zu Rathe ziehen und hernach so tief, als mir beliebte, in meine eigene Kenntniß von den Familienangelegenheiten greifen, und Alles bereit halten und sofort seinen eigenen Antheil an dem Geschäft als Vormund auf ein rechtzeitiges Ja beschränken wollte — nun, so würde er mit unendlichem Vergnügen meinen und Jedermanns Ansichten entgegenkommen. Inzwischen sehe ich in ihm einen hülflosen, auf sein Zimmer beschränkten Dulder. Ob ich dächte, sein Aussehen wäre der Art, daß er noch einer weitern Marter bedürfe? Nein. Warum ihn also dann martern?

Ich wäre vielleicht darüber, daß Mr. Fairlie in seiner Eigenschaft als Vormund in so auffallender Weise jeder eigenen Willensmeinung sich begab, ein wenig erstaunt gewesen, hätte nicht meine Kenntniß von den Familienangelegenheiten mir die Erinnerung nahe gelegt, daß er ein unverheiratheter Mann war und Nichts weiter als eine auf das Besitzthum von Limmeridge fundirte lebenslängliche Nutznießung hatte. Wie die Dinge standen, war ich also durch das Ergebniß der Unterredung weder überrascht, noch in meinen Erwartungen getäuscht. Mr. Fairlie hatte die letztern einfach gerechtfertigt — und damit hatte es sein Ende.

Sonntag war ein düsterer Tag, außer und in dem Hause. Es kam ein Brief von Sir Percival Glyde's Rechtsanwalt an, worin er über den Empfang meiner Abschrift von dem anonymen Schreiben und meines Beiberichtes über den Fall Mittheilung machte. Miß Fairlie schloß sich am Nachmittag uns an, sah aber bleich und niedergedrückt aus und gar nicht sich selbst gleich. Ich sprach ein wenig mit ihr und wagte eine zarte Anspielung auf Sir Percival. Sie hörte mir zu, sagte aber Nichts. Auf alle andern Gegenstände ging sie willig ein, aber diesen ließ sie gern fallen. Es stieg mir der Zweifel auf, ob sie nicht ihre eingegangene Verpflichtung bereue — wie es bei jungen Damen oft geschieht, wenn die Reue zu spät kommt.

Am Montag langte Sir Percival Glyde an.

Ich fand in ihm einen höchst einnehmenden Mann, so weit es sich um Manieren und äußere Erscheinung handelte. Er sah ziemlich älter aus, als ich erwartet hatte; sein Kopf war an der Stirne kahl und sein Gesicht etwas markirt und verlebt. Aber seine Bewegungen waren rasch, und sein Geist so lebhaft wie bei einem jungen Man. Seine Begegnung mit Miß Halcombe war entzückend herzlich und ungekünstelt; und mein Empfang von ihm, als ich ihm vorgestellt wurde, so leicht und gefällig, daß wir von da auf dem Fuße von alten Freunden zu stehen schienen. Miß Fairlie war, als er ankam, nicht bei uns, trat aber zehn Minuten später in das Zimmer. Sir Percival erhob sich und machte ihr

mit vollkommener Grazie sein Compliment. Seine
augenscheinliche Besorgniß, als er das verschlimmerte
Aussehen der jungen Dame wahrnahm, wurde mit
einer Mischung von Zärtlichkeit und Respect, mit
einer anspruchslosen Delicatesse in Ton, Stimme und
Benehmen ausgedrückt, welche ebenso sehr seiner
guten Erziehung, wie seinem Verstand Ehre machten.
Ich war unter solchen Umständen ziemlich überrascht,
als Miß Fairlie in seiner Gegenwart noch immer
gleich zurückhaltend und gezwungen blieb und die
erste Gelegenheit, das Zimmer wieder zu verlassen,
ergriff. Sir Percival schien weder den Zwang in
der ihm zu Theil gewordenen Aufnahme, noch den
plötzlichen Rückzug derselben aus der Gesellschaft zu
bemerken. Er hatte ihr seine Aufmerksamkeiten nicht
aufgedrungen, da sie gegenwärtig war, noch setzte er
Miß Halcombe durch eine Anspielung auf ihren Ab-
gang, nachdem sie sich entfernt hatte, in Verlegenheit. Sein Tact und sein Geschmack waren hier,
wie bei jeder andern Veranlassung, ohne Fehl, so
lang ich mich in seiner Gesellschaft zu Limmeridgehouse befand.

Sobald Miß Fairlie das Zimmer verlassen hatte,
enthob er uns aller Verlegenheit bezüglich des anonymen Briefes, indem er aus eigenem Antrieb darauf zu sprechen kam. Er hatte auf seinem Wege
von Hampshire zu London Halt gemacht; hatte
seinen Anwalt gesehen; hatte die von mir zugesand-
ten Papiere gelesen und war nach Cumberland ge-
reist mit dem eifrigen Verlangen, uns durch die
schnellste und vollständigste Erklärung, welche Worte
zu geben vermochten, zufrieden zu stellen. Da ich

ihn selbst über die Sache sich aussprechen hörte,
überreichte ich ihm den Originalbrief, welchen ich zu
seiner Einsichtnahme aufbewahrt hatte. Er dankte
und lehnte dieß ab, indem er sagte, er habe von
der Abschrift Kenntniß genommen und sei völlg
Willens, das Original in unsern Händen zu lassen.

Die Erklärung selbst, worauf er unmittelbar einging, war so einfach und befriedigend, wie ich mir
dieselbe ganz vorausgedacht hatte.

Mrs. Catherick hatte in früheren Jahren, belehrte er uns, ihm durch treue Dienste, welche sie
seinen Familienangehörigen und ihm selbst erwiesen,
einige Verpflichtung auferlegt. Sie war doppelt
unglücklich durch ihre Heirath mit einem Gatten, der
sie böslich verlassen hatte, und durch den Zustand
eines einzigen Kindes, dessen geistige Fähigkeiten
von frühen Jahren eine gewisse Störung verriethen.
Wiewohl ihre Heirath sie nach einer Gegend von
Hampshire gebracht hatte, welche von der Nachbarschaft, worin Sir Percivals Güter lagen, weit entfernt war, hatte er doch Sorge getragen, sie nicht
aus dem Gesicht zu verlieren, da seine freundschaft-
lichen Gefühle gegen die arme Frau in Anbetracht
ihrer früheren Dienste noch durch die Bewunderung
der Geduld und des Muthes, womit sie ihr Mißgeschick
ertrug, sehr verstärkt worden waren. Im Laufe
der Zeit steigerten sich die Symptome von Geistes-
schwäche bei ihrer unglücklichen Tochter zu einem ernst-
haften Grade, daß es zu einer Pflicht der Nothwendigkeit wurde, sie unter geeignete ärztliche Pflege zu
stellen. Mrs. Catherick selbst erkannte diese Nothwendigkeit an, aber hegte das bei Personen, welche eine

respektable Stellung wie sie einnehmen, gewöhnliche Vorurttheil, welches ihr nicht gestattete, ihre Tochter als Armenkind in ein öffentliches Irrenhaus bringen zu lassen. Sir Percival hatte dieses Vorurtheil respektirt, wie er die ehrbare Unabhängigkeit des Gefühls in jedem Lebensrange respektirte, und sich entschlossen, seine Dankbarkeit für Mrs. Catherick's frühere Hingebung an seine und seiner Familie Interessen dadurch zu bethätigen, daß er die Kosten für die Verpflegung ihrer Tochter in einer achtbaren Privatirrenanstalt auf sich nahm. Zu seinem und ihrer Mutter Bedauern hatte das unglückliche Geschöpf den Antheil entdeckt, welchen er in Folge der Umstände an ihrer Gefangensetzung genommen, und deßhalb den bittersten Haß und das lebhafteste Mißtrauen gegen ihn gefaßt. Diesem Haß und Mißtrauen — welches sich auf verschiedene Art in der Irrenanstalt ausgedrückt hatte — war der anonyme Brief, der nach ihrer Flucht geschrieben wurde, offenbar zuzuschreiben. Wenn Miß Halcombe's oder Mr. Gilmore's Auffassung jenes Dokuments diese Ansicht nicht bestätigte, oder wenn sie noch weitere Einzelnheiten in Bezug auf die Irrenanstalt (deren Adresse er gleich den Namen und Adressen der beiden Aerzte, auf deren Atteste hin die Kranke aufgenommen worden war, angab) wünschen mochten, so erklärte er sich bereit, jede Frage zu beantworten und jede Ungewißheit aufzuklären. Er hatte seine Pflicht gegen die unglückliche junge Frau dadurch gethan, daß er seinem Rechtsanwalt Anweisung gab, keine Kosten zu sparen, um ihre Spur aufzufinden und sie noch einmal unter ärztliche Pflege zu brin-

gen; und jetzt dachte er nur darauf, seine Pflicht
gegen Miß Fairlie und deren Familie auf dieselbe
einfache und gerade Weise zu erfüllen.

Ich war die erste Person, welche auf diese An=
sprache ihre Erwiederung gab. Mein eigener Weg
lag klar vor mir. Es ist die große Schönheit an
dem Gesetze, daß es jede menschliche Aussage, die
unter irgend welchen Umständen gemacht und in
irgend welche Form gebracht worden ist, bestreiten
kann. Hätte ich mich berufsmäßig aufgefordert ge=
funden, eine Rechtsklage gegen Sir Percival Glyde,
auf den Grund seiner eigenen Erklärung, anhängig
zu machen, ich hätte außer allem Zweifel es thun
können. Aber meine Pflicht lief nicht darauf hin=
aus: meine Function war rein judicieller Art. Ich
hatte die eben gehörte Erklärung abzuwägen; dem
hohen Rufe des Gentlemans, der sie abgab, alle
schuldige Rechnung zu tragen und ehrlich zu ent=
scheiden, ob die Wahrscheinlichkeit nach Sir Percivals
eigener Andeutung offen für ihn oder offen gegen
ihn sprach. Meine Ueberzeugung ging dahin, daß
sie offen für ihn war; und ich erklärte demgemäß,
daß seine Auseinandersetzung für mein Gefühl un=
bedingt befriedigend wäre.

Miß Halcombe äußerte, nach einem sehr ernsten
Blick auf mich, einige Worte in derselben Richtung
— jedoch mit einem gewissen Zögern in ihrem
Benehmen, welches die Umstände mir nicht zu recht=
fertigen schienen. Ich vermag nicht bestimmt anzu=
geben, ob Sir Percival es bemerkte oder nicht.
Meiner Meinung nach war jenes der Fall, als ich
sah, daß er ausdrücklich den Gegenstand wieder auf=

nahm, obwohl er nunmehr, mit aller Schicklichkeit, davon hätte abgehen können.

„Wäre meine einfache Angabe von Thatsachen nur an Mr. Gilmore gerichtet gewesen," fuhr er fort, „so würde ich jede weitere Bezugnahme auf diesen unglücklichen Gegenstand für unnöthig erachten. Ich darf wohl erwarten, daß Mr. Gilmore als Gentleman mir auf mein Wort glauben wird; und wenn er mir hat Gerechtigkeit angedeihen lassen, so ist alle Verhandlung über den Gegenstand zwischen uns zu Ende. Aber meine Stellung einer Dame gegenüber ist eine andere. Ihr bin ich — was ich keinem Mann, der da lebt, zugestehen würde — einen Beweis von der Wahrheit meiner Behauptung schuldig. Sie können diesen Beweis nicht verlangen, Miß Halcombe; und es ist deßhalb meine Pflicht gegen Sie, und noch mehr gegen Miß Fairlie, ihn zu bieten. Darf ich Sie bitten, sogleich an die Mutter dieser unglücklichen Frau — an Mrs. Catherick — zu schreiben, und sie um ihr Zeugniß zur Stütze der Erklärung, welche ich Ihnen eben gegeben habe, zu ersuchen?"

Ich sah, wie Miß Halcombe die Farbe wechselte und etwas verlegen aussah. Sir Percivals Vorschlag sollte, so artig er ausgedrückt war, nach ihrem wie meinem Dafürhalten, auf eine sehr zarte Weise die Zögerung bemerklich machen, welche ihr Benehmen einige Augenblicke zuvor verrathen hatte.

„Ich hoffe, Sir Percival, Sie haben mich nicht in dem ungerechten Verdacht, als mißtraue ich Ihnen," sagte sie schnell.

„Gewiß nicht, Miß Halcombe. Ich mache mei-

nen Vorschlag rein als einen Act der Aufmerksam=
keit gegen Sie. Werden Sie meine Beharrlichkeit
entschuldigen, wenn ich noch immer darauf zu brin=
gen wage?"

Er ging mit diesen Worten zu dem Schreibtisch,
zog einen Stuhl heran und öffnete die Papier=
mappe.

„Ich bitte Sie, dieses Briefchen zu schreiben, als
um eine Gunst für mich. Ich brauche Sie nur
einige Minuten zu beschäftigen. Sie haben Mrs.
Catherick nur zwei Fragen vorzulegen. Erstens, ob
deren Tochter mit ihrer Kenntniß und Zustimmung
in die Irrenanstalt gebracht wurde? Zweitens, ob
der Antheil, welchen ich an der Sache nahm, von
der Art ist, daß er den Ausdruck ihrer Dankbarkeit
gegen mich verdiente? Mr. Gilmore ist über den
unangenehmen Gegenstand in seinem Innern be=
ruhigt; Sie sind es gleichfalls — bitte, beruhigen
Sie auch mich dadurch, daß Sie das Briefchen
schreiben."

„Sie nöthigen mich, Ihre Forderung zu er=
füllen, Sir Percival, während ich geneigter wäre,
dieselbe zu verweigern." Mit diesen Worten erhob
sich Miß Halcombe von ihrem Platze und ging zu
dem Schreibtisch. Sir Percival bezeugte ihr seinen
Dank, reichte ihr eine Feder und wandte sich dann
gegen den Kamin. Miß Fairlie's kleines Windspiel
lag auf der Wolldecke vor demselben. Er streckte
seine Hand aus und rief den Hund freundlich an.

„Komm, Nina," sagte er; „wir kennen einander
noch, nicht wahr?"

Das kleine Thier, feig und störrisch, wie Lieb=

lingshunde gewöhnlich sind, blickte ihn scharf an, wich vor seiner ausgestreckten Hand zurück, winselte, zitterte und verkroch sich unter dem Sopha. Es war kaum möglich, daß er durch eine solche Kleinigkeit, wie das Gebahren eines Hundes gegen ihn, verstimmt werden sollte — aber ich bemerkte gleichwohl, daß er sehr schnell auf das Fenster zuschritt. Vielleicht ist sein Temperament zu Zeiten reizbar. Wenn es sich so verhält, so kann ich ihn nur bedauern. Mein Temperament ist auch zu Zeiten reizbar.

Miß Halcombe brauchte nicht lange Zeit zu dem Schreiben. Als sie fertig war, stand sie von dem Schreibtisch auf und reichte das offene Blatt Papier Sir Percival. Er verbeugte sich, nahm es von ihr, faltete es sogleich, ohne einen Blick auf den Inhalt zu werfen, zusammen, siegelte es, schrieb die Adresse und gab es ihr stillschweigend zurück. Ich habe in meinem Leben Nichts gesehen, was mit so viel Grazie und Schicklichkeit vollzogen worden wäre.

„Sie bestehen also darauf, daß ich diesen Brief auf die Post gebe, Sir Percival?" sagte Miß Halcombe.

„Ich bitte Sie darum," antwortete er. „Und nun, da er geschrieben und gesiegelt ist, erlauben Sie mir zu guter Letzt, noch eine oder zwei Fragen über die unglückliche Frau, auf welche es Bezug hat, an Sie zu richten. Ich habe die Mittheilung gelesen, welche Mr. Gilmore meinem Anwalt zu machen die Güte hatte, und worin er die Umstände beschreibt, unter welchen die Identität der Person, welche den anonymen Brief verfaßte, erkannt wurde.

15*

Aber es gibt noch einige Punkte, auf welche jene Darstellung keine Rücksicht nimmt. Hat Anna Catherick wohl Miß Fairlie gesehen?"

„O nein," antwortete Miß Halcombe.

„Hat dieselbe Sie gesehen?"

„Nein."

„Sie sah also Niemand vom Hause, außer einem gewissen Mr. Hartright, welcher zufällig auf dem Kirchhof hier mit derselben zusammentraf?"

„Sonst Niemand."

„Mr. Hartright war zu Limmeridge als Zeichenlehrer angestellt, glaube ich? Ist er ein Mitglied von einer der Aquarell-Gesellschaften?"

„Ich glaube ja," antwortete Miß Halcombe.

Er hielt einen Augenblick an, als dächte er über die letzte Antwort nach, und setzte dann hinzu:

„Haben Sie ausfindig gemacht, wo Anna Catherick wohnte, als sie sich hier in der Nachbarschaft aufhielt?"

„Ja. Auf einem Meierhofe auf dem Moor, Todd's Corner genannt."

„Es ist eine Pflicht, die wir Alle dem armen Geschöpfe selbst schuldig sind, ihre Spur zu verfolgen," fuhr Sir Percival fort. „Sie kann zu Todd's Corner Etwas gesagt haben, was uns vielleicht zu ihrer Entdeckung behülflich ist. Ich werde hingehen und Erkundigungen darüber einziehen. Inzwischen geht, da ich es nicht über mich vermog, über diesen peinlichen Gegenstand mit Miß Fairlie zu sprechen, meine Bitte an Sie, Miß Halcombe, sich gütigst der Aufgabe zu unterziehen und ihr die nöthige Erklärung zu geben, welche natürlich so lang

zu verschieben wäre, bis Sie die Antwort auf dieses
Briefchen erhalten haben."

Miß Halcombe versprach, seinen Wunsch zu er=
füllen. Er dankte ihr — nicht freundlich — und
verließ uns, um sich auf seinem eigenen Zimmer ein=
zurichten. Als er die Thüre öffnete, streckte das
mürrische Windspiel seine scharfe Schnauze unter dem
Sopha hervor, bellte und schnappte nach ihm.

„Ein gutes Stück Morgenarbeit, Miß Halcombe,"
sagte ich, sobald wir allein waren. „Da ist ein
angstvoller Tag bereits zu einem guten Ende ge=
bracht."

„Ja," antwortete sie, „ohne Zweifel. Es freut
mich sehr, daß Sie zufrieden gestellt sind."

„Ich? Mit dem Briefchen da in Ihrer Hand,
sind doch auch Sie beruhigt?"

„O, ja — wie kann es anders sein? Ich weiß,
es ist nicht möglich," fuhr sie fort, mehr zu sich
selbst, als mit mir sprechend, „aber ich wünsche bei=
nahe, Walter Hartright wäre noch geblieben, um
bei der Erklärung gegenwärtig zu sein und den Vor=
schlag, dieses Briefchen zu schreiben, der mir gemacht
wurde, mit anzuhören."

Ich war ein wenig überrascht — vielleicht auch
ein wenig geärgert über diese letzten Worte.

„Die Ereignisse haben, es ist wahr, Mr. Hart=
right auf eine merkwürdige Weise mit der Brief=
angelegenheit in Verbindung gebracht," sagte ich,
„und ich gebe gern zu, daß er sich, Alles recht be=
trachtet, mit großer Zartheit und Discretion benom=
men hat. Aber ich vermag durchaus nicht einzu=
sehen, welchen wohlthätigen Einfluß seine Gegenwart

bezüglich der Wirkung von Sir Percivals Aussage auf Ihren oder meinen Geist hätte ausüben können."

„Es war nur so eine Einbildung," sagte sie. „Es ist nicht nöthig, darauf weiter einzugehen, Mr. Gilmore. Ihre Erfahrung muß und wird die beste Führerin sein, welche ich wünschen kann."

Es war ganz und gar nicht nach meinem Sinn, daß sie in so auffallender Weise die ganze Verant= wortlichkeit auf meine Schultern wälzte. Hätte Mr. Fairlie so gethan, so wäre ich darüber nicht in Er= staunen gerathen. Aber die entschlossene, scharf= sinnige Miß Halcombe war die allerletzte Person in der Welt, von der ich gedacht hätte, daß sie vor dem Ausspruch ihrer eigenen Meinung zurückbebe.

„Wenn Sie noch von Zweifeln geplagt werden," sagte ich, „warum gedenken Sie derselben nicht so= gleich gegen mich? Gestehen Sie mir offen, haben Sie noch irgend einen Grund, Sir Percival zu miß= trauen?"

„Durchaus nicht."

„Sehen Sie noch irgend etwas Unwahrschein= liches oder Widersprechendes in seiner Erklärung?"

„Wie kann ich dergleichen sagen, nach dem Be= weis, zu dem er sich mir für die Wahrheit derselben erboten hat? Gibt es ein besseres Zeugniß zu sei= nen Gunsten, als das Zeugniß von der Mutter jener Frau?"

„Gewiß nicht; wenn die Antwort auf Ihre ein= gezogene Erkundigung sich als befriedigend heraus= stellt, so sehe ich wenigstens nicht ein, was ein Freund Sir Percivals noch weiter von ihm erwar= ten kann."

„Dann wollen wir das Briefchen auf die Post senden," erwiederte sie, aufstehend, um das Zimmer zu verlassen, „und bis zum Eintreffen der Antwort jeder ferneren Bezugnahme auf den Gegenstand entsagen. Legen Sie kein Gewicht auf mein Bedenken. Ich kann keinen besseren Grund dafür angeben, als daß ich in letzter Zeit Laura's wegen allzu ängstlich gewesen bin; und Angst, Mr. Gilmore, raubt auch dem Stärksten von uns die Besonnenheit."

Sie verließ mich plötzlich, während ihre von Natur feste Stimme bei den letzten Worten in's Stammeln gerieth. Eine gefühlvolle, heftige, leidenschaftliche Natur — eine Frau, ihrer zehntausend werth in diesen trivialen, oberflächlichen Zeiten. Ich hatte sie von ihren frühesten Jahren her gekannt; ich hatte sie, als sie heranwuchs, in mehr als einer schweren Familienkrisis bewährt gefunden, und meine lange Erfahrung bewirkte, daß ich ihr unter den eben geschilderten Umständen eine Wichtigkeit beilegte, die mir gewiß bei einer andern Frau nicht in den Sinn gekommen wäre. Ich vermochte keinen Grund zu Besorgniß oder Zweifel zu erkennen; aber sie flößte mir dennoch ein wenig Unruhe, ein wenig Zweifel ein. In meiner Jugend würde ich unter dem Reize meines unerklärlichen Gemüthszustandes in Hitze und Aufwallung gerathen sein. In meinem Alter wußte ich etwas Besseres und ging aus, um mir denselben philosophisch durch einen Spaziergang vom Halse zu laufen.

II.

Wir trafen Alle beim Diner wieder zusammen.

Sir Percival war so lebhaft und gut aufge=
räumt, daß ich ihn kaum als denselben Mann er=
kannte, dessen ruhiger Takt, dessen Feinheit und
gesunder Menschenverstand bei der Begegnung am
Morgen einen so starken Eindruck auf mich ge=
macht hatten. Die einzige Spur seines vorigen
Selbsts, die ich zu entdecken vermochte, kam hin und
wieder, und zwar stets in seinem Benehmen gegen
Miß Fairlie zum Vorschein. Ein Blick oder ein
Wort von ihr hemmte in einem Moment sein lau=
testes Lachen, drängte seine heiterste Redeblüthe zu=
rück und machte ihn ganz Aufmerksamkeit für sie
und für Niemand sonst bei Tische. Obwohl er nie=
mals offen sie in das Gespräch zu ziehen versuchte,
ließ er doch niemals die geringste Gelegenheit, welche
sie ihm gab, außer Augen, sie wie zufällig mit der
Strömung desselben treiben zu lassen und ihr unter
solchen günstigen Umständen Worte zu sagen, welche
ein Mann mit weniger Takt und Delikatesse in dem
Augenblick, da sie ihm einfielen, geradezu an sie ge=
richtet haben würde. Zu einigem Erstaunen für mich
schien Miß Fairlie für seine Aufmerksamkeiten er=
kenntlich zu sein, jedoch ohne sich dadurch tiefer er=
regen zu lassen. Sie gerieth von Zeit zu Zeit ein
wenig in Verwirrung, wenn er sie anschaute, oder
mit ihr sprach; aber sie wurde niemals warm gegen
ihn. Rang, Vermögen, gute Erziehung, gutes Aus=
sehen, die Achtung eines Gentlemans und die Er=

gebenheit eines Liebhabers wurden sämmtlich in De=
muth ihr zu Füßen gelegt und, soweit der äußere
Schein erkennen ließ, wurden sämmtlich vergebens
dargeboten.

Am nächsten Tage, dem Dienstage begab sich
Sir Percival Morgens (indem er einen der Diener
als Führer mitnahm) nach Todd's Corner. Seine
Erkundigungen leiteten, wie ich später erfuhr, zu
keinem Resultat. Bei seiner Rückkehr hatte er eine
Unterredung mit Mr. Fairlie, und am Nachmittag
fuhren er und Miß Halcombe zusammen aus. Sonst
kam nichts Bemerkenswerthes vor. Der Abend ver=
ging wie gewöhnlich. Es ergab sich keine Verände=
rung bei Sir Percival, und keine Veränderung bei
Miß Fairlie.

Die Mittwochspost brachte ein Ereigniß mit sich,
die Antwort von Mrs. Catherick. Ich nahm eine
Abschrift von dem Dokument, welches ich mir auf=
bewahrt habe und eben so gut an dieser Stelle ein=
schalten kann. Es lautete wie folgt:

„Madame — Ich zeige Ihnen den Empfang
Ihres Briefes an, worin Sie sich erkundigen, ob
meine Tochter Anna mit meinem Wissen und Gut=
heißen unter ärztliche Aufsicht gestellt worden, und
ob der Antheil, welchen Sir Percival Glyde an
der Sache hatte, der Art sei, daß er den Aus=
druck meiner Dankbarkeit gegen jenen Gentleman
verdiente. Auf beide Fragen muß ich eine be=
jahende Antwort geben und habe die Ehre zu sein
                                Ihre gehorsame Dienerin
                                Jane Anna Catherick."

Kurz, scharf und entschieden: der Form nach

mehr ein Geschäftsbrief, als ein Schreiben von Frauenhand, dem Inhalt nach eine so deutliche Be=stätigung, wie man sie nur wünschen konnte, für Sir Percival Glyde's Aussage. Dieß war meine Meinung und mit einigem unbedeutenden Vorbehalt auch Miß Halcombe's Meinung. Sir Percival schien, als ihm der Brief gezeigt wurde, an dem scharfen, kurzen Ton desselben nichts Auffallendes zu finden. Er bemerkte uns, Mrs. Catherick sei eine Frau von wenigen Worten, eine verständige, geradausgehende, phantasielose Frau, welche eben so kurz und deutlich schriebe, als sie spräche.

Die nächste jetzt zu erfüllende Pflicht, nachdem man die Antwort empfangen hatte, war, Miß Fair=lie mit Sir Percivals Erklärung bekannt zu machen. Miß Halcombe hatte dieß übernommen und das Zimmer verlassen, um zu ihrer Schwester zu gehen, als sie plötzlich wieder zurückkehrte und neben dem Lehnsessel, in welchem ich gerade die Zeitung las, Platz nahm. Sir Percival war eine Minute zuvor weggegangen, um nach den Stallungen zu sehen, und Niemand war in dem Zimmer, außer uns.

„Haben wir auch wirklich und wahrhaftig Alles gethan, was wir können?“ sagte sie, Mrs. Cathe=rick's Brief in ihrer Hand drehend und drückend.

„Wenn wir Freunde Sir Percivals sind, die ihn kennen und ihm vertrauen, haben wir Alles und noch mehr gethan, als nothwendig ist,“ antwortete ich, ein wenig geärgert über dieses wiederkehrende Bedenken. „Aber wenn wir Feinde sind, die ihn beargwohnen —“

„An diese Alternative ist gar nicht zu denken,“

fiel sie ein. „Wir sind Sir Percivals Freunde, und wenn Hochherzigkeit und Milde unsere Achtung noch erhöhen können, so müssen wir eben so sehr Sir Percivals Bewunderer sein. Sie wissen, daß er Mr. Fairlie gestern sah, und daß er hernach mit mir ausfuhr?"

„Ja. Ich sah Sie zusammen abfahren."

„Wir begannen die Fahrt mit dem Gespräch über Anna Catherick und über die seltsame Art, wie Mr. Hartright mit ihr zusammengetroffen war. Wir ließen jedoch bald diesen Gegenstand fallen; und Sir Percival sprach sofort in Ausdrücken, die von jeder Selbstsucht fern waren, über seine Verlobung mit Laura. Er habe ihre Niedergeschlagenheit bemerkt, sagte er, und sei geneigt, diese Aenderung in ihrem Benehmen gegen ihn bei seinem dermaligen Besuche, wenn er nicht vom Gegentheil belehrt würde, eben jenem Verhältnisse zuzuschreiben. Wenn jedoch dieser Wechsel irgend einen andern ernsteren Grund habe, so möchte er bitten, daß ihren Neigungen weder von Seiten Mr. Fairlie's, noch von mir irgend ein Zwang angethan werde. Alles, um was er in diesem Fall bäte, wäre nur, daß sie sich zum letzten Male ins Gedächtniß zurückrufe, von welcher Art die Umstände, unter denen die Verlobung zwischen ihnen geschlossen worden war, und wie sein Betragen vom Anfang der Bewerbung bis auf den gegenwärtigen Augenblick gewesen. Wenn sie nach gehöriger Ueberlegung dieser beiden Punkte ernstlich begehre, daß er seine Ansprüche auf die Ehre, ihr Gatte zu werden, aufgebe — und wenn sie ihm dieß in bestimmten Worten mit ihren

eigenen Lippen erkläre — so werde er sich selbst
zum Opfer bringen und es ihr vollkommen frei-
stellen, ihre Verpflichtung zurückzunehmen.

„Kein Mann konnte mehr als dieß sagen, Miß
Halcombe. So weit meine Erfahrung reicht, wür-
ben wenige Männer in seiner Lage nur so viel gesagt haben."

Sie machte eine Pause, nachdem ich diese Worte
gesprochen hatte, und blickte mich mit einem sonderbaren Ausdruck von Verwirrung und Bedrängtheit an.

„Ich klage Niemand an und argwohne Nichts,"
brach sie plötzlich heraus. „Aber ich kann und will
die Verantwortlichkeit nicht auf mich nehmen, Laura
zu dieser Heirath zu überreden."

„Das ist gerade das Verhalten, um welches
Sir Percival Glyde Sie gebeten hat," erwiederte
ich erstaunt. „Er hat Sie ersucht, ihren Neigungen
keinen Zwang aufzuerlegen."

„Und indirect nöthigt er mich, dieß dennoch zu
thun, wenn ich ihr seine Botschaft ausrichte."

„Wie ist das möglich?"

„Ziehen Sie Ihre eigene Kenntniß von Laura
zu Rathe, Mr. Gilmore. Wenn ich sie auffordere,
die Umstände ihres Verlöbnisses in Erwägung zu
nehmen, so appellire ich zugleich an zwei der stärksten
Gefühle in ihrer Natur — an ihre Liebe zu des
Vaters Gedächtniß und an ihre strenge Achtung
vor der Wahrheit. Sie wissen, daß sie niemals in
ihrem Leben ein Versprechen gebrochen hat; Sie
wissen, daß sie beim Beginn von ihres Vaters töbt-
licher Krankheit diese Verlobung einging, und daß
sie hoffnungsvoll und glücklich auf seinem Todten-

bette von ihrer Heirath mit Sir Percival Glyde
sprach."

Ich gestehe, daß diese Ansicht von dem Fall mir
einige Bestürzung verursachte.

„Gewiß wollen Sie," sagte ich, „damit nicht
andeuten, daß Sir Percival, als er gestern mit
Ihnen sprach, auf ein Ergebniß, wie das eben erwähnte, spekulirte?"

Ihr offenes, furchtloses Angesicht gab die Antwort, ehe sie sprach.

„Denken Sie, ich würde nur einen Augenblick
in der Gesellschaft eines Mannes bleiben, den ich
einer solchen Niederträchtigkeit fähig erachtete?"
fragte sie zornig.

Ich hatte meine Freude daran, daß ihre herzliche Entrüstung sich auf solche Art gegen mich ent-
lub. Wir sehen so viel Bosheit und so wenig Entrüstung in meinem Berufe.

„In diesem Fall," sagte ich, „gestatten Sie mir
zu bemerken, daß Sie, wie wir Rechtsleute zu sagen
pflegen, über den Buchstaben des Protokolls hin-
ausgehen. Was auch die Folgen sein mögen, Sir
Percival hat ein Recht zu erwarten, daß Ihre
Schwester von jedem vernünftigen Gesichtspunkt aus
ihre Verlobung sorgfältig in Erwägung zieht, ehe
sie derselben entbunden zu werden beansprucht.
Wenn jenes unglückliche Schreiben sie gegen ihn
eingenommen hat, so gehen Sie auf der Stelle hin
und erklären ihr, daß er sich in Ihren und meinen
Augen gerechtfertigt hat. Was kann sie hernach
gegen ihn einzuwenden haben? Welche Entschuldigung kann sie etwa geltend machen, um ihre Ge-

finnung einem Mann gegenüber zu ändern, welchen
sie wirkungskräftig vor mehr als zwei Jahren zu
ihrem Gatten angenommen hat?"

„In den Augen des Gesetzes und der Vernunft,
Mr. Gilmore, gibt es keine Entschuldigung, glaube
ich gern. Wenn sie noch Bedenken trägt, und wenn
ich noch Bedenken trage, so müssen Sie unser selt=
sames Benehmen in beiden Fällen, wenn es Ihnen
so gefällig ist, einer Laune zuschreiben, und wir
müssen die Beschuldigung so gut wie möglich tragen."

Mit diesen Worten stand sie plötzlich auf und
verließ mich. Wenn eine gefühlvolle Frau eine
ernsthafte Frage sich vorgelegt sieht und ihr durch
eine leichtfertige Antwort ausweicht, so ist es in
neunundneunzig Fällen von hundert ein sicheres
Zeichen, daß sie Etwas zu verheimlichen hat. Ich
kehrte zu der Lectüre der Zeitung zurück, mit dem
lebhaften Verdachte, daß Miß Halcombe und Miß
Fairlie ein Geheimniß unter sich hatten, das sie Sir
Percival, wie mir vorenthielten. Ich fand dieß hart
gegen uns beide — vornehmlich gegen Sir Percival.

Mein Zweifel — oder richtiger gesagt, meine
Ueberzeugung wurde durch Miß Halcombe's Sprache
und Benehmen, als ich sie später am Tage wieder
sah, bestärkt. Sie war verdächtig kurz und zurück=
haltend in dem Berichte über das Resultat ihrer
Unterredung mit ihrer Schwester. Miß Fairlie hatte,
wie es schien, ruhig zugehört, während die Brief=
angelegenheit ihr unter dem richtigen Gesichtspunkt
vorgelegt wurde; aber als Miß Halcombe nun
weiter ging und darauf hindeutete, daß der Zweck
von Sir Percival's Besuch zu Limmeridge dahin

gehe, sie zur Festsetzung eines Tages für den Vollzug der Heirath zu vermögen, so brach sie jede Bezugnahme auf den Gegenstand dadurch ab, daß sie
ihr Zeit zu lassen bat. Wenn Sir Percival sie für
den Augenblick zu verschonen geneigt wäre, so würde
sie es auf sich nehmen, ihm eine Schlußantwort vor
Ende des Jahrs zu geben. Sie drang mit solcher
Angst und Erregung auf diesen Verzug, daß Miß
Halcombe versprach, im Fall der Noth von ihrem
Einfluß zur Erreichung desselben Gebrauch zu machen;
und damit hatte auf Miß Fairlie's ernstliches Flehen
jede weitere Verhandlung über die Frage der Heirath ihr Ende gefunden.

Der Vorschlag einer solchen rein temporären
Ausgleichung mochte allerdings nach dem Sinn der
jungen Dame sein, setzte aber den Schreiber dieser
Zeilen in einige Verlegenheit. Die Morgenpost
hatte einen Brief von meinem Geschäftstheilhaber
gebracht, welcher mir die Nothwendigkeit auferlegte,
am nächsten Tage mit dem Nachmittagszug nach
London zurückzukehren. Es war höchst wahrscheinlich,
daß sich keine zweite Gelegenheit mehr ergab, während des Restes vom Jahre mich in Limmeridgehouse einzufinden. In diesem Fall mußte, Miß Fairlie's endlichen Entschluß, ihre Verpflichtung zu halten,
vorausgesetzt, mein nothwendiger persönlicher Ver-
kehr mit ihr, ehe ich ihren Contract wirklich aufsetzte,
geradezu eine Sache der Unmöglichkeit werden; und
wir wären genöthigt gewesen, schriftlichem Hinund-
herfragen zu überlassen, was immerdar von beiden
Seiten mündlich abgemacht werden sollte. Ich sagte
Nichts von dieser Schwierigkeit, bis Sir Percival

über den Punkt des begehrten Aufschubs zur Rede
gestellt worden war. Er zeigte sich als einen zu
galanten Mann, als daß er nicht sogleich in das
Verlangen gewilligt hätte. Als Miß Halcombe mich
hievon in Kenntniß setzte, erklärte ich ihr, ich müsse
durchaus vor meiner Abreise von Limmeridge mit
ihrer Schwester sprechen, und es wurde demnach
ausgemacht, daß ich Miß Fairlie auf ihrem eigenen
Zimmer am nächsten Morgen sehen sollte. Sie kam
nicht zum Diner herab, hielt sich auch am Abend
von uns fern. Unpäßlichkeit diente zur Entschuldi=
gung; und ich glaubte an Sir Percival bei der
Nachricht davon einigen Verdruß zu bemerken, was
ihm auch kaum übel zu nehmen war.

Am nächsten Morgen ging ich, sobald das Früh=
stück vorüber war, nach Miß Fairlie's Zimmer hin=
auf. Das arme Mädchen sah so bleich und traurig
aus und trat mir zur Begrüßung mit so zuvorkom=
mender Freundlichkeit entgegen, daß der Vorsatz,
den ich die Treppe hinauf gefaßt hatte, derselben
über ihre Laune und Unschlüssigkeit den Text zu
lesen, auf der Stelle dahin schwand. Ich führte sie
zu dem Stuhl zurück, von welchem sie aufgestanden
war, und setzte mich ihr gegenüber. Ihr mürrisches
Lieblings=Windspiel war im Zimmer, und ich machte
mich ganz darauf gefaßt, den Hund zum Empfang
nach mir bellen und schnappen zu sehen. Sonder=
barerweise täuschte das launische kleine Thier meine
Erwartungen ganz und gar, indem es den Augen=
blick, da ich mich niedersetzte, mir auf den Schooß
sprang und vertraulich seine scharfe Schnauze mir
in die Hand schob.

„Sie sind oft und viel auf meinen Knieen ge=
sessen, da Sie noch ein Kind waren, meine Theure,"
sagte ich, „und nun scheint Ihr Hündchen bestimmt,
Ihnen auf dem verlassenen Throne zu folgen. Ist
diese hübsche Zeichnung von Ihrer Hand?"

Ich deutete auf ein kleines Album, welches auf
dem Tische neben ihr lag und augenscheinlich bei
meinem Eintritt Gegenstand ihrer Aufmerksamkeit
gewesen war. Die offene Seite zeigte eine kleine
Aquarell=Landschaft, die sehr nett aufgezogen war.
Dieß war die Zeichnung, welche mir die Frage
eingegeben hatte: allerdings eine leere Frage —
aber wie konnte ich im Augenblick, da ich meine
Lippen öffnete, gleich von Geschäftssachen reden?

„Nein," sagte sie, mit einiger Verwirrung von
der Zeichnung aufschauend; „es ist nicht mein Werk."

Ihre Finger hatten seit der Zeit, da ich mich
ihrer noch als eines Kindes erinnere, die rastlose
Gewohnheit, immer mit dem nächsten Besten, was
ihr in die Hand kam, wer auch mit ihr reden
mochte, zu spielen. Im gegenwärtigen Fall irrten
sie über das Album hin und tändelten mit dem
Rande des kleinen Aquarellgemäldes. Der Ausdruck
der Melancholie trübte ihr Angesicht. Sie sah nicht
auf das Gemälde und nicht auf mich. Ihre Augen
bewegten sich unruhig von einem Gegenstand zum
andern im Zimmer, deutlich verrathend, daß sie arg=
wohnte, was ich bei meiner Bitte, mit ihr zu spre=
chen, für einen Vorsatz hatte. Da ich dieß sah, hielt
ich es für das Beste, mit so wenigem Verzug als
möglich auf den Zweck loszugehen.

„Eine der Absichten, welche mich hieherführt,

meine Theuerste, ist, Ihnen Lebewohl zu sagen,"
begann ich. „Ich muß heute nach London zurück, und
ehe ich abreise, habe ich noch ein Wort mit Ihnen
über Ihre eigenen Angelegenheiten zu sprechen."

„Ich bedaure sehr, daß Sie gehen, Mr. Gil=
more," sagte sie mit freundlichem Blicke. „Es ist
wie in den glücklichen alten Zeiten, wenn Sie hier
sind."

„Ich hoffe im Stande zu sein, wieder zu kommen
und diese angenehmen Erinnerungen noch einmal
zurückzurufen," fuhr ich fort; „aber da einige Un=
gewißheit über die Zukunft herrscht, muß ich meine
Gelegenheit fassen, wenn ich dieselbe bekommen kann,
und darum jetzt mit Ihnen sprechen. Ich bin Ihr
alter Rechtsanwalt und Ihr alter Freund; und ich
darf Sie gewiß, ohne Anstoß zu erregen, an die
Möglichkeit Ihrer Vermählung mit Sir Percival
Glyde erinnern."

Sie nahm ihre Hand von dem kleinen Album
mit einer Schnelligkeit weg, als ob dasselbe heiß
geworden wäre und sie sich daran gebrannt hätte.
Ihre Finger schlossen sich zuckend auf ihrem Schooße
in einander; ihre Augen schauten wieder auf den
Boden, und ein Ausdruck von Zwang ließ sich auf
ihrem Gesichte nieder, der fast wie ein Gefühl des
Schmerzes aussah.

„Ist es absolut nothwendig, von meinem Ehe=
verlöbniß zu sprechen?" fragte sie in leisem Tone.

„Es ist nothwendig, darauf einzugehen," ant=
wortete ich, „aber nicht, dabei lang zu verweilen.
Lassen Sie uns bloß sagen, daß Sie heirathen
wollen, oder daß Sie nicht heirathen wollen. Im

erſten Fall muß ich darauf vorbereitet ſein, um Ihren Contract aufzuſetzen, und ich darf das Letztere nicht thun, ohne ſchon Höflichkeits halber Sie vorher zu Rathe gezogen zu haben. Es mag jetzt die einzige Möglichkeit für mich ſein, zu hören, welcher Art Ihre Wünſche ſind. Laſſen Sie uns darum den Fall Ihrer Verheirathung vorausſetzen und mich Ihnen in möglichſt wenigen Worten kund thun, was Ihre nunmehrige Lage iſt, und was Sie, wenn es Ihnen beliebt, in Zukunft daraus machen können."

Ich erklärte ihr den Gegenſtand eines Heiraths= vertrags und ſetzte ihr genau aus einander, von welcher Beſchaffenheit ihre Ausſichten wären — für's Erſte, wenn Sie in das Alter der Volljährigkeit träte, und für's Zweite, wenn ihr Oheim mit Tod abginge — indem ich ſie auf den Unterſchied zwi= ſchen dem Beſitzthum, von welchem ſie nur eine lebenslängliche Nutznießung bezöge, und demjenigen, welches zu ihrer eigenen Verfügung geſtellt bliebe, hinwies. Sie hörte aufmerkſam zu, aber noch immer mit dem Ausdrucke des Zwangs auf ihrem Ange= ſichte, und die Hände krampfhaft auf ihrem Schooße zuſammengelegt.

„Und nunmehr," ſagte ich, zum Schluß kom= mend, „laſſen Sie mich wiſſen, ob Ihnen in dem von uns vorausgeſetzten Fall eine Bedingung denkbar iſt, welche ich Ihrem Wunſche gemäß für Sie ſtellen könnte — natürlich unter Vorbehalt der Zuſtimmung Ihres Vormundes, da Sie noch nicht mündig ſind."

Sie bewegte ſich unruhig auf ihrem Stuhle hin und her — ſchaute mir dann plötzlich und ſehr ernſt in's Geſicht.

16*

„Wenn es geschehen sollte," begann sie leise; —
„wenn ich —"

„Wenn Sie sich vermählen sollen," fügte ich hinzu, ihr nachhelfend.

„Lassen Sie mich nicht von Marian trennen,"
rief sie mit einem plötzlichen Ausruf von Energie.
„O, Mr. Gilmore, bitte, machen Sie es gesetzlich
aus, daß Marian bei mir bleiben muß!"

Unter andern Umständen hätte mir vielleicht diese
wesentlich frauenhafte Auslegung meiner Frage und
der langen ihr vorangegangenen Auseinandersetzung
einigen Spaß gemacht. Aber ihr Blick und Ton,
da sie so redete, waren von der Art, daß sie mich
mehr als ernsthaft machten — daß sie mich betrüb-
ten. Ihre Worte, so wenig es ihrer waren, ver-
rieten ein verzweifeltes Anklammern an die Vergangenheit, das von übler Vorbedeutung für die Zukunft war.

„Ihrem Wunsche, Marian Halcombe bei sich zu
haben, läßt sich leicht durch ein Privatübereinkom-
men bestimmte Genüge leisten," sagte ich. „Sie
verstanden meine Frage kaum, denke ich. Sie bezog
sich auf Ihr eigenes Besitzthum — auf die Verfügung über Ihr Vermögen in Geld. Angenommen,
Sie wollten, wenn Sie volljährig werden, ein Testament machen, auf wen sollte Ihnen zufolge das
Geld übergehen?"

„Marian ist mir Mutter und Schwester zugleich
gewesen," sagte das gute, liebevolle Mädchen, und
ihre schönen blauen Augen erglänzten bei diesen Worten. „Darf ich es Marian hinterlassen, Mr. Gilmore?"

„Gewiß, meine Liebe," antwortete ich. „Aber

bebenken Sie, was es für eine große Summe ist.
Wollen Sie, daß es ganz auf Miß Halcombe über=
gehe?"

Sie zauberte, erröthete und erbleichte, und ihre
Hand stahl sich wieder nach dem kleinen Album zurück.

„Nicht ganz," sagte sie. „Es ist noch Jemand
außer Marian —"

Sie hielt an; ihr Gesicht erglühte noch mehr;
und die Finger der Hand, welche auf dem Album
ruhten, klopften sanft auf den Rand des Gemäldes,
als ob ihr Gedächtniß sie mechanisch mit der Er=
innerung einer Lieblingsmelodie in Tact gesetzt hätte.

„Sie denken an ein anderes Glied der Familie
außer Miß Halcombe?" warf ich ein, als ich be=
merkte, daß sie in Verlegenheit war, wie sie fort=
fahren sollte.

Die erhöhte Farbe verbreitete sich über Stirne
und Hals und die zuckenden Finger klammerten sich
plötzlich am Rande des Buches an.

„Es gibt noch sonst Jemand," sagte sie, ohne
meine letzten Worte zu beachten, obwohl sie dieselben
augenscheinlich gehört hatte; „es ist noch sonst Je=
mand, der gern ein kleines Andenken haben möchte,
wenn — ich es hinterlassen könnte. Es würde kein
Unrecht dabei sein, wenn ich zuerst stürbe —"

Sie machte wieder eine Pause. Die Farbe, die
sich plötzlich über ihre Wangen verbreitet hatte, ver=
schwand eben so plötzlich wieder. Die Hand auf
dem Album ließ ihren Halt fahren, zitterte ein wenig
und schob das Buch von sich hinweg. Sie schaute
mich einen Augenblick an und drehte dann ihren
Kopf bei Seite in dem Sessel. Ihr Taschentuch

fiel auf den Boden, als sie ihre Stellung wechselte, und sie verbarg eilig ihr Gesicht vor mir in den Händen.

Traurig! Ihrer zu gedenken, wie es bei mir der Fall war, als des lebhaftesten, glücklichsten Kindes, das stets den ganzen Tag lachte; und sie jetzt zu sehen, in der Blüthe ihres Alters und ihrer Schön=heit, so gebrochen und so niedergedrückt wie jetzt!

In der Noth, die sie mir verursachte, vergaß ich der Jahre, die verschwunden waren, und des Wech=sels, den sie in unserer gegenseitigen Lage mit sich gebracht hatten. Ich rückte mit meinem Stuhl mehr zu ihr hin, hob ihr Taschentuch vom Boden auf und zog ihr sanft die Hände vom Gesichte. „Weinen Sie nicht, mein Liebchen," sagte ich und trocknete die Thränen, die sich in ihren Augen sammelten, mit meiner eigenen Hand, als ob sie noch die kleine Laura Fairlie von zehn Jahren früher gewesen wäre.

Es war das beste Mittel, das ich zu ihrer Be=ruhigung hätte ergreifen können. Sie legte ihre Hand auf meine Schulter und lächelte schwach durch ihre Thränen.

„Ich bedaure sehr, daß ich mich selbst vergesse," sagte sie in einfachem Tone. „Ich bin unwohl ge=wesen — ich habe mich letzter Zeit sehr schwach und nervös erregt gefühlt; und ich weine oft ohne Grund, wenn ich allein bin. Es ist mir jetzt besser; ich kann Ihnen antworten, wie ich soll, Mr. Gilmore, ganz gewiß."

„Nein, nein, meine Theure," erwiederte ich; „wir wollen für jetzt den Gegenstand als abgethan betrachten. Sie haben genug gesagt, um es zu rechtfertigen, wenn ich die größte Sorge für Ihr Interesse trage; und die Details können wir bei einer andern Gelegenheit festsetzen. Lassen Sie das Geschäft jetzt abgethan sein und uns von etwas Anderem reden."

Ich brachte sogleich das Gespräch auf andere Dinge. In zehn Minuten war sie wieder in besserer Stimmung, und ich stand auf, mich zu verabschieden.

„Kommen Sie wieder hieher," sagte sie ernst. „Ich will versuchen, Ihrer freundlichen Theilnahme an mir und meinen Interessen würdiger zu sein, wenn Sie nur wieder kommen."

Immer an der Vergangenheit festhaltend — an jener Vergangenheit, welche ich ihr auf meine Weise, wie Miß Halcombe auf die ihrige, repräsentirte. Es betrübte mich schmerzlich, sie beim Beginn ihrer Laufbahn rückwärts schauen zu sehen, gerade wie ich am Ende der meinigen den Blick rückwärts richte.

„Wenn ich wieder komme, hoffe ich Sie besser zu finden," sagte ich, — „besser und glücklicher. Gott segne Sie, meine Theure!"

Sie antwortete mir nur damit, daß sie mir ihre Wange zum Kuß bot. Selbst Advokaten haben ein Herz, und das meinige that mir weh, als ich von ihr Abschied nahm.

Die ganze Unterredung zwischen uns hatte kaum über eine halbe Stunde gewährt — sie hatte in meiner Gegenwart nicht ein Wort verlauten lassen, woraus sich das Geheimniß ihrer augenscheinlichen Betrübniß und Bangigkeit bei der Aussicht auf ihre Heirath erklären ließ — und doch war es ihr gelungen, mich in der Hauptsache auf ihre Seite hin= überzuziehen, ich wußte nicht, wie und warum. Ich war in das Zimmer getreten, mit der Ueberzeugung, daß Sir Percival Glyde allen Grund hatte, sich über die Art und Weise, wie sie ihn behandelte, zu beklagen. Ich verließ es mit der geheimen Hoffnung, es möchte Alles damit ausgehen, daß sie ihn beim Wort nehme und ihrer Verpflichtung entbunden zu werden begehre. Ein Mann von meinem Alter und meiner Erfahrung hätte etwas Besseres zu thun gehabt, als auf so unvernünftige Weise hin und her zu schwanken. Ich weiß mich nicht zu entschuldigen; ich kann nur die Wahrheit melden und sagen — so war es.

Die Stunde für meine Abreise rückte heran. Ich ließ Mr. Fairlie sagen, ich möchte ihm meinen Ab= schiedsbesuch machen, wenn es ihm genehm wäre, müßte aber um einige Entschuldigung bitten, da ich große Eile hätte. Er sandte mir die Antwort mit Bleistift auf einen Streifen Papier geschrieben.

„Meine freundlichsten Grüße und besten Wünsche, lieber Gilmore. Eile jeder Art bringt mir un= aussprechlichen Nachtheil. Bitte, lassen Sie sich also nicht stören.“ Adieu.“

Gerade bevor ich abging, sah ich Miß Halcombe noch einen Augenblick allein.

„Haben Sie Alles, was in Ihrem Sinn lag, zu Laura gesagt?“ fragte sie.

„Ja,“ antwortete ich. „Sie ist sehr schwach und angegriffen — ich bin froh, daß sie an Ihnen eine sorgsame Pflegerin hat.“

Miß Halcombe's scharfe Augen forschten aufmerk=
sam in meinem Gesicht.

„Ihre Meinung über Laura hat sich geändert,"
sagte sie. „Es herrscht bei Ihnen größere Bereit=
willigkeit, Laura Zugeständnisse zu machen, als es
gestern der Fall war."

Kein verständiger Mann läßt sich jemals unvor=
bereitet in ein Wortgefecht mit einer Frau ein. Ich
antwortete bloß:

„Lassen Sie mich wissen, was geschieht. Ich
werde Nichts thun, ehe ich von Ihnen höre."

Sie schaute mir noch einmal fest in's Gesicht. „Ich
wünsche, es wäre Alles vorüber, und gut vorüber,
Gilmore — und dasselbe wünschen Sie." Mit die=
sen Worten verließ sie mich.

Sir Percival bestand höchst artig darauf, mich
bis zum Wagenschlag zu geleiten.

„Wenn Sie jemals in meiner Nachbarschaft sind,"
sagte er, „so vergessen Sie ja nicht, daß mich auf=
richtig verlangt, unsere Bekanntschaft zu befestigen.
Der erprobte und zuverlässige alte Freund dieser Fa=
milie wird immerdar ein willkommener Besuch in
meinem Hause sein."

Ein wahrhaft unwiderstehlicher Mann — artig,
besonnen, bis zum Entzücken frei von Stolz — jeder
Zoll ein Gentleman. Als ich nach dem Bahnhof
abfuhr, war es mir, als könnte ich mit Freuden
Alles in der Welt zur Förderung von Sir Percival
Glyde's Interessen thun — mit Ausnahme der Auf=
setzung des Heirathsvertrags seiner Frau.

III.

Eine Woche verging seit meiner Rückkehr nach London, ohne daß ich irgend eine Mittheilung von Miß Halcombe erhielt.

Am achten Tage wurde ein Schreiben von ihrer Hand unter den andern Briefen auf meinen Tisch gelegt.

Es meldete, daß Sir Percival Glyde definitiv angenommen war, und daß die Heirath, wie er ursprünglich gewünscht hatte, noch vor Ende des Jahrs stattfinden sollte. Aller Wahrscheinlichkeit würde die Einsegnung in der zweiten Hälfte Decembers vollzogen werden. Miß Fairlie's einundzwanzigster Geburtstag war spät im März. Sie sollte demnach dieser Bestimmung zufolge etwa drei Monate vor ihrer Volljährigkeit Sir Percival's Gattin werden.

Diese Nachricht hätte mir keine Ueberraschung, keine Bekümmerniß verursachen sollen; und dennoch fühlte ich mich überrascht und bekümmert. Einiger Verdruß, erregt durch die unbefriedigende Kürze von Miß Halcombe's Brief, mischte sich unter diese Gefühle und trug dazu bei, meine Heiterkeit für diesen Tag zu vernichten. In sechs Zeilen verkündigte mir meine Correspondentin die beabsichtigte Heirath; in drei weitern erzählte sie mir, daß Sir Percival Cumberland verlassen hatte und nach Hampshire zurückgekehrt war; und in zwei Schlußzeilen that sie mir noch zu wissen, erstens, daß Laura einer Ortsveränderung und heiterer Gesellschaft gar sehr bedürfe; zweitens, daß sie sich entschlossen habe, ohne Zögern es mit einem solchen Wechsel zu versuchen

und mit ihrer Schwester einen Besuch bei alten
Freunden in Yorkshire zu machen. Damit endete
der Brief, ohne mit einem Wort zu erklären, welche
Umstände Miß Fairlie bestimmt hatten, in einer
kurzen Woche seit der Zeit, da ich sie gesehen, Sir
Percival Glyde ihr Jawort zu geben.

In einer spätern Zeit wurde die Ursache dieser
plötzlichen Entschließung mir völlig aufgeklärt. Es
ist nicht meine Aufgabe, sie unvollständig, vom
bloßen Hörensagen anzugeben. Die Umstände traten
unter persönlicher Erfahrung von Miß Halcombe
ein; und wenn ihre Erzählung an die Stelle der
meinigen tritt, wird sie dieselben im Einzelnen, so
wie sie sich zugetragen haben, beschreiben. Inzwischen besteht die einfache Aufgabe, welche ich noch
zu vollziehen habe — ehe ich meinerseits die Feder
niederlege und der Geschichte abtrete — darin,
daß einzige Ereigniß, welches mit Miß Fairlie's beab-
sichtigter Heirath, soweit ich dabei betheiligt war, in
Zusammenhang stand, nämlich die Aufsetzung des
Contractes, zu erzählen.

Es ist unmöglich, sich dieses Dokument verständlich zu machen, ohne zuvor auf gewisse, die Geld-
angelegenheiten der Braut betreffende Details einzugehen. Ich will versuchen, meine Erklärung kurz
und deutlich zu geben und mich von berufsmäßigen
Dunkelheiten und technischen Phrasen frei zu halten.
Die Sache ist von äußerster Wichtigkeit, und ich will
alle Leser dieser Zeilen darauf aufmerksam machen,
daß Miß Fairlie's Erbschaft ein sehr ernster Theil
von Miß Fairlie's Geschichte ist, und daß Mr. Gilmore's Erfahrung in diesem besondern Fall auch

ihre Erfahrung sein muß, wenn sie anders die nach=
folgenden Erzählungen zu verstehen wünschen.

Miß Fairlie's Aussichten waren also doppelter
Art; sie begriffen ihr mögliches Erbe an wirklichem
Besitzthum oder Land, wenn ihr Oheim starb, und
ihr absolutes Erbe an persönlichem Besitzthum oder
Geld, wenn sie volljährig wurde.

Wollen wir zuerst das Land nehmen.

Zur Zeit von Miß Fairlie's Großvater väter=
licher Seite (den wir Mr. Fairlie den älteren nen=
nen wollen) stand die fideicommissarische Erbfolge
auf den Gütern von Limmeridge also:

Mr. Fairlie der ältere starb und hinterließ drei
Söhne, Philipp, Friederich und Arthur. Als ältester
Sohn übernahm Philipp die Güter. Starb er ohne
Hinterlassung eines Sohnes, so ging das Besitzthum
auf den zweiten Bruder, Friederich über. Und starb
Friederich ohne Hinterlassung eines Sohnes, so ging
das Besitzthum auf den dritten Bruder, Arthur, über.

Wie die Ereignisse sich gestalteten, starb Mr. Phi=
lipp Fairlie mit Hinterlassung einer einzigen Tochter,
der Laura dieser Geschichte; und das Gut ging in
Folge hievon gesetzlich auf den zweiten Bruder, Frie=
derich, einen unverheiratheten Mann, über. Der
dritte Bruder, Arthur, war viele Jahre vor Philipps
Ableben gestorben und hinterließ einen Sohn und
eine Tochter. Der Sohn war in einem Alter von
achtzehn Jahren in Oxford ertrunken. Sein Tod
machte Laura, die Tochter von Mr. Philipp Fairlie,
zur präsumtiven Erbin des Gutes; mit aller Aus=
sicht auf dessen Besitznahme, nach dem ordentlichen
Laufe der Natur, beim Tode ihres Oheims Friederich,

wenn besagter Frieberich ohne Hinterlassung männ=
licher Nachkommenschaft starb.

Mit Ausnahme des Falls demnach, daß Mr.
Frieberich heirathete und einen Erben hinterließ (ge=
wiß das Letzte in der Welt, was von ihm zu er=
warten war), würde also dessen Nichte Laura bei
seinem Tode das Besitzthum erhalten, womit sie
aber, wohl zu merken, nichts weiter als eine Leib=
rente darauf bekam. Starb sie unverheirathet oder
kinderlos, so sollte das Gut auf ihre Cousine Mag=
balena, die Tochter von Mr. Arthur Fairlie, fallen.
Heirathete sie mit einem gehörigen Contract — oder
in andern Worten, mit dem Contract, ben ich für sie
zu entwerfen hatte — so sollte das Einkommen von
dem Gute (immerhin breitausend Pfund jährlich) zu
Lebzeiten ihr zur Verfügung stehen. Starb sie vor
ihrem Gatten, so blieb er natürlich auf Lebenszeit
im Genusse des Einkommens. Hatte sie einen Sohn,
so sollte er ber Erbe sein, mit Ausschluß ihrer Cou=
sine Magdalena. So versprachen Sir Percivals
Aussichten bei einer Vermählung mit Miß Fairlie
(so weit es sich um seiner Gattin Anwartschaft auf
das reale Besitzthum handelte) für den Fall des
Ablebens von Mr. Frieberich Fairlie ihm den dop=
pelten Vortheil: erstens ben Genuß von breitausend
Pfund jährlich (mit seiner Gattin Genehmigung, so
lang sie lebte, und kraft seines eigenen Rechts bei
ihrem Tode, wenn er sie überlebte); und zweitens
das Erbe von Limmeridge für seinen Sohn, wenn
er einen hatte.

So viel von dem Grundeigenthum und von
der Verfügung über das Einkommen besselben aus

Veranlaſſung von Miß Fairlie's Heirath. In ſofern war wohl keine Schwierigkeit, oder Meinungsver=ſchiedenheit bezüglich des Contractes der Dame zwi=ſchen Sir Percivals Anwalt und mir möglich oder denkbar.

Das perſönliche Beſitzthum, oder mit andern Worten das baare Geld, wozu Miß Fairlie beim Antritt des Alters von zweiundzwanzig Jahren be=rechtigt war, iſt der nächſte zu betrachtende Punkt.

Dieſer Theil des Erbes war an ſich ſchon ein behagliches kleines Vermögen. Es war auf ihres Vaters Teſtament gegründet und betrug eine Summe von zwanzigtauſend Pfund. Außerdem hatte ſie eine Leibrente auf weitere zehntauſend Pfund, welch letz=terer Betrag bei ihrem Ableben auf ihre Tante Eleanor, ihres Vaters einzige Schweſter, übergehen ſollte. Es wird weſentlich dazu beitragen, die Fa=milienangelegenheiten vor dem Leſer in ein möglichſt klares Licht zu ſetzen, wenn ich hier einen Augenblick anhalte, um zu erklären, warum die Tante mit der Anwartſchaft auf ihr Legat bis auf den Tod ihrer Nichte verwieſen war.

Mr. Philipp Fairlie hatte mit ſeiner Schweſter Eleanor auf dem vortrefflichſten Fuße gelebt, ſo lang ſie unverheirathet blieb. Aber als ſie ſich in etwas ſpätem Alter vermählte, und zwar mit einem italieniſchen Gentleman Namens Foſco — oder viel=mehr mit einem italieniſchen Edelmann, mit Bezug darauf, daß er den Grafentitel beſaß — erregte dieſer Umſtand Mr. Fairlie's Mißfallen in ſo hohem Grade, daß er von nun an jede Verbindung mit ihr abbrach, ja zuletzt ihren Namen aus ſeinem Teſta=

mente strich. Die andern Glieder der Familie hiel=
ten alle diese ernste Kundgebung seines Verdrusses
über die Heirath seiner Schwester für mehr oder
minder unvernünftig. Graf Fosco, obwohl kein rei=
cher Mann, war dennoch kein besitzloser Abenteurer.
Er hatte für sich ein kleines, aber genügendes Ein=
kommen; er hatte viele Jahre in England gelebt
und genoß einer ausgezeichneten Stellung in der Gesell=
schaft. Diese Empfehlungen nützten ihm aber Nichts
bei Mr. Fairlie. In manchen seiner Ansichten war
er ein Engländer von der alten Schule; und er haßte
einen Ausländer, einzig und allein, weil er ein Aus=
länder war. Das Aeußerste, wozu er sich in spätern
Jahren, vornehmlich auf Miß Fairlie's Fürbitte, be=
stimmen ließ, war, daß er seiner Schwester Namen
wieder in dessen alten Platz in seinem Testament
aufnahm, jedoch sie mit ihrem Legate warten ließ,
indem er das Geldeinkommen davon auf Lebenszeit
seiner Tochter, und das Geld selbst, wenn die Tante
vor ihr starb, ihrer Cousine Magdalena zuwies. In
Betracht des relativen Alters der beiden Damen
waren die Aussichten der Tante, nach dem gewöhn=
lichen Lauf der Natur in den Besitz der zehntausend
Pfund zu gelangen, auf solche Weise höchst zweifel=
hafter Natur; und Madame Fosco bezeigte ihren
Groll über die ihr von dem Bruder widerfahrene
Behandlung ungerechter Weise, wie es in solchen
Fällen gewöhnlich geschieht, dadurch, daß sie ihre
Nichte zu sehen sich weigerte, und an Miß Fairlie's
jemalige Bemühungen um Wiedereinsetzung ihres
Namens in das Testament von Mr. Fairlie gar
nicht glauben wollte.

Solcher Art war die Geschichte von den zehn=
tausend Pfund. Hier konnte sich gleichfalls keine
Schwierigkeit mit Sir Percivals gesetzlichem Rath=
geber erheben. Das Einkommen davon blieb zur
Verfügung seiner Gattin, und die Summe selbst
ging auf ihre Tante, oder bei deren Tod auf ihre
Cousine über.

Nachdem nun alle vorläufigen Punkte aufgeklärt
sind, komme ich zuletzt auf den wirklichen Knoten des
Falls — die zwanzigtausend Pfund.

Diese Summe war ganz und gar Miß Fairlie's
Eigenthum, sobald sie ihr einundzwanzigstes Jahr
zurückgelegt hatte; und die ganze künftige Verfügung
darüber hing in erster Linie von den Bedingungen
ab, welche ich bei ihrem Heirathsvertrag für sie zu
erlangen vermochte. Die andern in diesem Doku-
mente enthaltenen Klauseln waren formeller Art und
bedürfen hier keiner Erwähnung. Nur die auf das
Geld bezügliche Klausel ist allzu wichtig, als daß sie
übergangen werden dürfte. Einige Linien werden
genügen, um den nöthigen Auszug davon zu geben.

Meine Spekulation in Betreff der zwanzigtausend
Pfund war einfach folgende: Ueber die ganze Summe
sollte so bestimmt werden, daß das Einkommen da=
von der Lady auf Lebzeiten; hernach Sir Percival
auf Lebzeiten; und das Kapital selbst den Kindern
aus der Ehe verblieb. Bei mangelnder Nachkom=
menschaft sollte die Lady nach ihrem Willen über
das Kapital verfügen können, und zu diesem Zweck
behielt ich ihr das Recht vor, ein Testament zu
machen. Die Wirkung dieser Bedingungen läßt sich
also zusammenfassen. Starb Lady Glyde, ohne

Kinder zu hinterlassen, so sollten Miß Halcombe und
andere Verwandte oder Freunde, welchen sie Etwas
zugut kommen lassen wollte, bei dem Tode ihres
Gatten die verschiedenen Legate, die sie denselben
von ihrem Gelde vermachte, unter sich theilen. Starb
sie hingegen mit Hinterlassung von Kindern, so ging
natürlich und nothwendig deren Interesse allen an=
dern Interessen voran. Solcher Art war die Klausel
und Jedermann, der sie liest, wird, denke ich, mit
mir derselben Meinung sein, daß ich allen Parteien
gleiche Gerechtigkeit widerfahren ließ.

Wir wollen nun sehen, wie meine Vorschläge von
Seiten des Gatten aufgenommen wurden.

Zur Zeit, da Miß Halcombe's Brief an mich
gelangte, war ich mehr als gewöhnlich beschäftigt.
Ich mußte mir jedoch Zeit zur Aufsetzung des Ver=
trags zu gewinnen. Sobald ich ihn abgefaßt hatte,
wurde er, ehe noch eine Woche seit Miß Halcombe's
Mittheilung von der beabsichtigten Heirath verflossen
war, an Sir Percivals Sachwalter zur Genehmigung
eingesandt.

Nach Verfluß von zwei Tagen kam das Doku=
ment mit Noten und Bemerkungen von des Baronets
Anwalt an mich zurück. Seine Einwendungen er=
wiesen sich im Allgemeinen als höchst unbedeutender
und bloß technischer Natur, bis er zu der Klausel
bezüglich der zwanzigtausend Pfund gelangte. Sie
war mit doppelter Linie in rother Tinte unterstrichen
und folgende Note angehängt:

„Nicht zuläßig. Das Kapital muß auf Sir Per=
cival, für den Fall, daß er Lady Glyde überlebt, und
daß keine Nachkommenschaft vorhanden ist, übergehen.“

Das heißt, nicht ein Heller von den zwanzigtausend Pfund sollte auf Miß Halcombe, oder einen
andern Verwandten oder Freund von Lady Glyde
kommen. Die ganze Summe sollte, wenn sie keine
Kinder hinterließ, ihrem Gatten in die Tasche schlüpfen.

Die Antwort, womit ich diesen frechen Vorschlag
erwiederte, war so kurz und scharf, als ich sie nur
machen konnte:

        „Mein werther Sir."

„Was Miß Fairlie's Heirathsvertrag betrifft, so
halte ich an der von Ihnen beanstandeten Klausel, genau wie sie jetzt ist, fest.

        „Aufrichtig der Ihrige."

Die Entgegnung erfolgte in einer Viertelstunde.

        „Mein werther Sir."

„Was Miß Fairlie's Heirathsvertrag betrifft,
so halte ich an der von Ihnen beanstandeten rothen Tinte, genau wie sie jetzt ist, fest.

        „Aufrichtig der Ihrige."

In der abscheulichen Gaunersprache des Tages
befanden wir uns „vor einem blinden Schloß"*)
und es blieb uns Nichts übrig, als beiderseits an
unsere Clienten zu berichten.

Wie die Sachen standen, so war mein Client —
da Miß Fairlie ihr einundzwanzigstes Jahr noch
nicht zurückgelegt hatte — ihr Vormund, Mr. Friederich Fairlie. Ich schrieb noch mit der Post desselben Tags und legte ihm genau den wahren Sach-
verhalt vor, indem ich nicht nur jeden denkbaren

---

*) Etwa so viel als: wir wußten weder ein noch aus.
                              A. d. U.

Grund geltend machte, um ihn zur Festhaltung der
von mir gemachten Klausel zu veranlassen, ſſondern
auch das gewinnſüchtige Motiv klar aus einander
ſetzte, welches dem Widerſpruch gegen meine Beſtimmung über die zwanzigtauſend Pfund zu Grunde
lag. Die Kenntniß von Sir Percivals Angelegenheiten, welche ich mir nothwendig verſchaffte, als die
auch ſeinerſeits erforderlichen Papiere pflichtmäßig
meiner Prüfung unterworfen wurden, hatte mir keinen Zweifel darüber gelaſſen, daß die Schulden auf
ſeinem Grundbeſitzthum ungeheuer waren, und daß
ſein Einkommen, obwohl dem Namen nach groß, für
einen Mann in ſeiner Stellung der That nach beinahe gleich Nichts war. Der Gewinn baaren
Geldes war eine Lebensfrage für Sir Percivals
Exiſtenz; und die Note ſeines Anwalts zu der Klau-
ſel in dem Vertrag war Nichts als das offene ſelbſt-
ſüchtige Bekenntniß davon.

Mr. Fairlie's Antwort kam mit umgehender Poſt
und erwies ſich äußerſt vage und unerheblich. In
klares Engliſch überſetzt, lautete es der Wirklichkeit
nach folgendermaßen: „Mr. Gilmore würde ſeinen
Freund und Clienten ſehr verpflichten, wenn er ihn
mit einer ſolchen Kleinigkeit, wie ein in weiter Ferne
liegendes mögliches Ereigniß, nicht beläſtige. Ob
es wahrſcheinlich ſei, daß eine junge Frau von Ein-
undzwanzig vor einem Mann von Fünfundvierzig
ſterbe, und ohne Kinder ſterbe? Ob es anderſeits
in einer ſo elenden Welt wie dieſe, möglich ſei, den
Werth von Ruhe und Frieden allzu hoch anzuſchlagen?
Wenn zwei ſo himmliſche Segnungen im Austauſch
für einen ſolchen irdiſchen Tand, wie einen entfern-

17*

ten Wechselfall, auf zwanzigtausend Pfund geboten
werden, ob dies nicht ein hübscher Handel sei? Ge=
wiß, ja. Warum ihn dann nicht abschließen?"

Ich warf den Brief mit Ekel weg. Gerade wie
er auf den Boden flog, klopfte man an meine Thüre,
und Sir Percival's Anwalt, Mr. Merriman, wurde
hereingewiesen. Es gibt mancherlei Arten von har=
ten Geschäften in dieser Welt; aber ich glaube, mit
Denen ist am schwersten auszukommen, welche unter
der Maske von jeher angenommener guter Laune
Einen zu überlisten suchen. Ein fetter, wohl=
genährter, freundlich lächelnder Geschäftsmann ist
unter allen das hoffnungsloseste Stück Arbeit, an
das ein Mensch sich machen kann. Mr. Merriman
war einer von dieser Classe.

„Und wie steht es, mein guter Mr. Gilmore?"
begann er, ganz erglühend von der Wärme seiner
eigenen Liebenswürdigkeit. „Sehr erfreut, Sir, Sie
bei so vortrefflicher Gesundheit zu sehen. Ich ging
an Ihrer Thüre vorbei und dachte, ich wolle her=
einschauen, im Fall Sie mir Etwas zu sagen hätten.
Nun, bitte, lassen Sie uns durch ein mündliches
Wort unsere kleine Differenz ausgleichen, wenn es
möglich ist! Haben Sie von Ihrem Clienten bereits
Nachricht?"

„Ja. Haben Sie solche von dem Ihrigen?"

„O Himmel, mein guter Sir, ich wünschte, ich
hätte irgend Etwas von ihm gehört — ich wünsche
von ganzem Herzen, die Last läge nicht auf meinen
Schultern; aber er ist hartnäckig — oder lassen Sie
mich eher sagen, entschlossen — und er wird sie mir
nicht abnehmen. ‚Merriman, die Details überlasse

ich Ihnen. Thun Sie, was Ihnen in meinem In=
teresse für Recht erscheint und betrachten Sie mich,
als hätte ich persönlich von dem Geschäft mich zu=
rückgezogen, bis es ganz vorüber ist.' Dieß waren
Sir Percival's Worte vor vierzehn Tagen; und
Alles, was ich über ihn gewinnen kann, ist, daß
er dieselben wiederholt. Ich bin kein harter Mann,
Mr. Gilmore, wie Sie wissen. Persönlich oder
privatim, ich versichere Sie, ich würde gerne jene
Note diesen Augenblick auslöschen. Aber wenn Sir
Percival nicht darauf eingehen will, wenn Sir Per=
cival blindlings alle seine Interessen einzig meiner
Sorge anvertraut, was soll ich möglicher Weise thun,
als daß ich eben sie zu behaupten suche? Die Hände
sind mir gebunden — sehen Sie nicht, mein werther
Sir? — Die Hände sind mir gebunden."

„Sie bleiben also buchstäblich bei der Note zu
Ihrer Klausel?" sagte ich.

„Ja, der Teufel hole es! Mir bleibt keine an=
dere Wahl." Er trat zu dem Kamin und wärmte
sich, indem er das Ende einer Melodie in einer Art
fetten Bierbasses summte. „Was sagt Ihre Seite?"
fuhr er fort; „bitte, erzählen Sie mir, was Ihre
Seite sagt?"

Ich schämte mich, es ihm zu gestehen. Ich suchte,
Zeit zu gewinnen — ja, ich that noch etwas Schlim=
meres. Mein Berufs=Instinkt gewann die Oberhand
über mich; und ich unternahm es sogar, zu handeln.

„Zwanzigtausend Pfund ist eine zu große Summe,
als daß die Freunde der Dame dieselbe in zwei
Tagen aufgeben sollten," bemerkte ich.

„Sehr wahr," erwiederte Mr. Merriman, nach=

denklich auf seine Stiefel niederschauend. „Klug
gethan, Sir — sehr klug gethan."

„Ein Compromiß, worin ebensowohl die In=
teressen der Familie der Lady, als die Interessen
des Gatten gewahrt sind, würde vielleicht meinen
Clienten nicht so sehr erschreckt haben," fuhr ich
fort. „Nun, nun! Der vorliegende Fall löst sich am
Ende in einen bloßen Handel auf. Was ist das
Wenigste, das Sie zu nehmen geneigt sind?"

„Das Wenigste, was wir zu nehmen geneigt
sind," erwiederte Mr. Merriman, „ist neunzehntau=
send, neunhundert und neunundneunzig Pfund, neun=
zehn Schilling, eilf Pence und drei Pfennige. Ha!
ha! ha! Entschuldigen Sie, Mr. Gilmore. Ich muß
meinen kleinen Scherz haben."

„Klein genug!" bemerkte ich. „Der Scherz ist
gerade so viel werth, als der ungerade Pfennig,
für den er gemacht wurde."

Mr. Merriman war entzückt. Er lachte über
meine Entgegnung, bis das Zimmer davon erscholl.
Ich war meinerseits nicht halb so guter Laune; ich
kam auf das Geschäft zurück und schloß die Unter=
redung.

„Heute ist Freitag," sagte ich. „Geben Sie uns
bis nächsten Dienstag Zeit zu unserer Schlußantwort."

„In alle Wege," erwiederte Mr. Merriman.
„Länger, mein werther Sir, wenn Sie wollen." Er
nahm seinen Hut, um zu gehen, und wandte sich
dann noch einmal zu mir. „Beiläufig," sagte er,
„Ihre Clienten in Cumberland haben Nichts weiter
von der Frau gehört, welche den anonymen Brief
schrieb, oder?"

„Nichts weiter," antwortete ich. „Haben Sie keine Spur von ihr gefunden?"

„Noch nicht," sagte mein Berufsgenosse. „Aber wir verzweifeln nicht. Sir Percival hat Gründe zu dem Verdacht, daß Jemand ihr einen Versteck gewährt; und wir haben Acht auf diesen Jemand."

„Sie meinen die alte Frau, die mit ihr in Cumberland war," sagte ich.

„Weit gefehlt, Sir," antwortete Mr. Merriman. „Wir haben bis jetzt nicht Hand an die alte Frau gelegt. Unser Jemand ist ein Mann. Wir halten ihn scharf im Auge, hier in London; und wir haben ihn stark im Verdacht, daß er ihr das erste Mal bei ihrer Flucht aus der Irrenanstalt behülflich war. Sir Percival wollte ihn gleich zur Rede stellen, aber ich sagte ‚Nein. Ein solches Betragen wird nur bewirken, daß er mehr auf der Hut ist: beobachten Sie ihn und warten Sie.' Wir werden sehen, was geschieht. Eine gefährliche Frau und in Freiheit, Mr. Gilmore; Niemand weiß, was sie im nächsten Augenblick anfängt. Ich wünsche Ihnen guten Morgen, Sir. Kommenden Dienstag habe ich hoffentlich das Vergnügen, von Ihnen zu hören."

Er lächelte liebreich und ging.

Mein Geist war so ziemlich abwesend während des letzten Theils von dem Gespräch mit meinem Amtsgenossen. Der Heirathsvertrag lag mir so sehr am Herzen, daß ich jedem andern Gegenstand nur wenig Aufmerksamkeit schenkte; und im Augenblick, da ich wieder allein war, dachte ich darüber nach, was sofort in der Sache von mir geschehen müsse.

Bei jedem andern Clienten hätte ich nach mei-

nen Inſtructionen gehandelt, wären ſie auch perſön=
lich gegen meinen Geſchmack geweſen, und den Punkt
wegen der zwanzigtauſend Gulden auf der Stelle
aufgegeben. Aber mit dieſer geſchäftsmäßigen Gleich=
gültigkeit konnte ich nicht gegen Miß Fairlie verfah=
ren. Ich hegte ein aufrichtiges Gefühl von Zunei=
gung und Bewunderung für ſie; ich gedachte dank=
bar daran, daß ihr Vater der beſte Freund und
Gönner gegen mich geweſen war, den jemals ein
Menſch haben kann; ich empfand Etwas gegen ſie,
als ich den Contract aufſetzte, wie ich wohl, wäre
ich nicht ein alter Hageſtolz geweſen, gegen eine
eigene Tochter empfunden hätte; und ich war ent=
ſchloſſen, kein perſönliches Opfer zu ſcheuen, wo es
ſich um einen ihr zu leiſtenden Dienſt und um ihre
Intereſſen handelte. Ein zweites Mal Mr. Fairlie
zu ſchreiben, daran war nicht zu denken; es würde
ihm nur eine zweite Gelegenheit geben, mir durch
die Finger zu ſchlüpfen. Wenn ich ihn beſuchte
und ihm perſönlich Vorſtellungen machte, ſo konnte
dieß möglicher Weiſe von beſſerem Erfolg ſein.
Morgen war Samſtag. Ich beſchloß ein Retour=
billet zu nehmen und mir meine alten Beine nach
Cumberland zerſtoßen zu laſſen, auf den Fall hin,
daß ich ihn vielleicht überredete, ein gerechtes, ſelbſt=
ſtändiges und ehrenhaftes Verhalten einzuſchlagen.
Die Ausſicht darauf war allerdings ſchwach genug;
aber hatte ich den Verſuch hiezu gemacht, ſo war
wenigſtens mein Gewiſſen beruhigt. Ich hatte dann
Alles gethan, um den Intereſſen des Kindes von
meinem alten Freunde zu dienen.

Das Wetter am Samſtag war ſchön, mit Weſt=

wind und Sonnenschein. Da ich in letzter Zeit eine
Rückkehr des Blutandrangs und Drucks auf den
Kopf empfand, vor welchem mich mein Arzt seit
mehr als zwei Jahren ernstlich warnte, beschloß
ich, die Gelegenheit zu benützen und mir eine kleine
Extrabewegung zu machen, indem ich meinen Reise=
sack voraussandte, und bis zum Hauptbahnhof auf
Eustonsquare zu Fuß zu gehen. Als ich nach Hol=
born kam, eilte ein Gentleman an mir vorüber, blieb
aber plötzlich stehen und redete mich an. Es war
Mr. Walter Hartright.

Hätte er mich nicht zuerst gegrüßt, ich wäre
sicherlich an ihm vorbeigegangen. Er war so ver=
ändert, daß ich ihn fast kaum wieder erkannte. Sein
Gesicht war blaß und hager — sein Benehmen
hastig und unsicher — und sein Anzug, wie ich mich
wohl erinnerte, so nett und gentlemanmäßig, als ich
ihn zu Limmeridge sah, war jetzt so unordentlich,
daß ich mich des Aussehens davon an einem meiner
Schreiber geschämt hätte.

„Sind Sie schon lang aus Cumberland zurück?"
fragte er. „Ich hörte kürzlich von Miß Halcombe.
Ich weiß, daß Sir Percival Glyde's Erklärung ge=
nügend befunden wurde. Wird die Heirath bald
stattfinden? Ist Ihnen vielleicht Etwas bekannt da=
von, Mr. Gilmore?"

Er sprach so schnell und drängte seine Fragen so
seltsam und verwirrt zusammen, daß ich ihm kaum
folgen konnte. So vertraut er übrigens durch Zu=
fall mit der Familie zu Limmeridge geworden sein
mochte, so vermochte ich doch nicht einzusehen, daß
er ein Recht hatte, Mittheilung über deren Privat=

angelegenheiten zu erwarten, und ich beschloß darum,
ihn so leicht als thunlich in Bezug auf Miß Fair=
lie's Heirath abfahren zu lassen.

„Die Zeit wird's lehren, Mr. Hartright," sagte
ich — „die Zeit wird's lehren. Ich glaube, wenn
wir nach der Heirathsanzeige in der Zeitung sehen,
wird es wohl das Beste sein. Entschuldigen Sie
meine Bemerkung — aber ich bedaure zu finden,
daß Sie nicht so wohl aussehen, als da wir uns
das letzte Mal begegneten."

Ein augenblickliches nervöses Zucken gab sich um
Lippen und Augen zu erkennen und bewirkte, daß
ich mir zum Vorwurf machte, ihm auf so absichtlich
behutsame Weise geantwortet zu haben.

„Ich hatte kein Recht, nach ihrer Heirath zu
fragen," sagte er bitter. „Ich muß warten, bis ich
gleich andern Leuten in den Zeitungen davon lese.
Ja," fuhr er fort, ehe ich eine Entschuldigung an=
bringen konnte, „ich bin in der letzten Zeit nicht
wohl gewesen. Ich bedarf eines Wechsels von Ort
und Beschäftigung. Sie haben einen großen Kreis
von Bekannten, Mr. Gilmore. Sollten Sie von
einer Expedition ins Ausland hören, wo man viel=
leicht eines Zeichners bedarf, und nicht etwa selbst
einen Freund haben, welcher die Gelegenheit be=
nützen möchte, so würde ich Ihnen sehr verpflichtet
sein, wenn Sie mich davon in Kenntniß setzten. Ich
darf versichern, daß meine Zeugnisse sehr befriedi=
gend sind, und kümmere mich nicht darum, wohin
ich gehe, wie das Klima beschaffen ist, oder wie lang
ich weg bin." Er schaute bei diesen Worten in dem
Gedränge von Fremden, die rechts und links an uns

vorüber gingen, auf eine seltsame, argwöhnische Art um sich, wie wenn er dächte, wir würden von einem derselben beobachtet.

„Wenn ich Etwas der Art höre, werde ich nicht verfehlen, es Ihnen kund zu thun," sagte ich; und setzte dann, um ihn nicht ganz auf Armslänge von den Angelegenheiten der Fairlies entfernt zu halten, noch hinzu: „Ich gehe eben heute in Geschäftssachen nach Limmeridge. Miß Halcombe und Miß Fairlie sind zur Zeit auf Besuch bei Freunden in Yorkshire."

Seine Augen erglänzten, und er schien Etwas erwiedern zu wollen; aber derselbe momentane Krampf zuckte wieder über sein Gesicht. Er faßte meine Hand, drückte sie fest und verschwand unter der Menge, ohne ein Wort zu sagen. Obwohl er wenig mehr als ein Fremdling für mich war, wartete ich doch einen Augenblick und schaute ihm beinahe mit einem Gefühl von Bedauern nach. Ich hatte in meinem Beruf genugsame Erfahrung mit jungen Männern gemacht, um zu wissen, welches die äußern Kennzeichen und Merkmale waren, wenn sie eine falsche Richtung einzuschlagen begannen; und als ich meinen Weg nach der Eisenbahn fortsetzte, stieg mir leider mehr als ein Zweifel über Mr. Hartright's Zukunft auf.

IV.

Da ich mit dem Frühstück abging, so langte ich zur Stunde des Diners in Limmeridge an. Das Haus war bedrückend leer und düster. Ich hatte

erwartet, daß die gute Mrs. Vesey mir in Abwesenheit der ·jungen Damen Gesellschaft leisten würde,
aber sie war durch eine Erkältung auf ihr Zimmer
zurückgehalten. Die Diener waren so überrascht
durch meinen Anblick, daß sie in der Hast unnöthi-
gen Lärm machten und ärgerliche Mißgriffe aller
Art begingen. Selbst der Kellermeister, der schon
Alters halber hätte klüger sein sollen, brachte mir
eine Flasche Portwein, die überschlagen war. Die
Berichte über Mr. Fairlie's Gesundheit lauteten wie
gewöhnlich, und als ich ihm von meiner Ankunft
Meldung machen ließ, erhielt ich die Antwort, er
würde erfreut sein, mich nächsten Morgen zu sehen,
die plötzliche Nachricht von meinem Erscheinen habe ihm
Herzklopfen erregt und ihn für den Rest des Abends
ganz zu Fall gebracht. Der Wind heulte schrecklich
die ganze Nacht hindurch, und ein seltsames Krachen
und Stöhnen ließ sich hier und da überall in dem
leeren Hause vernehmen. Ich schlief so elend als
möglich und stand am nächsten Morgen in ungemein
schlechter Laune zu dem einsamen Frühstück auf.
Um zehn Uhr wurde ich nach Mr. Fairlie's Ge-
mächern geführt. Er befand sich in seinem gewöhnlichen Zimmer, seinem gewöhnlichen Sessel, in seinem
gewöhnlichen bedrückenden Zustande von Geist und
Körper. Als ich eintrat, stand sein Diener gerade
vor ihm, einen schweren Band Aetzzeichnungen zur
Besichtigung hinhaltend, so lang und breit wie das
Schreibpult auf meinem Bureau. Der elende Fremdling grinste auf die gemeinste Weise und sah aus,
als ob er vor Ermüdung gerade umsinken wollte,
während sein Herr ganz gemüthlich die Aetzbilder

umschlug und mit Hülfe eines Vergrößerungsglases deren verborgene Schönheiten ans Licht brachte.

„Sie bester aller guten alten Freunde," sagte Mr. Fairlie, träge sich zurücklehnend, ehe er mich anschauen konnte, „befinden Sie sich ganz wohl? Wie nett von Ihnen, daß Sie mich hier in meiner Einsamkeit besuchen, werther Gilmore!"

Ich hatte erwartet, er werde den Diener bei meinem Erscheinen fortschicken; aber es geschah Nichts von dem. Hier stand er vor seines Gebieters Sessel, zitternd unter der Last der Aetzeichnungen; und hier saß Mr. Fairlie, heiter das Vergrößerungsglas zwischen seinen weißen Fingern und Daumen drehend.

„Ich komme, mit Ihnen über eine sehr wichtige Angelegenheit zu sprechen," sagte ich, „und Sie werden mich deßhalb entschuldigen, wenn ich die Bemerkung beifüge, daß wir besser allein wären."

Der unglückliche Kammerdiener blickte mich dankbar an. Mr. Fairlie wiederholte leise meine drei letzten Worte „besser allein wären", und sah dabei aus, als ob sie ihm das höchst mögliche Erstaunen verursacht hätten.

Ich war nicht in der Laune zu tändeln, und beschloß daher, ihm meine Meinung verständlich zu machen.

„Sie würden mich verbinden, wenn Sie dem Menschen hier Erlaubniß gäben, sich zurückzuziehen," sagte ich, auf den Kammerdiener deutend.

Mr. Fairlie runzelte in sarkastischer Ueberraschung die Augbraunen und warf die Lippen auf.

„Menschen?" wiederholte er. „Sie trotziger alter Gilmore, was können Sie je damit meinen, daß

Sie hier von einem Menschen sprechen? Er ist Nichts der Art. Vor einer halben Stunde mochte er ein Mensch gewesen sein, ehe ich meine Aetzbilder begehrte; und in einer halben Stunde mag er wiederum einer sein, wenn ich deren nicht länger bedarf. Zur Zeit ist er einfach ein Portfolioständer. Haben Sie Etwas, Mr. Gilmore, gegen einen Portfolioständer einzuwenden?"

„Allerdings. Zum dritten Mal, Mr. Fairlie, muß ich bitten, daß wir allein seien."

Mein Ton und mein Benehmen ließ ihm keine Wahl mehr, als daß er mein Verlangen erfüllte. Er blickte den Diener an und deutete verdrießlich auf einen Sessel neben sich.

„Lege die Aetzbilder hieher und entferne Dich," sagte er. „Bringst Du mich nicht durch Abweichen von meinem Platze um? Bist Du von meinem Platz abgewichen oder nicht? Bist Du gewiß, daß es nicht geschehen ist? Und hast Du mein Handglöckchen in meinen Bereich gebracht? Ja? Nun, warum zum Teufel gehst Du nicht?"

Der Diener ging hinaus. Mr. Fairlie drehte sich in seinem Sessel herum, wischte das Vergrößerungsglas mit seinem feinen Battistsacktuch ab und gestattete sich nunmehr, den offenen Band Aetzbilder von der Seite aus zu betrachten. Es war nicht leicht, unter solchen Umständen mein Temperament zu beherrschen; aber ich hielt mich dennoch zusammen.

„Ich komme hier persönlich sehr ungelegen," sagte ich, „um den Interessen Ihrer Nichte und Ihrer Familie zu dienen; und ich denke, ich habe mir einigen Anspruch erworben, hiefür mit Ihrer Aufmerksamkeit beehrt zu werden."

„Poltern Sie nicht so!" rief Mr. Fairlie, hülflos in seinen Sessel zurückfallend und die Augen schließend. „Bitte, poltern Sie nicht so. Ich bin nicht stark genug."

Ich war um Laura's willen entschlossen, mich nicht reizen zu lassen.

„Mein Zweck ist," fuhr ich fort, „Sie zu bitten, Ihren Brief noch einmal in Erwägung zu ziehen und mich nicht zu nöthigen, die gerechten Forderungen Ihrer Nichte und aller ihr Angehörigen aufzugeben. Lassen Sie mich Ihnen den Fall noch einund zum letztenmal auseinandersetzen."

Mr. Fairlie schüttelte den Kopf und seufzte erbarmungswürdig:

„Das ist herzlos von Ihnen, Gilmore — sehr herzlos," sagte er. „Doch macht Nichts; fahren Sie fort."

Ich setzte ihm alle Punkte sorgfältig auseinander; ich brachte ihm die Sache in jedes denkbare Licht. Er lag, so lang ich sprach, in seinen Sessel zurückgelehnt, mit geschlossenen Augen da. Als ich fertig war, schlug er indolent dieselben wieder auf, nahm sein silbernes Riechfläschchen vom Tische und schnüffelte an demselben mit einer Miene sanfter Erleichterung.

„Guter Gilmore!" sagte er zwischen dieser Thätigkeit seiner Geruchsorgane, „wie hübsch ist das von Ihnen! Wie versöhnen Sie Einen mit der menschlichen Natur!"

„Geben Sie mir eine bestimmte Antwort auf

meine bestimmte Frage, Mr. Fairlie. Ich sage
Ihnen noch einmal, Sir Percival Glyde hat nicht
den Schatten eines Anspruchs darauf, mehr als das
Einkommen von dem Gelde zu erwarten. Das Geld
selbst soll, wenn Ihre Nichte keine Kinder hat, unter
ihrer Controle stehen und auf ihre Familie zurück=
kehren. Wenn Sie feststehen, muß Sir Percival
nachgeben — er muß nachgeben, sage ich Ihnen,
oder er setzt sich der gemeinen Beschuldigung aus,
daß er Miß Fairlie einzig aus selbstsüchtigen Beweg=
gründen heirathet."

Mr. Fairlie schüttelte das silberne Riechfläschchen
scherzhaft gegen mich.

"Sie lieber alter Gilmore! wie hassen Sie Rang
und Familie, ja wohl? Wie verabscheuen Sie Glyde,
weil er zufällig Baronet ist. Was Sie für ein Ra=
dikaler sind — o, mein Himmel, was Sie für ein
Radikaler sind!"

"Ein Radikaler!!!" Ich konnte manche Heraus=
forderung ertragen, aber nachdem ich mein Leben
lang an den gesundesten, conservativen Principien
festgehalten hatte, mich einen Radikalen schelten zu
lassen, das war zu viel. Mein Blut kochte darüber
— ich sprang von meinem Sessel auf — ich war
sprachlos vor Entrüstung.

"Machen Sie keine Erschütterung im Zimmer!"
rief Mr. Fairlie — "ums Himmels willen, machen
Sie keine Erschütterung im Zimmer! Würdigster
aller Gilmore's, ich dachte an keine Beleidigung.
Meine eigenen Ansichten sind so äußerst liberal, daß
ich mich selbst zuweilen für einen Radikalen halte.
Ja. Wir sind ein Paar Radikale. Bitte, werden

Sie doch nicht zornig. Ich kann mich nicht streiten — ich habe von der Natur nicht Körperstärke genug. Wollen wir den Gegenstand fallen lassen? Ja. Kommen Sie und besehen Sie sich diese köstlichen Aetzbilder. Lassen Sie mich Ihnen Anleitung geben, um die himmlische Perlenklarheit dieser Linien zu verstehen. Nun, da ist er wieder, der gute Gilmore!"

Während er auf solche Weise für sich hinplapperte, kehrte ich, zum Glück für meine Selbstachtung, wieder zur Besinnung zurück. Als ich von Neuem das Wort nahm, war ich ruhig genug, um seine Unverschämtheit mit der stillschweigenden Verachtung, welche sie verdiente, zu behandeln.

„Sie sind ganz im Unrecht, Sir," sagte ich, „wenn Sie voraussetzen, daß ich aus Vorurtheil gegen Sir Percival Glyde spreche. Ich muß bedauern, daß er sich so rückhaltlos in dieser Angelegenheit der Leitung seines Anwalts überlassen hat und somit es unmöglich macht, an ihn selbst zu appelliren; aber ich hege kein Vorurtheil gegen ihn. Was ich gesagt habe, würde auf jeden andern Mann in seiner Lage, hoch oder nieder, Anwendung finden. Das Princip, woran ich mich halte, ist ein anerkanntes Princip. Wenden Sie sich nach der nächsten Stadt in der Gegend, an den ersten respektabeln Sachwalter, den Sie finden, so wird er Ihnen als Fremder sagen, was ich Ihnen als Freund sage. Er wird Ihnen erklären, daß es gegen alle Regel ist, das baare Beibringen der Frau dem Mann, welchen sie heirathet, ganz und gar zu überlassen. Er wird es ablehnen, auf Grund gemeiner Rechtsvorsicht, dem Gatten unter irgend welchen Umständen ein Interesse von zwanzig tausend Pfund bei seines Weibes Tod zu geben."

„Wird er das wirklich, Gilmore?" sagte Mr. Fairlie. „Wollte er auch nur etwas halb so Schreckliches sagen, so seien Sie versichert, ich würde Louis klingeln und denselben auf der Stelle aus dem Hause weisen lassen."

„Sie sollen mich nicht erzürnen, Mr. Fairlie — Ihrer Nichte und deren Vater zulieb will ich mich nicht erzürnen lassen. Sie werden die ganze Verantwortlichkeit für diesen entehrenden Vertrag auf Ihre Schultern nehmen, ehe ich dieses Zimmer verlasse."

„Nicht doch! — nicht doch jetzt!" sagte Mr. Fairlie. „Denken Sie, wie kostbar Ihre Zeit ist, Gilmore; und werfen Sie dieselbe nicht weg. Ich würde mit Ihnen streiten, wenn ich könnte, aber ich kann nicht — ich habe von der Natur nicht Körperkraft dazu. Sie wollen mich umbringen, sich selbst umbringen, Glyde umbringen und Laura umbringen; und — o, mein Himmel! — wegen eines Falls, der wahrscheinlich zu allerletzt in der Welt eintreffen dürfte. Nein, werther Freund — um des Friedens und der Ruhe willen, bestimmt Nein!"

„Das heißt demnach so viel als daß Sie bei dem in Ihrem Brief ausgesprochenen Entschluß beharren?"

„Ja wohl. Freut mich, daß wir einander endlich doch verstehen. Setzen Sie sich wieder — bitte!"

Ich ging sogleich nach der Thüre; und Mr. Fairlie läutete mit Ergebung sein Handglöckchen.

Ehe ich das Zimmer verließ, wandte ich mich noch einmal um und redete ihn zum letzten Mal an:

„Was auch in der Zukunft geschehen mag, Sir," sagte ich, „denken Sie daran, daß ich meine ehrliche Pflicht, Sie zu warnen, erfüllt habe. Als der treue Freund und Diener Ihrer Familie erkläre ich Ihnen beim Scheiden, daß nie eine Tochter von mir auf so einen Vertrag hin, wie Sie mich für Miß Fairlie zu machen nöthigen, irgend einen Mann, der da lebt, heirathen sollte."

Die Thüre öffnete sich hinter mir, und der Kammerdiener stand wartend auf der Schwelle.

„Louis," sagte Mr. Fairlie, „gib Mr. Gilmore das Geleite, und komm' dann zurück und halte mir meine Aetzbilder wieder. Sorgen Sie, daß man Ihnen drunten ein gutes Zwischenessen servirt — ja wohl, Gilmore, sorgen Sie, daß meine müßigen Bestien von Dienern Ihnen etwas Gutes zum Imbiß vorsetzen."

Ich hatte zu großen Ekel, um eine Antwort zu geben; ich drehte mich auf den Absätzen um und ging stillschweigend ab. Um zwei Uhr Nachmittags ging ein Zug ab; und mit diesem Zug kehrte ich nach London zurück.

Am Dienstag sandte ich den ungeänderten Vertrag ein, welcher in Wirklichkeit gerade die Personen enterbte, denen Miß Fairlie, wie ich aus ihrem eigenen Munde vernommen, so gern Etwas vermacht hätte. Mir blieb keine Wahl. Ein anderer Sachwalter würde die Urkunde, im Fall ich mich dessen weigerte, aufgesetzt haben.

Meine Aufgabe ist zu Ende. Mein persönlicher

Antheil an den Ereigniſſen der Familiengeſchichte er=
ſtreckt ſich nicht weiter, als bis zu dem Punkte, bei
dem ich jetzt angelangt bin. Andere Federn werden
die bald folgenden ſeltſamen Umſtände beſchreiben.
Ernſt und ſorgenvoll wiederhole ich die Abſchieds=
worte, welche ich zu Limmeridgehouſe ausgeſprochen
hatte: Nie hätte eine Tochter von mir auf ein
Vertrag hin, wie ich für Laura zu machen genöthi
war, einen lebenden Mann heirathen ſollen.

Ende des erſten Bandes.